LUZIFER
VERLAG

RICHARD LORENZ

HINTER DEN GESICHTERN

KRIMINALROMAN

Dieses Buch wurde vermittelt von der
Literaturagentur erzähl:perspektive, München.
www.erzaehlperspektive.de

LUZIFER
VERLAG

Deutsche Erstausgabe

www.luzifer.press

Umschlaggestaltung: Michael Schubert | Luzifer-Verlag
Lektorat: Michaela Gröner

ISBN: 978-3-95835-438-8

Dieses Buch wurde nach Dudenempfehlung (Stand 2019) lektoriert.

Bibliografische Information der Deutschen Nationalbibliothek:
Die Deutsche Nationalbibliothek verzeichnet diese Publikation in der Deutschen Nationalbibliografie; detaillierte bibliografische Daten sind im Internet über *http://dnb.d-nb.de* abrufbar.

ERSTE NOTE

WINTERJAZZ

KAPITEL 1

In meinem Kopf tanzt ein böser Engel.
Er zeigt mir Dinge. Rabenschwarze Dinge.

Lisbeth sieht sich selbst als Kind, als zehnjähriges Mädchen, in einem Hinterhof. Sie steht auf einer wackeligen Mülltonne aus Blech, damit sie dem Himmel näher ist. Eine schwarz-weiß gefleckte Katze sieht ihr zu.

Kleiner böser Engel, hör auf zu tanzen. Das sagt sie, aber nur ganz leise. Weil sie zweierlei gleichzeitig glaubt: Gott hatte ihr etwas schenken wollen. Der Teufel hatte sie bestrafen wollen. In der rechten Hand hält Lisbeth ein Stück Draht versteckt, das sie im Rinnstein gefunden hat. Der Himmel sieht nach Regen aus und nach einem Herbststurm, der alles Verlorene davonträgt.

Aber es ist kein Geschenk. O nein! Die Leute haben Angst vor ihr. Und jetzt hört Lisbeth sie auch wieder, die hässlichen Musikfragmente aus verbeulten Instrumenten.

Es ist immer so, wenn ihr Gott oder der Teufel etwas zeigen. Bemalend die Auren der jungen Lisbeth Broussard, kurz vor den schmerzhaften Episoden, von denen sie heimgesucht wird wie von einem unerwarteten Gewitter. Düstere Wahrnehmungen, die Augen blind, das Herz eröffnet. Jene Serien von Bildern, die sie zu Tode erschrecken in dem kleinen Haus ihrer Kindheit, mit den stummen Mäusen hinter den Wänden und den Tauben auf den Dachvorsprüngen.

Großmutter sagt, Lisbeth hat das zweite Gesicht. Aber Lisbeth will kein zweites Gesicht. Nur noch eine Sekunde, dann werden die Kopfschmerzen wieder anfangen, das weiß sie. Es ist immer so. Sie spürt einen eiskalten Regentropfen auf der Wange. Hässlich, die Musik ist so hässlich, dass es wehtut in den Knochen. Sie vibrieren. Vor drei Jahren hatte im Haus nebenan ein alter Mann gewohnt, nur einen einzigen Sommer lang. An den Abenden hatte er rauchend auf der Veranda gesessen und Radio gehört. Das ist Jazzmusik, die kommt aus dem Mund des Teufels, hatte Vater gesagt, und Lisbeth musste schnell alle Fenster schließen. Aber gehört hatte sie sie dennoch, selbst als das Radio längst ausgeschaltet war, und sie hört sie seither bei jeder Vision, immer wieder.

Ja, sie wird sich den Draht in das Ohr stechen, ganz tief hinein. Um den bösen Engel darin endlich totzumachen. Damit er nicht mehr tanzen kann. Das wird wehtun, und vielleicht wird sie dabei sogar sterben. Aber dann wird alles endlich stumm sein, und diese Vorstellung ist herrlich.

Doch bevor sie die Hand mit dem Draht heben kann, sieht sie das Feuer aus den Fenstern schlagen. Sieht Augen in Köpfen platzen und Haare lichterloh brennen. Lisbeth taumelt schreiend, fällt zu Boden. Und dann ist alles so dunkel wie in einem Grab.

In meinem Kopf tanzt ein böser Engel.

Wie lange hat sich Lisbeth nicht mehr daran erinnert? Vermutlich ein halbes Leben lang, ganz sicherlich aber nicht mehr seit der Geburt Marlenes. Ihres Herzschlagmädchens, das seit dem ersten Tag stark genug gewesen war, um alles von ihr zu nehmen. Selbst die losen, beinahe nebensächlichen Ausläufer einer scheinbar starken Hellsichtigkeit, das Nachbeben einer Kindheit voller merkwürdiger Geschehnisse. Einer Kindheit, in der sie Dinge voraussehen konnte wie alte Männer den ersten Schnee. Natürlich nicht alles

Zukünftige, aber doch genug davon, um sie einsam und ängstlich zu machen. Verloren. Die verrückte Broussard, die Hexe Lisbeth, hatten die anderen Kinder sich heimlich zugeflüstert und sie gemieden, als hätte sie die Pocken. Wenn sie dich anfasst, dann bist du mausetot, konnte es Lisbeth aus den Schulhofecken wispern hören. Dabei geschah überhaupt nichts, wenn das Mädchen jemanden berührte, wie sehr sie sich auch anstrengen mochte. Großmutter, die eigentlich so gut wie nie etwas Vernünftiges sprach, sondern meist nur stumm mit ihrem Mund verrückte Wörter formte, sagte vor gefühlten hundert Jahren unvermittelt: »Das liegt alles in der Luft. Sie atmet es ein.« Und vielleicht trifft es das sogar am genauesten.

Alles war versteckt, doch gerade jetzt muss Lisbeth wieder daran denken, so wie man plötzlich an eine alte Liebe denkt, an den heimlichen Kuss zwischen Kirschbäumen. Daran denkt, ohne es eigentlich zu wollen. Aber sie spürt auch: Dinge, an die man nicht mehr glauben kann, ruhen nie für sehr lange Zeit, sind wie Scheintote, die an den Sarg klopfen. Daran zu glauben, dass sie so eine Art Wunderkind, ein Medium gewesen ist – viel später hatte sie einiges darüber gelesen –, fällt ihr schwer. Zu zersplittert die meisten Erinnerungen, als würde sie jetzt an ein ganz anderes Mädchen denken, das eine Zeit lang in ihr gelebt hat. Während sie frierend in ihrem Auto sitzt, vom Spätdienst in der Notfallambulanz nach Hause fahrend, die schmale, sich schlängelnde Straße vor sich. Vielleicht muss sie ja wegen der flirrenden Schneeflocken im Scheinwerferlicht an früher denken, die sie an die grellen Lichtpunkte hinter den Augen erinnern. Mit denen immer alles angefangen hatte, zusammen mit einem schrecklichen Pochen und unglaublichen Brennen, so als hätte sie sich etwas ins Auge gerieben.

Die Bilder der Geschehnisse, die noch kommen sollten, nichts als glühende Eisenspäne, die in ihre Pupillen regneten. Untermalt von sich überschlagenden Jazztönen aus den Sommernachtsträumen.

»Du bist einfach nur müde, das ist alles. Hundemüde.« Und tatsächlich fühlt sich Lisbeth so ausgelaugt wie schon lange nicht mehr. Der Dienst in der Notfallambulanz war wegen des Wintereinbruchs hoffnungslos und blutig gewesen. Erst hatte es geregnet, dann doch noch geschneit. Sieben Verkehrsunfälle auf den spiegelglatten Nebenstraßen, zwei Leichen und ein abgetrennter Oberarm mit einer ausgeblichenen Popeye-Tätowierung darauf. Den Geruch des Sterbens immer noch in der Nase, auf der Haut, an ihren Händen. Eine Melange aus altem, gestocktem Blut und frischem galligen Erbrochenem, an die sich Lisbeth selbst nach beinahe fünfzehn Jahren Krankenschwesterndasein nie gewöhnen wird. Auch wenn sie, bei Gott!, schon mehr gesehen hat, als andere in einem dieser billigen Gruselfilme in der Spätvorstellung. Männer, die sich beim ersten Mähen der Wiese hinter dem Haus den Vorfuß amputieren und mit erkalteten Zehen in der Plastiktüte in die Notaufnahme kommen, führen bis zum Spätsommer die Spitzenliste der Aufnahmen an. Im Herbst dann die Stromunfälle, einige davon wirklich hässlich. Im Winter die weihnachtlichen Familienstreitigkeiten mit leichten bis schweren Verletzungen; Lisbeth hat dabei früh gelernt, dass tatsächlich alles zu einer gefährlichen Waffe werden kann. Im Frühjahr fangen die Leute merkwürdigerweise an, alte Dinge in den Hinterhöfen anzuzünden und sich dabei selbst schwer zu verbrennen, vermutlich zu viel Spiritus und noch mehr Schnaps. Dazwischen natürlich immer wieder Kinder, die Murmeln verschlucken, mit Mumps aufwachen oder schlicht an

Bauchschmerzen leiden. So gliedert sich das Jahr für Lisbeth in ein absonderliches Kalendarium der Vorhölle. Was nicht heißt, dass es nicht schlimmer kommen könnte – die wahre Brut des Bösen, das waren schon immer die Angehörigen.

Hätte sie nicht eine Tochter, die ihr das Leben außerhalb der Arbeit offenbart, sie würde die Abende wohl ebenfalls in Franks Bar verbringen, so wie Dutzend andere Krankenschwestern, um die Schreie der Patienten und das Meckern der Angehörigen vergessen zu können. Allein um das Dunkle des Tages zu übertünchen, würde sie sich jetzt gern an den Namen der Frau erinnern, die mit einer äußerst schlechten Atmungssituation, kardial längst hoffnungslos dekompensiert, vor knapp einer Stunde auf dem Reanimationsbrett lag und noch einmal kurz nach Lisbeths Hand griff, ehe sie starb. Weit, ganz weit offen die Augen, in ihrem Mund ein kleiner See frischen Bluts, in dem sich das Neonlicht spiegelte. Nur um den Namen ganz leise vor sich her zu sprechen, des Herzens wegen. Aber auch daran wird Lisbeth sich nie gewöhnen können: an das rasche Vergessenwerden von Sterbenden, die nichts hinterlassen als einen Fleck auf dem Fliesenboden und eine späte Fahrt in die Prosektur, kurz vor Dienstschluss. Heute waren alle Kühlfächer belegt gewesen, der örtliche Leichenbestatter kam wegen des schlechten Wetters nicht mehr rechtzeitig. Nachtbuchung im Hotel Poe, so nennen es die Ärzte, wenn die Angehörigen längst nach Hause gegangen sind und in der Leichenhalle nur noch das Notlicht brennt.

Das Auto schlittert über den Mittelstreifen, Lisbeth erschrickt. Die Flocken sind faustgroß geworden und wirbeln herum wie in einer Schneekugel. Das Radiogerät rauscht gespenstisch, verzerrt einen Song von den Beatles ins Unkenntliche. Strawberry Fields Forever. Während der Ostwind zu einem Orkan anwächst und die Äste der Bäume zu Boden drückt, schwindet John Lennons Stimme und verstummt schließlich ganz. Vielleicht wäre es besser gewesen, wenn sie doch noch einen Kaffee mit dem Bereitschaftsdienst der Intensiv und der Anästhesie in dem verlassenen Krankenhauscafé getrunken hätte, statt gleich nach Schichtende aufzubrechen. Doktor Lehmann hat heute Nachtdienst auf der Intensivstation, und sie findet ihn ziemlich attraktiv. Vielleicht wird sie sogar mit ihm nach den Weihnachtstagen ausgehen, runter zum Jahrmarkt oder zum See. Lisbeth lächelt, weil sie es sich vermutlich doch nicht trauen wird. Sie kennt ja nicht mal seinen Vornamen.

»Verdammt!« Der Ford schlittert abermals, und Lisbeth hält schließlich den Wagen an. Bei der weit entfernten Kirche glaubt sie das orange Warnlicht des Streufahrzeugs flackern zu sehen, während der Schnee auch den letzten Rest des Asphalts bedeckt.

»Na, komm schon!« Das Streufahrzeug verschwindet und taucht am anderen Ende der Vorstadt wieder auf, entfernt sich scheinbar von ihr. Lisbeth schaltet die Warnblinkanlage und das Innenlicht gleichzeitig an. Hupt einmal kurz auf. Als Kind hatte sie starke Angst vor der Dunkelheit, vor den Traumgestalten in den Schattenschlägen, und diese Angst hat sie nie ganz verloren. Dunkle Träume, in denen Gespenster ihren Namen rufen. Jene Gespenster aus ihrer Kindheit, die sie nicht hatte retten können durch ihre Hellsichtigkeit, bevölkern nun die Mauerritzen und warten auf schlaflose Nächte.

Was würde sie gerade jetzt für eine Zigarette geben, sie streift über ihren Mund und verwischt dabei den Lippenstift. Irgendwo müssten hier doch noch welche sein! Ungeduldig kramt sie in ihren Taschen, flucht leise und findet eine völlig vertrocknete Camel, aus der bereits der Tabak rieselt, am Meeresgrund ihrer Handtasche. Vor Marlenes Geburt hat sie eine, manchmal sogar zwei Schachteln am Tag geraucht und es mit der Schwangerschaft vor vierzehn Jahren von einem Tag auf den anderen aufgegeben. Nur manchmal, besonders nach einem Tag wie diesem, raucht sie heimlich auf dem Nachhauseweg. Sie hasst sich dafür, auch weil Marlene es hasst. Zitternd zündet sie sich die Zigarette an, inhaliert tief und lehnt den Kopf zurück. Längst hätte sie die Winterreifen aufziehen lassen sollen, hat es aber dann doch immer wieder verschoben und schließlich vergessen. Nach der Zigarette wird sie einfach so langsam wie nur möglich weiterfahren und beten, nicht in den Straßengraben zu rutschen.

Im Radio singt Dean Martin, und erst jetzt bemerkt Lisbeth, wie verlassen sie hier draußen ist. Das nächste Haus viele Hundert Meter entfernt. Weit und breit kein anderes Auto, sie ist umschlossen von der Dunkelheit der Nacht und der Stille des frischen Schnees.

Merkwürdig, dass man oft am falschen Ort an das Falsche denkt. Nicht etwa an die eigenwillige Schönheit des unberührten Schnees oder an die nicht mehr allzu fernen Weihnachtstage, nicht mal ein einziger Gedanke an Lehmann. Die Angst des Augenblicks zentriert das Schreckliche, und Lisbeth denkt an den ersten gellenden Schrei von Schwester Hannah aus dem Schockraum 2 am Ende des Flurs vor drei Tagen. Obwohl Schwester Hannah ein alter Hase ist, schreit sie immer mal wieder wie eine hysterische Schwesternschülerin, besonders wenn die Leute etwas Ansteckendes haben. In den Noro-Virus-Hochphasen im Frühjahr und Herbst kommt Hannah manchmal gar nicht mehr aus dem Schreien heraus. Deshalb hat sich Lisbeth auch erst einmal gar nichts dabei gedacht, wenngleich der Schrei diesmal anders gewesen ist, lauter als gewohnt. Draußen ein Rettungswagen mit offener Tür, Lisbeths Behandlungsraum leer. Ihr letzter Patient auf dem Weg zur Röntgenabteilung, als der Schrei, der zweite Schrei, die Zeit zerschneidet. Ein Schrei von jemandem, der offensichtlich gerade dabei ist, den Verstand zu verlieren.

Lisbeth zieht lange an der Zigarette, das Wageninnere füllt sich mit Rauch, sie versucht die hässliche Momentaufnahme aus ihrem Kopf zu drängen. Zu Hause wird Marlene schon auf sie warten, mit einer heißen Schokolade in der Küche. Vielleicht, nein, ganz sicher, wird sich Lisbeth dann ein heißes Bad einlaufen lassen. Sie wird.

Sie wird umfallen, wenn sie so weiterschreit. Einfach umfallen und einen Krampfanfall erleiden. Das jedenfalls hat sich Lisbeth gedacht, als sie über den wellig gewordenen Linoleumboden nach hinten in Richtung Schockraum 2 gerannt ist und sich auf halbem Wege geärgert hat, kein Valium aufgezogen zu haben. Vielleicht ist ihrem Ehemann ja etwas zugestoßen, ein Unfall in der Arbeit. Er trinkt zu viel, das erzählen sich hier die Schwestern. Aber dann hat sie Hannah gleichzeitig mit dem diensthabenden Chirurgen erreicht, der gerade eine Platzwunde genäht hat. An seinen Handschuhen schmale Streifen Blut.

Schließlich hat Lisbeth es gesehen.

Sie wischt ein kleines Sichtfenster an der Seitenscheibe frei, blickt nach draußen und versucht immer noch, es zu verstehen. Vom Himmel fallen nur noch vereinzelte Schneeflocken, auch der Sturm hat inzwischen ein wenig nachgelassen. Als Mädchen hat sie den Winter geliebt, weil der Schnee und das Eis alles wegnehmen, überdecken. Jegliche Erinnerungen, die in jeder Seitenstraße zu finden sind.

Sommerwünsche, die sich nicht erfüllt haben. Sie seufzt und drückt die Zigarette im Aschenbecher aus.

Patienten, die in die Notaufnahme kommen, sind entweder sehr krank oder haben einen Unfall erlitten. Tote bringen sie eigentlich nicht in die Notfallambulanz. Warum auch?

Vielleicht, und darüber denkt sie gerade nach, verschwinden Erinnerungen niemals, nicht einmal nach hundert Jahren. Vielleicht sind sie wie trübes Wasser in einem sonst so klaren See: Ein Blick auf den Grund des Wirklichen wird nahezu unmöglich.

Der Mann im Schockraum 2 ist tot gewesen, keine Frage. Und tatsächlich hat sich Lisbeth im ersten Augenblick gedacht: ein häuslicher Streit, ein Unfall oder vielleicht eine Messerstecherei. Aber dann überfluten sämtliche Bilder von damals alles Gegenwärtige.

Die Kinder, der Brustkorb eröffnet. Das Herz gestohlen.

Vor dreißig Jahren.

Nein, natürlich hat dort kein Kind gelegen. Aber das Messer hat in seinem Herzen gesteckt, und das allein hat gereicht, um Schwester Hannah schreien zu lassen. Lisbeth drückt ihre Stirn an das kalte Seitenfenster und zählt ihre Atemzüge, wie sie es als Kind getan hat, wenn ihr schlecht wurde.

Fahr nach Hause!

Hat sie es laut ausgesprochen, oder ist die Stimme nur in ihrem Kopf gewesen? Obwohl die Heizung des Fords auf höchster Stufe läuft, friert Lisbeth bis auf die Knochen. Tief innen steckt die Kälte wie ein verschluckter Eisklumpen. Plötzlich ist bei den Sträuchern am Straßenrand eine Bewegung zu erkennen. Nein, keine Windböe, die Unrat von sich hertreibt, sondern ein Mann. Ein vom fast vollen Mond geworfener Schattenriss, rabenschwarze Zungen auf unberührtem Schnee. Lisbeth erschrickt, stößt einen kurzen grellen Schrei aus. Weder links noch rechts sind die Türknöpfe nach unten gedrückt, aber die Angst lähmt jegliche Bewegung. Aus dem Radio, vermengt mit statischem Rauschen, singt David Bowie sein Weltraummärchen.

Die Arme weit ausgebreitet, in jeder Mulde ihres Körpers purpurnes Blut – das sieht Lisbeth für Sekunden hinter den Augen. Ein verblassendes Polaroid in falschen Farben, beinahe bereits eine Negativaufnahme, die Lisbeth erkennt zwischen zwei Lidschlägen. Keine Vision, vielmehr die fotografische Darbietung eines Kinderalbtraums: tot auf einem Feld zu liegen, bedeckt von den Wolken, bedeckt vom eigenen Blut. Wie dumm muss man sein, um einfach mitten im Nichts stehen zu bleiben, Lisbeth, flüstert Großmutter aus ihrem Grab heraus.

May God's love be with you.
Two.
One.

Und dann überquert ein ausgewachsenes Reh die schmale Straße, so nah, dass Lisbeth es hätte berühren können, wenn sie die Hand aus dem Fenster gestreckt hätte. Gleichgültig sieht das Tier in ihre Richtung, verweilt einen Moment und stiebt dann zum Waldstück am Stadtausläufer davon. Lisbeth kichert hysterisch, lacht über ihre Angst, obwohl diese wie ein Parasit in ihren Eingeweiden steckt und sich immer tiefer frisst, bis auf den Grund ihrer Seele. Kognitive Verschiebung der Eindrücke nennen das einige Psychologen, darüber hat sie gelesen und sich ihre eigene Erklärung zurechtgelegt. Die Episoden der Vorahnungen haben nach und nach ihre Nerven blank gescheuert. So einfach ist das.

KAPITEL 2

Von einem Atemzug auf den anderen glaubt Lisbeth, dort draußen in der Dunkelheit alle Schreckgespenster sehen zu können, mit gelben Wolfsaugen und gierigen Händen. Hinter den Bäumen ein weiteres Schattengeäst, und Lisbeth gibt unvernünftig viel Gas. Gefährlich schlittert das Auto herum, doch nach einem Augenblick hat sie es wieder unter Kontrolle. Als ihr das Streufahrzeug entgegenkommt, bemerkt sie nicht, dass der Schneefall bereits wieder zunimmt.

Eigentlich hat sie den Ort, an dem sie immer schon lebt, nie sonderlich gemocht. Eine Art größeres Dorf, das in guten Zeiten so etwas wie eine Stadt zu sein vorgibt. Mit seinen Festen, Jahrmärkten und den Kunstausstellungen in der Sparkasse. In Wahrheit aber ist dieser Ort immer nur ein loser Haufen Häuser und Vorgärten geblieben. Mit seinen vom Wind geformten Bäumen und den Geisterorten, an die sich kein Mensch mehr erinnern mag. Mit seiner Mahnung an die dunklen Tage. Und mit seinen Albträumen von den noch finstereren Nächten.

Daran denkt Lisbeth gerade, vielleicht auch, weil die Straßen eher wie Wege sind und scheinbar nirgendwohin führen. Lichterlos die Häuser, nur bei wenigen, weit entfernt, die flackernden Glühbirnen der Hofbeleuchtung. Traumhaft hätte dieser Landstrich sein können, vergessen von den großen Städten ringsherum – eines jener Postkartenidylle einer unendlich langen Sommerfrische.

Lisbeth bremst erneut, schlittert durch eine Schneeverwehung und fährt zögerlich weiter. Langsam, aber sicher bekommt sie Kopfschmerzen, und eine Sekunde lang spielt sie mit dem Gedanken, das Auto ausrollen zu lassen. Um in ihrer Tasche nach einer Ibuprofen zu suchen oder wenigstens nach einer Paracetamol-Tablette. Aber ein starker Windstoß von Osten her, der ihr Auto durchschüttelt, hält sie davon ab. Von hier aus kann sie sowieso schon fast ihr Haus sehen – ein schemenhafter Umriss mit hell erleuchteten Fenstern. Und zu Hause hat sie genügend Medikamente, um eine ganze Krankenstation zu versorgen. Krankenschwestern sind die schlimmsten Patienten, heißt es. Und das stimmt vermutlich sogar. Hinter jeder Hustenattacke ein Atemstillstand lauernd. Die Angst vor dem Versteckten, das sich in einem Überraschungsmoment jäh offenbart, liegt im Beruf begraben. Da gibt es keinen Zweifel, Krankenschwestern können Unheil auf hundert Meter Entfernung riechen. Umso verwunderlicher ist es, dass sie den toten Mann im Schockraum 2 nicht gespürt hat. Denn ein wenig von diesen Ahnungen ist ihr ja geblieben – Ahnungen davon, dass im Krankenhaus zwei Stockwerke über der Ambulanz gleich jemand sterben wird. Winzige Flackerlichtvisionen von Leben und Tod, die allerdings nach über zwanzig Jahren Hospital nicht sonderlich überraschend sind. Es gibt schließlich Krankenschwestern, die können nach zwei Minuten Patientenkontakt eine korrekte Diagnose stellen. Hellsichtig sind sie alle nicht, und jetzt, nach so vielen Jahren, ist sich Lisbeth nicht einmal mehr sicher, ob sie selbst es jemals gewesen ist. Der Fall der Schneeflocken macht ihre Gedanken schwer, und sie muss sich zwingen, die Augen offen zu halten.

Auch darüber hat sie gelesen: dass Kinder, vor allem junge Mädchen, manchmal sehr sensibel auf die Umwelt reagieren, wenn die Eltern oft streiten. Und Herrgott, ihre Eltern hatten eigentlich unentwegt gestritten! Im hinteren Zimmer seit vermutlich hundert Jahren die uralte Großmutter mit den offenen Beinen und den wirren Gedanken im Kopf. In den letzten Jahren vor ihrem Tod schrie sie manchmal nachts, plärrte von den Teufeln unter ihrer Bettdecke.

Vielleicht hatte ja deshalb der rabenschwarze Engel in Lisbeths Kinderkopf getanzt. Um all diese Stimmen verstummen zu lassen. Und vielleicht hatte der rabenschwarze Engel einfach nur alles irgendwo aufgeschnappt, was sie später vorauszusagen glaubte. Überhaupt kann sie sich nur schwer an die Wahrsagungen erinnern.

Außer an jene Novemberregenvision, die so stark gewesen war, dass sie geglaubt hatte, daran sterben zu müssen.

Aber zuvor? Weshalb hatten die Leute eigentlich Angst vor ihr gehabt? Mit sechs, sieben Jahren schien sie dem Rest der Welt entrückt zu sein. Natürlich hatte sie keine Katastrophen vorhergesagt oder schlimme Dinge aus einem offenen Fischbauch herausorakelt. Was genau also war geschehen? Katzen, ja, verloren gegangene Katzen hatte sie damals immer wieder gefunden, ohne sich dabei groß anstrengen zu müssen. Sie hatte einfach gewusst, welche Wege sie gehen musste, um sie wiederzufinden, tot oder lebendig.

Das Lenkrad schlägt nach rechts aus, und Lisbeth erschrickt. Wenn sie etwas hasst, dann Wintertage mit verschneiten Straßen. Vor allem, wenn sie entweder von der Arbeit kommt oder zur Arbeit muss. Der Streufahrer ist ein ortsbekannter Alkoholiker, der im Vollrausch minutengenau Neuschnee vorhersagen kann – dann aber viel zu betrunken ist, um auch wirklich loszufahren. Dass er sich heute überhaupt schon auf den Weg gemacht hat, verwundert Lisbeth. Gleichzeitig lächelt sie zum ersten Mal, seit sie in das Auto gestiegen ist, denn im Laufe ihres Lebens sind ihr tatsächlich viele Leute begegnet, die etwas voraussagen können. In ihren Knochen spürend den späten Herbststurm oder den frühen Wintereinbruch. Hier draußen zwischen Stadt und Land sind Merkwürdigkeiten keine Seltenheit – viele Leute glauben immer noch daran, dass es Unglück bringt, wenn man nach Mitternacht das Haus verlässt, oder dass man Warzen am besten mit einer Mischung aus Beten und Fluchen behandelt.

Es kann gut sein, dass es Großmutter herumerzählt hatte, diese Sache mit dem zweiten Gesicht, und dass es vor allem deshalb die Leute von Lisbeth erwartet hatten. Wie man von besonders talentierten Kindern erwartet, dass sie überall ihre Kunststücke aufführen. Weiß Gott, sie kann sich daran nur sehr schemenhaft erinnern, alles zergliedert von den lauten Schreien ihrer Eltern, dem zerbrochenen Geschirr auf dem Küchenfußboden. Und einer alten Frau, die ständig von Gestalten fantasierte, die aus den Gräbern kamen, um sie allesamt heimzuholen.

Das eine aber wird sie nie vergessen können: die Flammen, die aus den Augenhöhlen schlugen, und die lichterloh brennenden Haare. Jetzt, als sie daran wieder denkt, kann sie das verbrannte Haar sogar riechen, und sie muss das Fenster herunterkurbeln, um den Gestank aus dem Auto und aus ihrem Kopf zu vertreiben. Und mit ihm die dunklen Erinnerungen an eine eigenartige Vergangenheit.

Schon an der Einfahrt zu ihrem Haus kann sie Utrecht sehen, der Schnee schippt. Utrecht, der seit über zehn Jahren im Nachbarhaus wohnt und der seinen Vornamen niemandem verrät, weil er ihn nicht sonderlich mag. Der Autoscheinwerfer erhellt ihn, er hält inne und hebt die Hand. Wie immer raucht Utrecht einen dieser scheußlichen Zigarillos, die man tatsächlich nur im Freien rauchen kann. Ein Kettenraucher, wie er im Buche steht, aber wenigstens mit festen Gewohnheiten: Im Haus raucht er Zigaretten oder Pfeife, im Garten Zigarillos oder, wenn es etwas zu feiern gibt, Zigarren. Manchmal stopft er sich überdies Schnupftabak in die Nase, und Lisbeth wundert sich jeden Tag aufs Neue, dass er überhaupt noch Luft bekommt. Sie lächelt ihm zu, er lächelt zurück, während sie den Motor abstellt und merkt, dass sie ein klein wenig zittert. Wegen der Kälte und der Schlitterfahrt, aber auch wegen des Mannes im Schockraum mit dem Messer zwischen den Herzkammern.

Herzen sind dazu da, sie zu zerschneiden.

Lisbeth erschrickt über die Stimme in ihrem Bauch. Wer hatte das damals gesagt? Oder hatten sie es alle gesagt, als es angefangen hatte mit den Kindern?

»Was für ein Wetter!« Utrecht zieht einen Handschuh aus und wischt sich mit der freien Hand über die Stirn. Auf seinem Kopf eine alberne Pudelmütze mit rotem Bommel, die vom Schnee nass und von der Kälte steifgefroren ist.

»Ja, was für ein Scheißwetter!« Lisbeth lehnt sich an den Wagen und atmet tief durch.

»Auch ein Scheißdienst, was?« Utrecht kramt in den Taschen seines Parkas, fischt eine Zigarettenpackung heraus und gibt sie Lisbeth. Sie zögert, zieht dann aber doch eine heraus. Marlene entdeckt sie nirgendwo, vermutlich sitzt sie sowieso in ihrem Zimmer und sieht sich Netflix-Serien an.

»Ich sollte nicht so viel rauchen«, sagt Lisbeth, zündet die Zigarette an und inhaliert den Rauch tief in ihre Lungen.

»Das sage ich mir auch immer. Hilft nur nichts.« Utrecht schnippt den Zigarillo in einen Schneehaufen und zündet sich ebenfalls eine Zigarette an.

Zu Beginn ihrer Nachbarschaft hatte Utrecht eine Zeit lang versucht, Lisbeth zu einem gemeinsamen Abendessen zu überreden. Und tatsächlich hatte sie manchmal sogar ernsthaft darüber nachgedacht. Natürlich ist Utrecht nicht wie einer dieser Dienstärzte, aber seine Augen sind gütig. Und sein Herz noch viel mehr. Irgendwie ist es dann aber doch nie dazu gekommen, auch weil alles zu viel geworden war: der Vollzeitjob, Marlenes erste Schuljahre und überhaupt. Lisbeths geschiedener Mann hielt nie sonderlich viel von pünktlichen Zahlungen, für ein, zwei Jahre verschwand er sogar gänzlich von der Bildfläche. Utrecht, der seit dem Erbe von seiner Mutter nicht mehr bei der Post arbeitete, half ihr in schweren Monaten immer wieder finanziell aus, ohne das Geld je wiederhaben zu wollen. Hat sie eigentlich jemals gewusst, wie alt Utrecht ist? Vielleicht hat er es einmal erwähnt, aber sie ist sich nicht sicher. Vermutlich vier, fünf Jahre älter als sie selbst. Vor gefühlt zwei Jahren ist sie noch dreißig gewesen und jetzt? In ein paar Monaten wird sie vierzig werden. Alleinerziehend und überarbeitet, mit einem Sack voller Erinnerungen zwischen Herz und Seele. Vergangenes Jahr hatte sich eine ihrer Kolleginnen nach dem Spätdienst zu Hause erhängt, weil sie im Jahr darauf pensioniert werden sollte. Die Zeit kann ein schlechter Verlierer sein, das weiß Lisbeth nur allzu gut.

»Ja oder nein?«, fragt Utrecht und bläst eine große Rauchwolke zum Himmel hinauf.

»Ja oder nein?«

»Ich habe gefragt, ob du schon einen Weihnachtsbaum hast oder noch einen brauchst? Ich besorge morgen einen, bevor die guten alle weg sind. Kann dir einen mitbringen, kein Problem.«

»Hab mal wieder nicht zugehört, entschuldige bitte!« Lisbeth lächelt und berührt dabei seinen Arm, ohne zu wissen, weshalb.

»Du brauchst Urlaub, das ist alles. Also?«

Utrecht schnippt die Zigarette in hohem Bogen fort und zündet sich sofort die nächste an.

»Das wäre großartig, ja. Ich kaufe eh immer nur die schiefen Bäume.« Sie lässt die Zigarette in den Schnee fallen, und einen Augenblick lang ist ihr danach, diesen Mann einfach so zu umarmen. Um sich an ihm zu wärmen, vertreibend die dunklen Episoden in ihrem Kopf. Von Messern und Löchern in Brustkörben, in denen das Blut gerinnt.

»So soll es sein!« Utrecht schlüpft wieder in seinen Handschuh, klopft ihr zweimal auf die Schulter, als wären sie schon ein Leben lang befreundet, und macht weiter mit dem Schneeräumen. Geht hinein in die Schatten dieser Nacht, als würde er sich vor nichts und niemandem fürchten müssen. Weit weg auf einem Einödhof bellt heiser ein Hund.

Im Licht und in der Wärme geht die Angst weg, auch das ist eine eigenartige Angelegenheit. Schon im Hausflur mit seinem Duft nach frischem Tee und den leisen Tönen des Fernsehers wirkt alles merkwürdig abstrakt. Der Sack voller Erinnerungen nur noch ein staubiges Behältnis ohne Leben, nichts davon scheint wahr zu sein oder sonderlich wichtig.

Obwohl die Kindheit zersplittert gewesen war von den elterlichen Streitereien, ist Lisbeth nie auf die Idee gekommen, von hier wegzuziehen. Diesen Ort und vor allem dieses Haus zu verlassen. Vielleicht auch, um mit viel Farbe und noch mehr guten Gedanken alles Dunkle aus den Mauerritzen zu vertreiben. Mit der Gewissheit in den Knochen, dass sie sonst nur geflohen wäre vor den eigenen Albträumen und dass diese dunklen Serien dann nie aufgehört hätten. Ihr Vater war eines Tages einfach am Küchentisch eingeschlafen und nicht mehr aufgewacht. Damals ein großes

Mysterium, als hätten ihn die bösen Worte einfach so aus dem Leben gerissen. Natürlich weiß Lisbeth heute, dass ein plötzlicher Herztod gar nicht mal so selten die Leute auf den Friedhof befördert. Damals war sie so alt wie Marlene heute gewesen. Nur ein paar Monate später hatten sie an einem Frühjahrstag ihre Großmutter mit einem Schlaganfall im Garten gefunden, auf dem Rücken liegend und zu Gott flehend mit Wortfindungsstörungen. Einige Stunden später war sie dann in jenem Krankenhaus verstorben, in dem Lisbeth heute noch arbeitet. Und auch das hat Lisbeth längst als Normalität verstanden: Wenn es einmal anfängt mit dem Sterben, dann hört es so schnell nicht wieder auf. Auf den Stationen gibt es eine einfache Regel dazu: Es sterben immer drei Leute in rascher Abfolge. So als wäre der Tod auf einer kurzen Durchreise, um alles Notwendige zu erledigen.

Zum Herbst, einige Wochen bevor Lisbeth mit ihrer Ausbildung begann, wachte ihre Mutter mit schrecklichen Kopfschmerzen auf. Metastasen im Gehirn von einem zu spät erkannten Brustkrebs, drei Monate später war auch sie tot. Allesamt liegen sie jetzt in einem Familiengrab, das Lisbeth nur sehr selten aufsucht. Denn noch immer glaubt sie, sie reden hören zu können, wenn sie am Grab steht. Reden und schreien, aus der Grube heraus, alle durcheinander und ziemlich schlecht gelaunt.

Ob sie deshalb Krankenschwester geworden ist, darüber hat Lisbeth lange nachgedacht. Um wirklich und wahrhaftig zu verstehen, weshalb Leute sterben, deren Zeit noch nicht reif ist. Um herauszufinden, ob die Seele zuerst aufhört zu leben und dann erst das Herz. Oder umgekehrt. Ganz sicher ist sie bis heute nicht.

»Was läuft?« Lisbeth schält sich aus dem Mantel und setzt sich an den Küchentisch, an dem ihr Vater gestorben ist.

Durch die offene Tür zum Wohnzimmer kann sie Marlenes Füße sehen.

»Fargo. Die Serie. Ist ziemlich cool.« Die Kartoffelchipstüte raschelt. Vor dem Fenster hustet Utrecht laut und lange.

Was sie ohne Marlene hier tun würde, weiß Lisbeth nicht. Vielleicht wäre sie auch schon gar nicht mehr hier, sondern hätte in einer der großen Münchner Polikliniken angefangen zu arbeiten. Dort, wo es mehr Geld gibt und nicht immer die gleichen Gestalten in der Notaufnahme. Seufzend gießt sie sich schwarzen Tee in eine Tasse und schlüpft aus ihren Schuhen. Nur noch zwei Spätdienste, dann würde sie endlich frei haben. Sogar bis nach den Weihnachtstagen, außer sie würde wieder einmal einspringen müssen. Aber darüber will sie gar nicht nachdenken, denn man kann das Unglück auch herbeireden, dessen ist sie sich sicher.

»Utrecht besorgt einen Baum.«

»Dann haben wir vielleicht mal keine dieser hässlichen Stauden. Außer er hat denselben Geschmack wie du.«

Lisbeth lächelt.

»Du solltest ihn einladen. Zu Weihnachten. Er würde sich freuen, denke ich mal.«

»Und wenn er Besuch bekommt?«, erwidert Lisbeth, und weiß, dass es nicht so ist. Samson hüpft auf ihren Schoß und zwinkert sie aus seinen schiefen Augen heraus an. Samson, der bereits mindestens siebenmal von den Toten auferstanden ist. Ein übergewichtiger Kater mit Sehstörungen, der ihnen zulief, als Marlene gerade einmal drei Jahre alt war. Ebenso zulief wie Abraham und Zarah, beide schlafen unbeeindruckt von Lisbeths Erscheinen neben der Heizung seelenruhig weiter. Manchmal wacht Lisbeth inmitten der Nacht auf und glaubt fest daran, dass die Katzen etwas mit früher zu tun haben. Als sie nach ihnen in den Wäldern gesucht hatte, den Herzschlag spürend, aber auch den Herzstillstand, weit über alle Wiesen und Äcker hinweg. Manches Mal bildet sie sich sogar ein, es seien jene Tiere, die sie nicht hatte finden können. Die verloren gewesen waren für alle Zeit, weder tot noch lebendig.

»Utrecht und Besuch? Glaubst du doch selbst nicht!« Marlene schaltet den Fernseher aus und kommt in die Küche.

»Vielleicht vom Weihnachtsmann, wer weiß?«

»Natürlich. Oder vom Schwarzen Mann«, sagt Marlene und umarmt ihre Mutter von hinten. Samson, dem das nicht sonderlich gefällt, murrt kurz auf und springt beleidigt von Lisbeths Schoß, um in den Staubritzen nach Essbarem zu suchen.

»Das ist nicht sonderlich lustig!« Lisbeth drückt Marlene fest an sich, atmet den Duft ihres Haars und ihrer Haut ein. Spürt ihre Wärme und ihr Herz klopfen.

»Das. Nein, das ist nicht lustig. Tut mir leid, ja?« Marlene beißt sich auf die Lippen, denn natürlich weiß sie von den Geschehnissen der damaligen Zeit. Von der ewig andauernden Vollmondnacht mit einem Mond, der blutrot getränkt an einem viel zu nahen Himmel gestanden war. Marlene weiß nicht alles, nur das, was sie in der Schule darüber gehört hatte. Ein Sammelsurium an Gerüchten und Geschichten, die sicherlich zur Hälfte falsch waren. Still küsst sie ihre Mutter auf den Hals.

»Überlegst du es dir mit Utrecht? Das wär mal eine Abwechslung. Sonst muss ich mir womöglich wieder Geschichten aus dem Krankenhaus anhören. Und die sind wirklich widerlich.«

»Na gut, ich überleg es mir, ja?« Lisbeth wischt eine von Marlenes Haarsträhnen aus ihrem Gesicht und fühlt sich furchtbar alt dabei. Wo ist nur die Zeit geblieben, die Tage sind viel zu schnell verstrichen! Jene guten Stunden zumindest, während die schlechten auf ewig bewahrt zu sein scheinen. Tief in ihrem Bauch, unterlegt von den Klängen aus einem alten Radio. Jazzmusik, die in ihren Erinnerungen tatsächlich auch eines ist: der Gesang des Teufels.

KAPITEL 3

»Irgendwo müssen sie doch sein, verdammt!«

Lisbeth sucht weiter, während sie von unten Weihnachtslieder aus dem Webradio hören kann. Sicher steht Marlene wieder in der Küche und tanzt, weil sie sich unbeobachtet fühlt, anstatt den Abwasch zu erledigen. Die ganze Nacht über hat es geschneit, und es schneit immer noch. Alle paar Stunden geht Utrecht nach draußen, um die Wege zu räumen. In der Zeitung haben sie geschrieben, dass es einer dieser Jahrhundertwinter werden würde, aber daran glaubt Lisbeth nicht. Jedes Jahr schreiben sie von einem noch nie da gewesenen Wintereinbruch, von arktischen Zuständen, von Stromausfällen. Und dann? Schneeschmelze zu Weihnachten und frühlingshaftes Wetter.

Lisbeth setzt sich genervt auf eine der alten staubigen Schachteln mit toten Mäusen und vertrockneten Wespen zwischen den Kindheitserinnerungen und besieht sich ihre Hände. Staubig und mit Schmutzschlieren, einen ihrer Nägel hat sie sich an einem losen Brett eingerissen. Sie schließt die Augen und wünscht sich eine Zigarette, um den Staubgeruch zu überdecken, so wie sie sich manchmal eine Zigarette in der Notfallambulanz wünscht, um den Geruch von Urin, Kot und Erbrochenem kaschieren zu können. Obwohl Lisbeth sicher ist, dass ihre Taschen leer sind, kramt sie in ihnen herum, findet aber nur ein Feuerzeug.

Die Haare. Die Haare haben als Erstes gebrannt. Lichterloh.

Und dann.

Dann die Augenbrauen.

Und dann.

Dann die Jacken und Hemden und Oberteile, Feuer gefangen durch die Glutfetzen und den brennenden Staub in der Luft.

Denk an was anderes, Hexe Lisbeth, wie dumm kann man nur sein! Wieder einmal ihre Großmutter, die aus der Grube auf dem Friedhof heraus flüstert, obwohl sie ein Leben lang nie geflüstert hat. Vielleicht weil ihr gerade ein Klumpen feuchter Erde den Mund verschließt.

»Du bist eine Hexe!« Lisbeth steckt das Feuerzeug wieder in ihre Jeans und fragt sich, weshalb gerade jetzt diese Gedanken wiederkommen. Was vergraben ist, soll auch vergraben bleiben. Tatsächlich hat sie ja ewig nicht mehr daran denken müssen, auch weil sie nicht mehr daran hatte denken wollen. In jedem Menschen stecken schließlich unendlich viele Biografien. Hat sie darüber gelesen oder es einfach irgendwo aufgeschnappt? Vielleicht von Schwester Alma, die an esoterischen Kram glaubt wie andere Leute an Jesus? Die ernsthaft mit ihrem Leitungswasser spricht, um es von allen Schadstoffen zu erlösen und nur ja keinen Bauchspeicheldrüsenkrebs zu bekommen.

Aber doch stimmt es: In jedem Menschen steckt ein anderer und darin wieder jemand. Mit tausend neuen Gedanken und noch viel mehr Träumen. Kein Quatsch über Wiedergeburt, eher eine philosophische Betrachtungsweise der Fragilität des Lebens. Das Mädchen von damals ist fortgegangen, Lisbeth hat es in einem imaginären Garten vergraben, um es nicht mehr betrachten zu müssen. Und mit ihm die hässlichen Erinnerungen an die Hellsichtigkeit oder besser gesagt: an die vermeintliche Hellsichtigkeit. Dennoch kommen immer wieder Leute zu ihr, verzweifelte Menschen. Vor allem Menschen aus der Umgebung, die sich noch an früher erinnern können, als es geheißen hatte, Lisbeth wäre so etwas wie ein Wunderkind. Jetzt gerade muss sie darüber lachen, so laut, dass sie erschrocken die Hand vor den Mund schiebt, weil sie nicht will, dass Marlene fragt, was denn da oben so amüsant ist.

Eigentlich ist es nur eine Art Zaubertrick, nicht mehr und nicht weniger. Denn die Leute wollen ja glauben, wollen nichts lieber, als an irgendetwas glauben. Deshalb gehen sie schließlich auch in die Kirche: um an ein Himmelreich zu glauben. So wie manche Krankenschwestern einen Krampfanfall vorhersagen können, aufgrund einer Erkrankung, einer Medikation oder anderer Faktoren, kann Lisbeth halt Schlüssel finden oder entlaufene Tiere. Aber ist das tatsächlich schon Hellsichtigkeit? Oder schlicht eine Aneinanderreihung merkwürdiger Zufälle?

Hast du nicht auch den verrückten Jungen des Polizisten wiedergefunden? Jene Stimme in ihrem Kopf, ein Echo der Stimmen aller Toten.

»Haltet endlich den Mund!« Lisbeth steht viel zu schnell auf und stößt sich dabei den Kopf am Dachbalken. Als Kind war sie gern hier oben gewesen, dem Himmel nahe. Viel lieber als unten im Keller, Kartoffeln holen oder eingemachtes Obst. In einem Haus alles vereint: Grabestiefe und Himmelsnähe. Aber sie ist dem entwachsen, nicht nur körperlich – der Dachboden wirkt fremd und viel kleiner als in jeder Erinnerung. Hier oben sind nur mehr die Reste ihres früheren Lebens versammelt, diejenigen Dinge, die ihre Mutter hochgeschleppt hatte, um sie verstauben zu lassen. Und hätte Marlene nicht unbedingt blaue Christbaumkugeln gewollt, wäre Lisbeth gar nicht erst auf die Idee gekommen, hier jetzt fast schon eine Stunde danach zu suchen. Neue Kugeln für einen geraden Baum, hat Marlene gefordert, und Lisbeth hat an die blauen Glaskugeln ihrer Kindheit gedacht. Nicht nur, dass es auf dem Dachboden vor Spinnen und anderem komischen Getier nur so wimmelt, es ist hier oben auch ziemlich kalt. Schneespuren dringen durch die fingerdicken Fugen im Dach und erinnern sie wieder einmal daran, dass sie das Haus unbedingt renovieren muss, bevor es eines Tages einfach über ihnen zusammenbricht.

»Keine Kugeln. Pech, Madam!« Lisbeth zieht den Reißverschluss ihrer alten Jacke hoch und fragt sich, weshalb sie in aller Welt nicht an Handschuhe gedacht hat. Klamm die Finger, die Zehen sowieso. Sie wird noch ein paar alte Schachteln durchsehen und sich dann auf den Weg nach unten machen, um sich in ihrem Lieblingssessel mit einer Wärmflasche und einer großen Tasse Kaffee dumme Nachmittagsserien im Fernsehen anzusehen. Vielleicht würde sogar irgendwo Columbo laufen, und der Tag wäre wieder gerettet.

Unten singt Doris Day vom Weihnachtswunder, Marlene singt leise mit, in ihrer wunderbaren Stimme. Lisbeth hört sie gern singen, und so steht sie da, frierend, mit einer großen Atemwolke vor dem Gesicht, und lächelt zufrieden. Nur noch drei Tage bis zum Heiligen Abend, und langsam freut sie sich sogar darauf. In ihrer Kindheit waren die Weihnachtstage meist dunkel gewesen, bemalt von Schreien und Nörgeleien, vom ersten Wanken, wenn Vater wieder einmal zu viel getrunken hatte. Vom späteren Weinen ihrer Mutter, und nicht selten stand schon am nächsten Morgen der Christbaum vor dem Haus, als hätten sie alle genug von den Feiertagen und dem Weihnachtspunsch. Vielleicht wird sie ja doch Utrecht zum Weihnachtsessen einladen, einfach so.

»Na gut, noch ein Versuch, und dann gehen wir wieder nach unten.« Lisbeth haucht sich in die Hände und reibt sie warm. Vermutlich sind die meerblauen Kugeln ja doch nur eine lose Einbildung, oder Mutter hatte sie längst weggeworfen und mit ihnen jegliche Erinnerung an missglückte Tage.

Dann aber hebt Lisbeth eine der Schachteln empor und öffnet damit ein Grab, hundert Meter tief. Stickige, faulige Luft steigt empor, als würde ein Dutzend Münder ihr einen Abschiedshauch entgegenatmen.

Zwischen vergilbten Büchern mit fehlenden Seiten und Kinderzeichnungen aus den ersten Schulklassen: Zeitungsausrisse, an den Ecken ausgefranst und von den Mäusen angefressen. Lisbeth sieht sich selbst als kleines Mädchen auf einer körnigen Schwarz-Weiß-Fotografie. Vermisster wiedergefunden, steht darübergeschrieben. In kurzen Zeilen ein fahriger, ungenauer Bericht über einen alten Mann, der vier Tage als abgängig galt und den Lisbeth angeblich in einem verlassenen Keller fand. Der Mann hatte sich den Fuß gebrochen und sich deshalb nicht selbst retten können. Daran erinnern kann Lisbeth sich allerdings nicht mehr, egal, wie sehr sie sich anstrengt. Unbeachtet flattert der spröde gewordene Papierschnipsel zu Boden. Sie liest von wiedergefundenen Tieren, die meisten davon Katzen und sogar eine Schildkröte. Von Kindern, die in den Sommerferien am Abend nicht nach Hause gekommen waren, und davon, dass man nur Lisbeth B. fragen musste, um ihre Verstecke zu finden. Brüchig das Papier, das Mädchen auf den Bildern allmählich größer werdend. Mit seinen pechschwarzen Haaren, damals immer zu zwei Zöpfen gebunden und wild an den Seiten abstehend, als wäre es eine Piratenbraut.

»Wer bist du?« Lisbeth berührt die Fotografien und spürt nichts. Das Mädchen eine Fremde, die nur zufällig ihren Namen trägt und so aussieht, wie sie selbst als Mädchen ausgesehen hat. Aber kein Herzschlag synchron, nichts davon sich in ihrem Bauch wiederfindend.

Wunderkind, steht dort geschrieben.

Und da: Das Mädchen mit dem zweiten Gesicht.

Aber all das war gelogen, nichts davon konnte wahr sein. Die Menschen wollen nicht nur glauben, sie verlangen auch Wunder.

»Hier, siehst du! Hier!«, flüstert ihre Großmutter abermals, als Lisbeth liest: Unheimliche Kindermorde – Behinderter Sohn von Polizisten aufgespürt.

Aus der Küche hört Lisbeth Wham und ihr »Last Christmas«, in ihrem Kopf klingen die Stimmen verzerrt und hässlich. Wenn du jetzt nicht aufpasst, wirst du ohnmächtig, denkt sie sich und setzt sich auf den Boden. Sie zittert so stark, dass das Papierstück in ihren Fingern zerreißt.

Er hatte sich in einem dieser großen Abwasserrohre versteckt, weil er Angst gehabt hatte. Weil sie ihn alle für den Kindermörder gehalten hatten. Emporlodernde Erinnerungsbilder, unscharf und weit entfernt. Scharf nur die Wahrnehmung, dass er es nicht gewesen sein konnte. Sie hatte seinen Herzschlag gehört. Wie andere Leute Bienen hören können, noch hundert Kilometer weit entfernt. So laut wie den Trommelwirbel im Zirkus. Und dann? Dann war sie dem Geräusch einfach gefolgt, Schritt für Schritt. Ein Herz, das andere Herzen zerschneidet, kann nie und nimmer so fest schlagen, hatte sich Lisbeth damals gedacht.

Der Schnee glitzert durch die Dachbalkenritzen, der Himmel ist nah und bleigrau. Ein Winternachmittagshimmel, die Windböen lassen die Häuser und Schuppen der Umgebung knarzen.

Moritz, Moritz, warum schaust du so dumm? Kindergesänge, vom Wind herbeigetragen.

»Ich hab nix gemacht. Nix!« Die Stimme aus dem Abflussrohr.

»Gib mir deine Hand, komm!«

»Aber ich hab nix gemacht. Hab sie nicht totgemacht.«

»Dann komm jetzt!«

»Machen sie mich jetzt tot? Ganz tot? Komm ich dann in den Himmel?«

»Soll ich dir noch einen Kaffee machen?« Marlene zieht die Decke über Lisbeths Beine. Im Fernsehen läuft nicht Columbo, sondern eine dieser dämlichen deutschen Serien, die eigentlich niemand sehen will. Aber es ist nicht sonderlich wichtig, denn Lisbeth hört immer noch Moritz' Stimme in ihrem Kopf. In ihrem Bauch und sogar vibrierend in ihren Knochen.

Hilf mir!

»Hast du was gesagt?« Marlene steckt ihren Kopf aus der Küche heraus, die Kaffeemaschine gluckert.

»Ich hab nur gesagt, du musst mir dann helfen, mit dem Baum.« Lisbeth versucht ein Lächeln und hofft, dass ihre Tochter nicht nachfragt.

»Alles ist besser als lernen! Ich schmück jeden Baum der Stadt, wenn es sein muss.«

Gott sei Dank hat Utrecht den Weihnachtsbaum schon am Vormittag ins Haus gebracht, denn auf eine Unterhaltung mit ihm hat sie jetzt gerade gar keine Lust. Marlene schäumt Milch auf, Lisbeth kann ihre Bewegungen als Schattenriss auf der Wand sehen. Sie hat das Alter überschritten, auch daran denkt Lisbeth gerade. Kein Kind war älter gewesen als elf Jahre. Das jüngste, ein Junge aus einem anderen Ort, sogar nur sechs Jahre alt. Allesamt aus der Schule, die es damals noch am Ort gegeben hat. Unten bei der Hauptstraße, gleich neben dem Bäcker, der heute kein Bäcker mehr ist, sondern ein schlecht laufender Handyladen. Das einzige Geschäft, das es hier überhaupt noch gibt.

»Nehmen wir halt wieder die üblichen Kugeln. Hauptsache, wir haben genügend Lametta. Lametta ist so retro. Nehmen sie jetzt wieder alle.« Marlene stellt den Kaffee auf den schmalen Tisch neben dem Lesesessel.

Ihr kann nichts mehr passieren, denkt sich Lisbeth und streift ihre Hand. Und gleichzeitig: Natürlich kann ihr nichts mehr passieren, der Kindermörder ist tot. Längst von den Würmern zerfressen, weit unten in einer unendlich tiefen Grube, zum Mittelpunkt der Welt hin.

»Du siehst furchtbar blass aus, Mom.« Marlene setzt sich neben sie auf den Fußboden. Zarah trottet herbei und legt sich in ihre Schoßmulde.

Bei Weitem nicht so blass wie der Tote auf der Notfallliege im Schockraum mit dem Messer im Brustkorb, denkt sich Lisbeth und sagt: »Ich werde alt. Zu alt für Notfälle. Überhaupt für das Krankenhaus, glaub ich.«

Marlene legt ihren Kopf auf Lisbeths Oberschenkel, so wie damals als kleines Mädchen, wenn sie Sorgen gehabt hatte. Ihren Atem durch Decke und Jeans spürend, ein warmer Hauch, während draußen das Schneetreiben den Himmel unsichtbar macht.

Das erste Kind, Anna, wurde an einem Herbsttag gefunden, daran muss Lisbeth gerade denken, denn der Schnee sieht ein wenig wie Regen aus im Dämmerlicht des Abends.

An einem Herbsttag, der viel zu viel Regen und heftige Oktoberstürme gebracht hatte. Geradeso, als hätte der Wind das Böse in die Stadt geblasen. Einen Tag vor den Ferien und dem großen Allerheiligenfeuer bei der Kirche kam die elfjährige Anna von ihrer Freundin nicht nach Hause. Nicht um sieben und auch nicht um acht Uhr abends. Einige Leute machten sich auf den Weg, um nach ihr zu suchen, und sie fanden sie nahe dem Friedhof, auf dem Weg, den sie eigentlich nach Hause nehmen wollte. Anna lag dort, ein wenig abseits des Kirchwegs, auf dem Rücken, Arme und Beine weit von sich gestreckt, wie ein riesengroßes Lebkuchenmännchen. Oder ein Schneeengel ohne Schnee. In einer Regenpfütze voll schmutzigem Wasser.

Zuerst, noch weit genug entfernt, hatten sie sich gedacht, Anna wäre einfach ohnmächtig geworden. Das erzählten sich die Leute. Aber dann, nahe genug gekommen, sahen sie alles. Jemand hatte Annas Kehle durchschnitten – ein tiefer, schartiger Schnitt, die Hautlappen weit auseinanderklaffend. Ihr Blut war aus der Arterie hoch zum Himmel hinaufgespritzt und hatte Gesicht und Kleid rot bemalt. Noch Tage später fanden sie weitere Blutspritzer auf der gegenüberliegenden Straßenwand, vom Wind davongetragene Zeichnungen des Sterbens. Grob eröffnet der Brustkorb, ein erschreckend tiefes Loch mit ausgebrochenen Rippen, in dem sich Regen sammelte. Das Herz zerteilt in je einer ihrer blutigen Hände. Sie sah betend aus, die kleine Anna, mit Opfergaben zwischen den Fingern und weit aufgerissenen Augen, die Pupillen auf immer und ewig starr.

Anna, das erste zerschnittene Kind.

Es lag damals in der Luft, dass es nicht bei Anna bleiben würde. Jeder ahnte es, träumte davon in mondlosen Nächten und sprach es doch nicht aus. Natürlich kamen Polizisten und Spurensucher und fanden dies und jenes. Zigarettenkippen, Papiertaschentücher und Fußabdrücke, aber all das war wertlos, weil nichts davon etwas erzählte.

Lisbeth legt ihre Hand auf Marlenes Kopf und streicht behutsam darüber. Die Katze macht einen Buckel und springt auf Lisbeths Decke. In der hinteren Ecke gähnt Samson und trottet zum Futternapf.

Ist Cordes damals schon Polizist hier gewesen?

Natürlich, Dummerchen, flüstert Großmutter, er hat dich doch um Rat gefragt, nachdem sie den dicken Anton gefunden haben. Unten am Weiher.

Das war vier Wochen später gewesen. Der traurige Anton hatte sich oft am Forellenweiher aufgehalten, um mit den Fischen zu reden. Jedenfalls behaupteten das die Kinder. Anton, das Forellengesicht, und Anton, der fette Junge, der mit den Tieren sprechen musste, weil ihm sonst keiner zuhörte, und der deshalb mit neun Jahren immer noch ins Bett machte. Auch Anton kam nicht wie verabredet nach Hause, und auch Anton fanden sie mit aufgeschlitzter Kehle und entferntem, zerschnittenem Herzen.

Stumm und herzschlaglos.

Mit offenen Augen, in die der blutige Regen fiel.

»Woran denkst du?«, fragt Marlene und streichelt die Katze in Lisbeths Schoß.

»Wie schön hell der Schnee ist!«, sagt Lisbeth und ergänzt leise für sich: Aber wenn man blinzelt, dann sieht man im Kern jeder Flocke ein wenig Rot schimmern.

So unnatürlich rot wie frisches Herzblut.

KAPITEL 4

Josef Cordes ist seit den späten Siebzigern Polizist. Zwei Monate nach dem Ende seiner Ausbildung in München ist er von einer Straßenbahn erfasst worden. Seitdem kann Cordes nicht mehr vernünftig gehen und auch nicht mehr allzu lange stehen. Er humpelt, weil er sich nie mit einem dieser Gehstöcke hatte anfreunden können.

Die Zeit damals war eine ganz andere gewesen, gefärbt vom Schrecken der RAF-Geister. In jeder Seitenstraße schien sich eines dieser Phantome zu verstecken, mit gefärbtem Haar, falschem Pass und geladener Pistole in der Jackentasche. Selbst nach dem Tod von Baader und Meinhof in Stammheim spukten sie noch überall herum. Vor allem aber in den Vorstädten und auf dem Land, wo sich die Untoten ja immer länger halten können.

Überhaupt hat die Angst, die den Leuten damals tief in den Knochen steckte, die Angst vor lauten Schüssen und Explosionen, dafür gesorgt, dass Cordes tatsächlich Polizist blieb und nicht in den Innendienst versetzt wurde. Natürlich konnte man ihn nicht in München brauchen, für die kleine Vorstadt aber, die damals ja noch viel mehr als heute ein Dorf gewesen war, reichte es vollkommen. Cordes bekam sogar eine eigene Polizeistation – ein kleines Büro zwischen der Metzgerei und der Poststelle. Beides gibt es heute nicht mehr, übrig geblieben ist allein der schmale, längliche Raum mit einem Schreibtisch, hinter den sich Cordes jeden Tag setzt, als wäre er von der Zeit vergessen worden.

Zu mehr als einem Polizeimeister hat Cordes es nie gebracht. Auch weil ihm nie viel daran gelegen hat und er Fortbildungen hasst. Und natürlich weiß er nur zu gut, dass er diesen Job hier nur deshalb hat, weil er nicht schneller laufen kann als eines dieser alten Marktweiber, die am Sonntagmorgen zur Kirche gehen. Vielleicht hatte es ihn gestört, gleich zu Beginn an diesem merkwürdigen Ort, aber ganz sicher nicht mehr, nachdem er Lena kennenlernte und ihr Sohn Moritz zur Welt kam. Lena ist inzwischen längst nicht mehr hier, sie wohnt jetzt mit einem anderen Mann irgendwo bei Bad Reichenhall. Jede Weihnacht bekommt Cordes von ihr eine dieser Supermarktkarten mit hineingekritzelten Grüßen, die nie ernst gemeint sind. Die Zeit, sich Gedanken darüber zu machen, weshalb sie eines Tages einfach in die große Stadt gefahren ist, um nicht mehr wiederzukommen, ist längst vorbei. Vermutlich eine Melange aus der Trostlosigkeit dieser Gegend und der Behinderung von Moritz, seinen Schreien inmitten der Nacht, wenn er wieder einmal von Dingen geträumt hatte, die er nicht einmal beschreiben konnte, so hässlich waren sie.

Moritz hatte bei der Geburt zu wenig Sauerstoff bekommen, die Nabelschnur lag um seinen Hals gewickelt, und wie meist in solchen Fällen hatte ein Unglück das andere eröffnet. Die Geburt viel zu früh, der zuständige Gynäkologe im Krankenstand und die Straßen so vereist, dass alles viel zu langsam ging. Manchmal fragt sich Cordes, wie es wohl gekommen wäre, wäre das Schicksal damals gnädiger gewesen. Dann wäre Moritz heute ein strahlendes Weihnachtskind mit tausend Fragen und noch mehr Wünschen, und vielleicht wäre dann sogar seine Frau noch hier. Und nicht nur ein Käfig mit zwei Wellensittichen, die nun daheim auf ihn warten.

Während Lisbeth gerade das Grab ihrer Erinnerungen öffnet, schiebt sich Cordes schwerfällig vom Schreibtisch weg und rollt mit dem Stuhl zum Aktenschrank, in dem es nur wenige Unterlagen gibt. Eigentlich, und das hat er schnell begriffen, ist er nur so eine Art Vorzimmerdame für die richtige Polizeistation in München. Der Mann vor Ort, falls doch mal etwas Schlimmes passieren sollte – was aber tatsächlich nur selten vorkommt. Natürlich: die üblichen Streitereien, meist unter Alkoholeinfluss, die er mit gutem Zureden allein unter Kontrolle bringen kann. Und auch das hat er gelernt: mit wenig Dingen gut zurechtkommen. Denn so etwas wie einen Verwahrraum für Unwillige hat er gar nicht. Nur eine winzige Toilette, deren Schloss kaputt ist und in die er sich folglich nicht einmal selbst einschließen kann, geschweige denn einen Verdächtigen.

Müde reibt sich Cordes die Augen und fischt aus einer der Schubladen eine Schmerztablette. Schon am frühen Morgen hat sich seine Hüfte mit pochendem Stechen und Ziehen gemeldet. Seit über zehn Jahren nimmt er dagegen Oxycodon und manchmal Valium zur Nacht. Wenn die Gespenster an den Wänden einen Morphintanz aufführen mit hässlichen Fratzen und meterlangen Fingern, die nach ihm gieren und greifen, dann ist Valium die einzige Möglichkeit, sie unsichtbar zu machen – so unsichtbar, dass sie auch in seinen Träumen nicht wiederkehren.

Davon, dass er Betäubungsmittel nimmt, weiß natürlich niemand. Vor allem nicht seine Vorgesetzten, die ihm dann vermutlich sofort sämtliche Befugnisse und vor allem seine Dienstwaffe entziehen würden. Und natürlich wissen sie auch nichts davon, dass er manchmal etwas Gras raucht, wenn weder das Oxycodon noch das Valium ausreichen, um endlich in den Schlaf zu fallen.

Bisweilen hat er sowieso das Gefühl, sie hätten ihn hier draußen abgeschrieben oder bestenfalls vergessen. Wann genau hatte er eigentlich die letzte ärztliche Untersuchung?

Er kann sich nicht daran erinnern, ebenso wenig wie an die letzte Schießübung oder an das letzte Mitarbeitergespräch. Aber auch das ärgert ihn nicht sonderlich, vielmehr ist er erleichtert, mit den Klugscheißern in München nichts zu tun haben zu müssen. Womöglich würden sie ihn dann in Rente schicken, was er ganz und gar nicht gut fände. Vor allem, weil es ja sowieso nicht mehr allzu lange bis zu seiner Pensionierung dauert. Wieder einmal zählt Cordes nach: Er ist jetzt vierundsechzig und Moritz dreiundvierzig Jahre alt. Aber vielleicht würden sie auch das vergessen, und er würde hier einfach sitzen bleiben können, bis sie ihn eines Tages zum Friedhof trügen.

Mit kaltem, bitter gewordenem Kaffee schluckt er die Tabletten und schließt unwillkürlich die Augen. Die Sache mit dem Toten geht ihm nicht aus dem Kopf. Vor allem nicht das Messer, das in diesem Herzen steckte und jetzt auch irgendwie in seinem eigenen. Ein ziemlich großes Messer. Sie haben es sicherlich weggeschickt, Fingerabdrücke, DNA und der ganze Kram. Aber er muss kein Prophet sein, um zu wissen, dass sie nichts finden werden. Damals hatten sie ja auch nichts gefunden.

Keine einzige Spur.

Aus seiner Schublade fischt er die Zigaretten, zieht eine davon samt Zündholzschachtel heraus. Er hält die Schachtel an sein Ohr und schüttelt sie.

Messerstechereien hat es immer gegeben. Natürlich. An den Wochenenden, wenn die jungen Leute betrunken nach Hause kommen und eines zum anderen führt. Hahnenkämpfe, mehr nicht. Mit leichten Verletzungen, eigentlich kaum der Rede wert.

Aber ein Stich direkt ins Herz?

Um es vielleicht später zu zerschneiden?

Das Ungeheuer von damals ist lange schon tot. Außerdem waren es nur Kinder gewesen, nie erwachsene Opfer. Ein Nachahmungstäter? So lange Zeit später? Unwahrscheinlich.

Aber was dann?

Seufzend steht Cordes auf und bemerkt die bleierne Müdigkeit, die ihn durchströmt. Eigentlich hätte er jetzt nach oben gehen können, wo er seine Wohnung hat, um sich einen Kaffee zu machen. Oder um sich vielleicht sogar eine Stunde schlafen zu legen. Stattdessen aber geht er nach vorn und schließt die Türe ab. Wie befürchtet hat das Schneetreiben noch einmal zugenommen, und vermutlich wird spätestens in einer Stunde das Telefon läuten. Blechschaden oder jemand, der in den Graben gerutscht ist, weil er die glatten Straßen unterschätzt hat. Auch Moritz wird sicherlich bald nach Hause kommen. Dann werden sie nach oben gehen und sich zusammen vor den Fernseher setzen, etwas essen und nach den Gespenstern suchen, von denen sein Junge erzählen wird.

Bis dahin aber hat er noch ein wenig Zeit, und er geht zurück zu dem großen Aktenschrank auf der Längsseite des Raumes, in dem kaum Ordner stehen. Er schiebt ihn ein wenig nach vorn, weit genug, um dahinter schlüpfen zu können, und nimmt sich wieder einmal vor, spätestens kommendes Jahr ein paar Kilos abzuspecken. Die Tür hat er tatsächlich erst vor zehn, elf Jahren entdeckt, als der Postladen nebenan geschlossen wurde. Den Schlüssel dafür zu besorgen ist nicht sonderlich schwer gewesen. Ein halbes Jahr hat er gewartet, aber für den Laden hat sich niemand mehr interessiert, ebenso wenig wie für die Metzgerei auf der anderen Seite. Heutzutage kaufen alle Leute im Internet ein, und Postkarten verschickt sowieso kein Mensch mehr.

Außerdem muss man nur eine halbe Stunde fahren, um zum nächsten Supermarkt zu kommen. Und dort gibt es alles, einen Postschalter und eine Metzgerei auch.

Zuvor hat Cordes die ganzen Unterlagen oben in der Wohnung gesammelt, aber wohl ist ihm dabei nie gewesen. Moritz ist nicht sehr neugierig, er ist allerdings auch niemand, der ein Geheimnis sehr lange für sich behalten kann.

Vorsichtshalber schaut er noch einmal zur Tür, aber die Straße vor dem Polizeibüro ist verlassen und schneeverweht. Mit einem entschlossenen Schritt betritt er den anderen Raum.

Das ehemalige winzige Schaufenster hat er mit Zeitungen zugeklebt, der Strom wurde lange schon abgestellt. Deshalb herrscht in diesem Zimmer, das deutlich kleiner ist als sein Büro, immer ein seltsames Zwielicht. Fast schon ein Taumellicht, das ihn an seine Kindheit erinnert – an den versteckten niedrigen Raum hinter dem Schlafzimmer seiner Eltern, einem magischen Versteck gleich. Dort hatten er und sein Bruder Valentin über Jahre hinweg einen Ort gefunden, an dem man ungestört Pläne aushecken, Comics lesen und sogar die ersten Zigaretten rauchen konnte. Ihre Eltern hatten den Raum scheinbar völlig vergessen, so wie jetzt Valentin ihn vergessen hatte. Wie lange hat er nicht mehr von ihm gehört? Zwanzig, fünfundzwanzig Jahre? Ein Wort gab damals das andere, und ein falsches konnte alles ins Wanken bringen. Cordes streift sich über den Mund, er weiß ja nicht einmal, ob Valentin noch am Leben ist.

Leise rückt er den Stuhl von der Wand und setzt sich in die Mitte des Raums. Sie haben alles mitgenommen, die Theke und den Verkaufsschalter, auch den Lottostand mit den tausend Formularen. An der hinteren Wand klebt ein

Plakat, auf dem steht: Schreiben Sie mal wieder! Jemand wird sich freuen.

Auf dem schimmelig gewordenen Linoleumboden stehen an den Wänden ringsherum prall gefüllte Aktenordner wie Dominosteine. Da und dort Papierstapel, und unter dem Plakat hängen einige Tatortfotografien. Keine offiziellen Bilder, sondern schlechte Polaroidaufnahmen, die er selbst heimlich gemacht hatte. Weil sie ihn ja nur für den trotteligen Dorfpolizisten gehalten hatten, der bestenfalls gut genug war, um alles abzusperren. Obwohl die Schmerztablette anfängt zu wirken, greift Cordes zu dem Beutel Marihuana zwischen zwei Aktenbergen. Später würde er das schmale Oberlichtfenster zur Straße hin öffnen müssen, aber erst, wenn er sicher sein konnte, dass niemand es bemerken würde.

Langsam dreht er sich einen Joint, während er wieder einmal versucht, alles zu verstehen. Jedes einzelne Detail, jedes Fragment, jede lose Spur, und er merkt, dass er friert. Die Heizung funktioniert hier auch nicht mehr, alles, was ihn wärmt, ist der laue Luftzug aus seinem Büro. Wieder einmal hat er vergessen, seine Jacke anzuziehen. Zittrig zündet er sich den krumm gewordenen Joint an, inhaliert tief und fragt sich, ob Ungeheuer für immer und ewig verschwinden können. Oder ob sie nur schlafen, tief unter der Erde, tief in jedem Menschen versteckt.

Neun Kinder waren damals ums Leben gekommen. Ihnen allen wurde zunächst der Hals durchschnitten. Mit einem kräftigen Schnitt von links nach rechts, tief genug, um die Luftröhre zu eröffnen.

Und dann.

Cordes atmet tief ein und aus, das Oxycodon wirkt, und das Marihuana macht seinen Herzschlag langsam. Er muss aufpassen, dass er nicht vom Stuhl fällt.

Dann ein Stich in den Brustkorb und ein Schnitt, weit genug um das Herz herum. Vielleicht, um es sich erst einmal anzusehen.

In seinem Büro nebenan klackert die Heizung, und er erschrickt, obwohl er das Geräusch schon ein Leben lang kennt.

Neun Kinder. Und hätten sie ihn nicht erwischt, wären es vermutlich noch viel mehr geworden.

Unter den Polaroidfotografien einige Zeitungsberichte, die er schlampig ausgeschnitten hat.

Wieder ein tiefer Zug, die Glut erhellt sein Gesicht, und Aschefetzen tanzen durch die Luft. Es gibt Dinge, die brennen sich unwiderruflich in einen Menschen ein, das weiß Cordes. Als ihnen der Arzt nach der Geburt mitteilte, dass mit Moritz etwas nicht in Ordnung wäre, war das so eine Sache gewesen. Und auch, als damals die Ersten in seinem Büro aufgetaucht waren.

»Dein Krüppel macht doch gern mit Kindern rum, oder?« Nachts waren sie dann gekommen, Kapuzen über die Gesichter gezogen. Mit Mistgabeln und Stöcken in den Händen. Auch heute noch zieht es ihm sämtliche Eingeweide zusammen, wenn er daran denkt. An dieses hilflose Gefühl, an diese Angst und vor allem an Moritz' Schreie, der gefühlt hatte, dass sie ihn am liebsten umgebracht hätten. Am nächsten Baum aufgehängt oder ihm selbst das Herz aus dem Leib geschnitten. Zum ersten Mal in seinem Leben hatte er seine Waffe benutzt und einige Schüsse in die Dunkelheit abgefeuert.

Dabei war Moritz selbst ja noch ein Kind gewesen. Ein schüchterner Junge, der jeden Morgen mit dem Bus zu einer der Behindertenwerkstätten fuhr und erst abends wiederkam.

»Gerade diese Bescheuerten haben Kraft wie ein Bär, das kommt von der Dummheit!« Auch das hatte Cordes gehört. Selbst heute kann er noch nicht darüber lachen, denn die Dinge kehren wieder zurück. Und das macht ihm Angst. Große Angst sogar.

Cordes steht auf und hört seine Knie knacken. Er geht zur Wand, um wieder einmal die Fotografien zu berühren, als könne er damit die Zeit zurückdrehen. Abseits von den toten Kindern auch eine Aufnahme von Lisbeth, dem Wundermädchen. Von dem alle gesagt hatten, sie würde Dinge sehen, die sonst niemand sieht. Eine Zeit lang hatte er geglaubt, sie hätte etwas mit den Morden zu tun. Irgendwie. Vielleicht auch, weil sie ihm Angst gemacht hatte.

Ebenso wie die Heuschrecken, die damals gekommen waren, die ganzen Polizisten und Kriminalbeamten und die Staatsanwälte und weiß Gott noch wer. Sogar einen Psychologen hatten sie mitgebracht. Daran kann sich Cordes noch gut erinnern. Dass es ihm trotzdem gelungen war, diese Fotos zu machen, überrascht ihn heute. Wobei man allzu viel nicht erkennen kann, das muss er zugeben. Für ihn reicht es jedoch, um das Blut nie ganz trocknen zu lassen.

Jedes einzelne Kind hat er dann in der Leichenhalle besucht, Tage nachdem sie aus München zurückgekommen sind. Von der Autopsie, mit aufgeschnittenen Bäuchen und zugedrückten Augen. Er hat sie besucht und sich bei ihnen entschuldigt. Dafür, dass er nicht besser auf sie alle achtgegeben hatte.

Geholfen hat es nicht. Immer noch trägt Cordes Schuld mit sich herum, denn die meisten Kinder hatte er gekannt. Vom Schulweg oder von der Sonntagsmesse. Von den Tagen, an denen er in der Schule über seinen Beruf gesprochen hatte.

Und dann? Dann war Moritz eines Tages nach dem zweiten toten Kind nicht mehr nach Hause gekommen.

Cordes drückt den Joint in dem übervollen Aschenbecher aus und überlegt eine Sekunde, ob er sich eine Zigarette anzünden soll. Aber er lässt es, denn heute hat er eigentlich schon genug geraucht. Er merkt es an seinen Atemzügen, die ihm schwerfallen.

Jetzt ist er tot. Das hatte sich Cordes damals gedacht und sich die allerschlimmsten Bilder ausgemalt. Sein Junge in einem Straßengraben liegend, mit offenem Brustkorb, die Augen weit aufgerissen. Aber an diesem einen Tag fanden sie keine Leiche. Moritz allerdings konnte er auch nicht finden. Ein Herbsttag mit ganz viel Regen und den ersten starken Stürmen des Jahres. Dabei war Moritz immer nach Hause gekommen, egal, was auch passiert sein mochte. Immerzu den gleichen Weg nehmend, die Schritte abzählend. Nur an den Wochenenden traf er sich auf dem Spielplatz mit einigen anderen Kindern der Stadt, aber selbst dann war er immer weit vor Anbruch der Dämmerung daheim.

»Lisbeth Broussard. Lisbeth«, flüstert Cordes und sieht sich ihr Bild an.

Nach sieben Stunden Suche, Warten und Bangen war er schließlich zu dem Mädchen gegangen, sie um Rat zu fragen. Seine letzte große Hoffnung. Auch weil er gehört hatte, dass sich auf dem Marktplatz ein Mob versammelt hatte, um den Jungen zu finden. Jedoch nicht, um ihn nach Hause zu bringen, das ganz sicher nicht. Für jene Männer war das Verschwinden von Moritz Beweis genug, dass der Junge in die ganze Sache verwickelt sein musste. Cordes war zu dem Haus gefahren, in dem Lisbeth wohnte und immer noch wohnt. Er kann sich noch ziemlich gut an den Geruch erinnern und an Lisbeths Großmutter, die aus irgendeinem

Zimmer laut nach dem Herrgott gerufen hatte. Lisbeth war mit ihm ein Stück die Straße runtergegangen, in langsamen kleinen Schritten, als würde sie seine Fährte aufnehmen wollen. Verschlossen die Augen, ihre Hände zitternd und das Gesicht so weiß wie ein silberner Mond. Pechschwarz, ja, pechschwarz waren ihre Haare gewesen.

»Er hat Angst, das ist alles«, hat Lisbeth geflüstert und dann sind sie gemeinsam über Seitenstraßen und verwinkelte Wege, die Cordes unbekannt waren, zu den neu angelegten Abwasserrohren gegangen, vor denen sich Moritz ziemlich gefürchtet hatte. Sie sehen aus wie große böse Münder, die einen verschlucken wollen. Irgendwann einmal hatte Moritz das gesagt, und deshalb hielt er das Mädchen auch für eine Lügnerin. Für eine, die andere Leute anschwindelt, vielleicht, um damit Geld zu verdienen. Niemals hätte sich Moritz ausgerechnet an diesem Ort versteckt.

Aber dann.

Dann haben sie die unbebaute Gegend mit dem Abwassergestank abgesucht, und sie hat nach ihm gerufen, wie man nach einer vermissten Katze ruft. Noch heute wacht Cordes manchmal auf und hört seine Stimme, so leise, dass man meinen könnte, sie überhaupt nicht gehört zu haben. Aber er ist dort gewesen, ganz weit hinten in einem der Rohre, zusammengekauert, um sein Leben fürchtend, überall Unheil sehend.

Ja, daran wird sich Josef Cordes ein Leben lang erinnern. Und auch an seinen ersten Gedanken, nachdem sie Moritz gefunden hatten: Hätte sie etwas mit den Morden zu tun, weshalb in aller Welt sollte sie ihm dann dabei helfen, seinen Jungen zu finden?

Im Büro läutet das Telefon. Und der Schnee fällt immer noch vom Himmel.

KAPITEL 5

Der Schnee fällt auch am Heiligen Abend vom Himmel. Kein wildes Treiben mehr, eher ein sanftes Bedecken aller Geheimnisse, um sie stumm werden zu lassen. Überraschenderweise hat weder eine völlig entnervte Kollegin noch die Stationsleitung angerufen, um sie nach einem Zusatzdienst zu fragen. Scheinbar ist die klassische Krankheitswelle um Weihnachten tatsächlich ausgeblieben. Lisbeth hat sogar mehrmals den Telefonhörer angehoben, aber die Leitung war völlig in Ordnung. Wann hat sie zum letzten Mal die ganzen Feiertage freigehabt? Vielleicht vor sechs, sieben Jahren, aber ganz sicher ist sie da nicht. Überhaupt zerteilt der unsägliche Schichtdienst das ganze Leben in merkwürdige Fragmente, die vor einem davonstieben, sobald man nur an sie denkt.

»Was ist in dem großen Paket? Sag schon.« Marlene tanzt um den Weihnachtsbaum herum.

Unglaublich, wie erwachsen sie geworden ist, denkt sich Lisbeth und fühlt sich gleichzeitig furchtbar alt. Nur noch ein paar kostbare Jahre, und dann wird sie davonfliegen, um alles zurückzulassen. Ihr Zimmer wird leer und verlassen sein, das Haus still und sterbend. Davor hat Lisbeth Angst. Denn Marlene ist immer ihr Anker gewesen in stürmischen Zeiten. Bereits wenige Stunden nach ihrer Geburt war sie es gewesen, die Lisbeth ins Leben zurückgeholt hatte. Weg von den dunklen Erinnerungen, die trotz einer Gesprächstherapie immer wieder in ihr gebrannt hatten wie ein ewiges Licht in tiefer Nacht. Nach den Diensten in der Ambulanz hatte sich Lisbeth nur an das Bett stellen und dieses wunderbare Kind anschauen brauchen, um wieder geheilt zu sein.

»Jetzt sag schon!« Marlene nimmt eine der knallroten Kugeln und hängt sie von einem Zweig auf den anderen.

»Sei nicht so neugierig.« Lisbeth lächelt und betrachtet den Weihnachtsbaum. Seit ihrer eigenen Kindheit hat sie nie mehr so viel Lametta gesehen. Sieben Fotos hat Marlene bereits auf Instagram hochgeladen, und ihre Freundinnen posten schon den ganzen Abend neidvolle Kommentare. Scheinbar ist nur Lisbeth allein auf die Retrosache hereingefallen, bei den anderen hängt nicht mal ein einziger silbriger Faden am Baum.

»Du hast mich reingelegt.«

»Ach, nur ein bisschen.« Marlene schlittert in ihren dicken Wollsocken zu Lisbeth und küsst sie auf die Wange. Aus dem Radio Kirchengeläut und der Singsang eines Priesters, vermengt mit dem statischen Rauschen der Winternacht.

Lisbeth ist schon gespannt, wie Marlene auf den Plattenspieler reagieren wird, der in dem großen Weihnachtspaket auf sie wartet. Zwar haben sie einen, doch schon immer hatten sie sich gemeinsam ein Jazz-Zimmer einrichten wollen. Vielleicht würden sie schon morgen damit anfangen, den Krempel aus einem der oberen Räume zu holen. Altes Zeug, das meiste noch von Lisbeths Eltern. Sie würden die Wände blau wie Meerwasser streichen und vielleicht auch die Zimmerdecke. In zwei anderen Paketen Vinylscheiben aus Chicago, die Lisbeth auf eBay für sündhaft viel Geld ersteigert hat. Eine davon sogar signiert von Miles Davis.

Wann genau Marlene angefangen hatte, sich für diese Musik zu interessieren, kann Lisbeth gar nicht mehr so genau sagen. Irgendwann im Kindergartenalter, das sicherlich. Sie war vom Frühdienst nach Hause gekommen und hat Marlene vor dem alten Transistorradio sitzend gefunden, während Utrecht in der Küche Kreuzworträtsel gelöst hatte. Utrecht war immer zur Stelle gewesen, wenn Lisbeth einen Babysitter gebraucht hatte.

Mit angehaltenem Atem versucht Lisbeth, sich daran zu erinnern. Marlene hatte ihr Ohr ganz fest auf den Lautsprecher gedrückt, auch weil der Empfang so schlecht gewesen war. Irgendein Sender aus Amerika, mehr Rauschen als Geräusche, aber in diesem unheimlichen Knistern ein Saxofon und eine Trompete, ein wildes Schlagzeug noch dazu. Lisbeths Vater in ihrem Bauch murmelnd: Das ist nichts als Teufelsmusik, stell sie ab, sonst kommen die Toten aus den Gräbern und holen dich!

Aber nichts davon war geschehen. Stattdessen hatte sich Lisbeth neben Marlene gesetzt und sie gewiegt zu den schrägen Klängen einer Jazznummer von Leuten, die längst tot waren; Geistermusik.

Danach hatte Lisbeth sämtliche Jazzalben aus den versteckten Ritzen ihrer Vergangenheit geholt. Charlie Parker, John Coltrane und Chet Baker. Der Soundtrack ihrer verschrobenen Kindheit, die dunkel und hell zugleich gewesen war. Ohne zu wissen, wonach sie gesucht hatte, war Lisbeth während ihrer Ausbildung zur Krankenschwester durch Plattenläden gestreift. Immerzu auf der Suche nach den Klängen von damals, von der Veranda des Nachbarn, der still in einem Lehnstuhl gesessen und Jazzfunken zum Himmel hinaufgejagt hatte. Aber nie hatte sie diesen merkwürdigen Klang gefunden, nicht einmal bei den verrücktesten Free-Jazz-Aufnahmen, die es als Bootlegs zu kaufen gab. Ziemlich nahe kamen dem Klang der schrecklichen Nächte die Herzschläge von Moondog. In ihnen meinte sie die Schreie ihres betrunkenen Vaters und die Schritte des Ungeheuers zu hören, das mit dem Messer in der hohlen Hand versteckt durchs Dorf schlich.

Coltrane, und das weiß Lisbeth noch ziemlich gut, hatte bei Marlene nicht funktioniert. Schon nach den ersten Takten hatte sie das Interesse daran verloren. Ganz anders bei Charlie Parker, den sie auf Anhieb mochte und sofort zu tanzen begann. Jene Art Tanz, von dem Lisbeth träumt, wenn sie nicht schlafen kann – ein Tanz um das Leben herum, herausschälend, was man wirklich ist und was man nur zu sein glaubt.

Seltsam. Als wären die Töne von damals tief in Lisbeths Bauch versteckt geblieben, um sie dann mit Marlene abermals zum Klingen zu bringen. Darüber, wie das sein kann, hat sie viel nachgedacht.

So etwas wie eine stille Übereinkunft waren die Stunden, in denen sie zusammen vor dem Plattenspieler im Wohnzimmer saßen und sämtliche Jazzalben durchhörten. Eine Art Verbindung, die sich niemand so recht erklären konnte und es vielleicht auch gar nicht wollte. Keine Handarbeiten oder Basteleien, sondern als Mutter-Tochter-Sache nur die Schmerzensschreie von Charlie Parker und das Vermächtnis von Moondog, ihre gemeinsamen Herzschläge, gefangen tief in staubigen Vinylritzen.

»Machst du auf, ja?«

Wann genau hat sie zum letzten Mal Besuch gehabt, noch dazu Männerbesuch? Lisbeth denkt nach, aber ihr fallen nur die Leute ein, die zu ihr kommen, wenn sie etwas nicht mehr finden. Wie die alte Frau Sauer, die mindestens einmal im Monat ihren Regenschirm verlegt, ob es nun regnet oder nicht, und mindestens einmal im halben Jahr ihre Schlüssel.

Utrecht klopft sich die Schuhe ab, ein vertrautes Geräusch. Seitdem Marlene keinen Aufpasser mehr braucht, war er nicht mehr hier gewesen. Zu keinem Geburtstag, keinem

Feiertag und schon gar nicht zu Weihnachten. Lisbeth kommt sich dumm vor, und aus lauter Verlegenheit weiß sie im ersten Moment gar nicht, ob sie ihm die Hand schütteln oder ihn umarmen soll. Manchmal strömt das Leben an einem vorbei, ohne dass man es zu fassen bekommt.

»Lange her!«, sagt Lisbeth schließlich und umarmt Utrecht kurz.

»Haben uns doch erst heute Morgen gesehen, draußen. Schon vergessen? Lisbeth, Lisbeth!«

»Du weißt genau, was ich meine.« Sie lächelt, Utrecht lächelt mit.

»Natürlich. Wir sind alle beschäftigt, das Leben ist einfach zu kurz, so ist es doch.«

Doch – sie mag Utrecht. Mehr, als sie zugeben würde. Er hat etwas Geheimnisvolles an sich, tief verborgen in seinem Herzen. Eine gewisse Traurigkeit. Vielleicht wird sie ihn eines Tages danach fragen.

»Setz dich. Es gibt Ente. Du magst doch Ente, oder?« Lisbeth schenkt ihm ein Glas Rotwein ein und merkt, dass sie dabei zittert. Es sind seine Augen, die sie zittern lassen. In ihnen jene Melancholie gespiegelt, die sie auf eine unerklärliche Art und Weise anziehend findet.

»Ente ist klasse, natürlich. Weiß gar nicht mehr, wann ich zum letzten Mal bekocht wurde. Ist schon lange her. Zu lange.«

Lisbeth riecht sein Aftershave und den dezenten Geruch einer frisch gerauchten Zigarette, während aus dem Küchenradio ein Chor Weihnachtslieder singt und von der Kirche her Menschen zu hören sind, auf dem Weg nach Hause. Mit frierenden Kindern an den Händen, über sie gezogen eine sternenklare Nacht.

Eine Wärme durchströmt Lisbeths Haus, das lange Zeit nicht zu wärmen gewesen war. Die scheinbar ständige

Kühle, die sommers wie winters die Flure mit unsichtbarem Raureif bedeckte. Kurz nach dem Tod ihrer Mutter war das so gewesen und auch noch eine ganze Zeit darüber hinaus, als Lisbeth noch nicht volljährig gewesen war und während der Ausbildung in einem Schwesternwohnheim gelebt hatte. Vernagelt die Türen und Fenster, alles stillgelegt und die Mäuse schlafend, als sie zurückgekehrt war und fror an einem hitzegeplagten Sommertag.

Das ist alles sehr lange her, und manchmal, wenn Lisbeth gerade aufwacht und im Bett liegend zur Zimmerdecke starrt, glaubt sie, dass alles vielleicht gar nicht so geschehen ist, sondern ganz anders. Daran erinnern kann sie sich nicht, nur an die Musik von der Veranda des Nachbarn. Und an die Sternschnuppen, die den Nachthimmel zergliedert hatten.

Tatsächlich? War das so gewesen? Hatten Sternschnuppen den Himmel zergliedert? Oder bildest du dir das nur ein? Warum auch denkst du gerade jetzt daran? Lisbeth, Lisbeth!

Lisbeth kneift ihre Augen fest zusammen, so fest, dass es wehtut und sie Flackerlicht in dieser milchigen Schwärze erkennen kann.

»Mama? Was ist los?«

Mama, was ist los mit mir? Worte, die in ihrem Mund stecken und doch nicht rauswollen. Jeder Buchstabe vermengt sich mit dem Weihnachtsessen, will wieder ausgebrochen werden, und doch schluckt sie den galligen Klumpen hinunter. Hält sich mit weiß gewordenen Knöcheln an der Tischkante fest und wackelt auf dem Stuhl hin und her, als wäre sie auf großer Schiffsreise.

»Nichts, nichts. Alles gut, mein Schatz«, flüstert sie, meint es aber nicht. Es ist diese unglaubliche Wärme, die ihr in den Knochen steckt, und würde sie gerade ihre Beine spüren, würde sie am liebsten nach draußen laufen, um sich in den Schnee zu legen.

Um nicht zu verbrennen.

Nein, keine Sternschnuppen. Natürlich keine Sternschnuppen. Wie dumm kann man nur sein!

Großmutter, die auf dem Fensterbrett sitzt und die Welt anschaut mit ihren verrückten Augen. Die in Lisbeth hineinschaut. Keine Sternschnuppen, es ist ja auch helllichter Tag. Es sind funkelnde Sonnenstrahlen, die durch das Haus blinzeln. Und in diesen Sonnenstrahlen tanzen müde Motten ihren Abschiedswalzer.

Der Nachbar ist weggezogen, und sie neugierig gewesen. Böses, böses Mädchen! Und böse Mädchen bekommen böse Träume.

Lisbeth öffnet die Augen und versucht tapfer zu lächeln. Marlene sieht sie ängstlich an, und Utrecht hat seine Hand auf die ihre gelegt, um sie zu beruhigen.

»Zu wenig Schlaf. Das ist alles«, flüstert Lisbeth, obwohl sie so ausgeschlafen ist wie schon lange nicht mehr. Natürlich weiß das Marlene, dennoch nickt sie. Viel zu schnell zieht Lisbeth ihre Hand unter Utrechts weg, ohne ihn dabei anzusehen. Er schweigt.

Utrecht wohnt jetzt in diesem Haus, in dem damals der stumme Nachbar einen Sommer lang auf der Veranda gesessen war. Jazzmusik aus dem tragbaren Radiogerät mit der ungemein langen Antenne, die in der Erinnerung wie ein Giftstachel aussieht.

»Ich. Ich mach mich rasch frisch, ja? Bin gleich wieder da.« Lisbeth wankt ins Badezimmer, und für einen Moment glaubt sie sich tatsächlich übergeben zu müssen. Alles Vergangene mit einem Schwall aus dem Bauch zu erbrechen, um es dann betrachten zu können. Doch die Übelkeit verschwindet mit dem kalten Wasser, das sie sich über die Hände laufen lässt, und auch die Hitze geht fort. Erschrocken schaut sich Lisbeth im Spiegel an und weiß nicht so recht, was geschehen ist.

Können Tote einfach so andere Leichen ausgraben? Nur, weil in ihnen ein Messer steckt, die Klinge verschluckt vom Fleisch und vom Blut?

Sei nicht albern, Lisbeth.

Und dennoch ist es so. Seitdem der Rettungswagen den Mann ausgespuckt hat, sind die Friedhöfe der Vergangenheit wieder hell erleuchtet. Friedhöfe, die Lisbeth längst schon vergessen haben wollte. Gräber, von denen sie weiß, dass es sie gibt. Auch jene der Kinder, die bei dem Brand ums Leben gekommen sind.

Drei Kinder. Zwei Mädchen, ein Junge.

Lichterloh brennend die Haare. Feuerzungen aus ihren Augenhöhlen und der Geruch von verbranntem Fleisch.

Reiß dich zusammen! Sie schiebt ihren schwarzen Rock hoch und zwickt sich selbst in den Oberschenkel. Wie man es bei Ohnmächtigen macht, die noch alles haben: Herzschlag und Atemzüge. Ein kräftiges Zwicken, am besten in die Brustwarze, um sie zu erwecken. Der aufflammende Schmerz im Oberschenkel reicht ihr allerdings vollkommen, um wieder klarer zu sehen.

Ganz gerade stellt sie sich hin und spürt ein Pochen in ihrem Rücken. Im Badezimmerregal findet sie ohne langes Suchen eine Ibuprofen 400, sie legt sie wie eine Hostie auf die Zunge und spült sie mit einem Schluck Leitungswasser hinunter. Würde es nicht reichen, hätte sie zur Sicherheit noch ein Fläschchen Novalgin-Tropfen parat.

Was ist los? Sie hat doch gewusst, dass Utrecht jetzt in diesem Haus wohnt, das jahrelang den im Dorf herumirrenden

Gespenstern ein Zuhause bot. Inmitten der blutigen Episoden war der fremde Nachbar weggezogen, von einem Tag auf den anderen. Das alles weiß sie, tief in ihren Eingeweiden verborgen.

Und natürlich kann sie sich daran erinnern, ohne Erlaubnis in dieses Haus geschlichen zu sein. Um herauszufinden, ob sie diese merkwürdigen Musikfetzen nur erträumt oder wirklich gehört hatte. Tatsächlich war in einem der oberen Räume das Radiogerät gestanden, und sie hatte es angemacht. Aber Jazzmusik war keine aus dem Lautsprecher gekommen, weil es ja dort gar keinen Strom mehr gegeben hatte. Nur das leise Klacken des Schalters in einem stillen Haus. Mit den Spinnweben und den Flecken auf dem Holzboden und den Schattenwürfen hinter den Ecken.

Doch.

Was?

Erinnerst du dich nicht mehr? Kinder haben gesungen. Die toten Kinder haben aus dem Radiogerät gesungen. Ganz, ganz leise. Von dir haben sie gesungen.

Quatsch!

Still ist es gewesen, totenstill sogar. Ein nasskalter Herbsttag, und in der Luft der Geruch von geronnenem Blut und kaltem Regen. Mehr nicht. So kalt wie das Wasser aus der Leitung, das sich Lisbeth nun ins Gesicht spritzt, um endlich ganz wach zu werden. Um jede dumme Erinnerung auszulöschen.

»So, jetzt bin ich wieder da. Gibt es noch Wein?« Lisbeth fühlt sich besser, viel besser sogar. Vielleicht, doch darüber will sie eigentlich noch gar nicht nachdenken, sollte sie zu einem Arzt gehen oder wieder mal zu einem Psychologen. Wobei sie Psychologen nicht sonderlich ausstehen kann und

Ärzte eigentlich auch nicht. Geh zu einem Irrenarzt, und du wirst verrückt, heißt es.

Aber vielleicht braucht sie auch einfach nur Ruhe und ein wenig Abstand von den Notfällen in der Arbeit. Von den offenen Wunden und den fehlenden Fingern, von den Schreien und, noch viel schlimmer, von der Stummheit der Nulllinienpatienten.

Sie hat sich frisches Parfüm aufgetragen und sich nachgeschminkt, und sie ist bereit für den Weihnachtsabend, für die Bratäpfel zur Nachspeise und die Bescherung, die eigentlich längst schon über die Bühne hätte gehen sollen.

»Wein ist noch genügend da«, sagt Marlene.

»Wo ist Utrecht?«

»Der ist nach Hause gegangen.«

»Oh.« Lisbeth setzt sich auf seinen Platz, zieht ihr Glas zu sich und trinkt es in einem Zug leer.

»Keine Krankenhausgeschichten, bitte!« Marlene löst ihre Hochsteckfrisur und reibt sich die Augen.

»Also, ich hätte ein paar interessante auf Lager. Von dem Mann, der sich einen Nagel in den Kopf …«

»Hör auf!«

Und natürlich hört Lisbeth damit auf, sie lächelt und umschließt mit ihren Händen die Hand ihres Herzschlagmädchens. Vielleicht wird sie morgen zu Utrecht rübergehen, mit einem selbst gebackenen Kuchen, um alles wieder in Ordnung zu bringen. Sicherlich ist Utrecht nicht gekränkt oder gar beleidigt. Sie hat ihm einfach nur Angst gemacht.

»Bescherung?«

»Besser als die Bratäpfel. Die sind nämlich auch im Eimer.« Marlene schaut zur Küche. Vier einst prachtvolle Äpfel sehen jetzt aus wie fauliges Herbstobst.

»Wir haben noch Eis. Immerhin.« Lisbeth schenkt sich Wein nach und trotz allen Dingen, die schiefgegangen sind, fühlt sie sich gut. Fühlt sich gut in der Nähe ihrer Tochter, die immer noch alles heilen kann. Allein mit ihrer Anwesenheit.

»Immerhin. Eis ist eh besser. Utrecht hat dir was dagelassen.«

»Ein Geschenk?«

»Sieht ganz danach aus.« Marlene überreicht es ihr. Ein unbeholfen eingepacktes Präsent, das Papier viel zu kitschig und die Schleife darauf windschief gewickelt. Obwohl sie ahnt, dass es eigentlich nichts anderes als ein Bilderrahmen sein kann, ist sie eine Sekunde lang sprachlos.

»Bist das du?« Marlene nimmt ihr die Fotografie aus den Händen.

Vor dem Haus schippt Utrecht Schnee.

Denn der fällt gerade wieder in ziemlich großen Flocken vom Himmel, so als wäre sie doch wahr: diese Weissagung von einem Jahrhundertwinter.

KAPITEL 6

Manchmal fragt sich Cordes, was wohl aus Moritz werden wird. Wenn er selbst kalt und steif in einem Grab liegt und nichts mehr für ihn tun kann. Dunkle Augenblicke, die er nur schwer ertragen kann. Eine Zeit lang war Moritz mit einer Frau befreundet gewesen, einer aus der Behindertenwerkstätte. Aber gut war es nicht gegangen, sie hatten eigentlich ständig nur gestritten. Daran mag er lieber nicht mehr denken. Stattdessen schenkt er sich noch eine Tasse Kaffee ein und setzt sich wieder an den Küchentisch. Ruhig waren sie geblieben, die Feiertage, ruhiger, als er gedacht hatte.

Vielleicht die Ruhe vor dem Sturm.

Noch immer im Bademantel, obwohl es bereits nach drei Uhr nachmittags ist, blickt er an diesem zweiten Weihnachtsfeiertag aus dem Küchenfenster in den Hinterhof. Mit dem Baum, in dem vor dreißig, vierzig Jahren einmal der Blitz eingeschlagen hat, und den Mülltonnen, aus denen Fetzen bunten Geschenkpapiers hängen wie tote Zungen aus einem Metallmund. Nach Sturm sieht es gar nicht aus, und eigentlich hat er auch nicht das Gefühl, dass noch etwas passieren wird. Vergangenes Jahr war die traurige Veithmaier nach dem Weihnachtsfilm über das Balkongeländer geklettert, um sich das Leben zu nehmen. Er hat ihr so lange gut zugeredet, bis sie schließlich den Gedanken, zwei Stockwerke tief auf Betonboden zu fallen, schrecklich fand. Er hat ihr von Moritz erzählt, und davon, dass er manchmal mit den Katzen redet, als würden sie jedes seiner Worte verstehen. Daran kann er sich gut erinnern: Sie sind in ihrer Küche gesessen, nicht unähnlich seiner eigenen, und sie haben zusammen Gras geraucht, zur Beruhigung. Während die traurige Veithmaier, die ja viel jünger ist als er selbst, kaum glauben konnte, dass er nicht in der Psychiatrie angerufen hatte, um sie wegbringen zu lassen.

Man muss den Leuten zeigen, dass es auch anders geht. Hat ihm das jemand gesagt, oder hat er sich das nur ausgedacht? Cordes steht auf, kippt das Fenster und spürt die eisige Kälte auf seinem Gesicht. Vielleicht aber kann er bestimmte Dinge einfach nicht tun, die für alle anderen ganz normal sind. Irrenärzte anrufen zum Beispiel, dagegen sträubt er sich. Das spürt er, ganz tief in seinem Bauch – ein Zucken und ein Grummeln, als hätte er etwas Falsches gegessen. Natürlich auch, weil er es oft genug gehört hatte: Dein Junge gehört doch in die Nervenheilanstalt und nicht hierher.

Doch was ist schon normal, und was ist verrückt, gerade in dieser eigenartigen Zeit? Das weiß er längst nicht mehr.

Was er jedoch weiß: Die traurige Veithmaier hat sich nie wieder auf den Balkon gestellt, um fliegen zu lernen. Ein-, zweimal die Woche kommt er an ihrem Haus vorbei und sieht nach oben. Heuer hat sie ihm sogar einen Stollen gebacken, der halb gegessen auf dem Küchentisch steht. Cordes ist zufrieden mit sich, jedenfalls hat er dieses eine Mal etwas ganz richtig gemacht.

Vielleicht wird er später in sein Büro gehen, einfach um nachzusehen, ob alles in Ordnung ist. Anrufe werden sowieso in die Wohnung umgeleitet, also muss er nicht unbedingt raus. Vielleicht bleibt er auch einfach hier in der Küche für den Rest des Tages, nur um den Himmel anzusehen. Mit seinen Wolkenfetzen und Schneewirbeln, mit seinem Ostwind und dem Geruch eines nahen neuen Jahrs.

Cordes berührt den Aschenbecher, das Weihnachtsgeschenk von Moritz. Aus Ton gebrannt, wackelig, in psychedelischen Farben. »Für Papa« am oberen Rand eingeritzt. Der Aschenbecher steht neben den anderen dreien auf dem Fensterbrett, dazwischen eine Pflanze, von der Cordes nicht weiß, ob sie nicht schon jahrelang tot ist. Er atmet tief aus, zündet sich eine Zigarette an und bläst den ersten Rauch aus dem gekippten Fenster.

Manchmal fragt sich Cordes auch, was wohl aus dieser sonderbaren Stadt werden wird, wenn er hier nicht mehr Polizist ist. Ob sich danach alles noch einmal verändern wird, die Häuser höher und die Einkaufszentren näher. Die Straßen frisch asphaltiert und nur noch Leute, die sich nicht mehr kennen. Davon bekommt er allerdings Kopfschmerzen, und das Leben ist viel zu kurz für Kopfschmerzen. Er schließt seine Augen, öffnet sie wieder und schaut sich um. Im gegenüberliegenden Haus bemerkt er ein Mädchen, das an einem Weihnachtsbaum rüttelt, und er sieht genauer hin. Eine Katze sitzt hoch oben in der Baumkrone und faucht herunter. Das sind die Dinge, die ihm gefallen. Abseitige Geschehnisse, mit denen er gut umgehen kann. Je merkwürdiger etwas ist, desto leichter fällt es ihm, eine Lösung zu finden. Da ist er ein wenig wie das Mädchen dort drüben – ein Schütteln und Rütteln an der Normalität hilft oftmals schon, um alles wieder ins Lot zu bringen.

Außer damals.

»Er schaut sich die Herzen an. Ich glaube, er denkt, dass sie nie geschlagen haben.«

Lisbeth hat das gesagt, Lisbeth als Mädchen vor gefühlt hundert Jahren. Nachdem sie Moritz unten bei den Abwasserrohren gefunden hatte und Anton tot am Weiher gelegen war.

Kurze Zeit später hatte er Lisbeth ein zweites Mal aufgesucht. Obwohl er ja gar nicht mit den Ermittlungen beauftragt gewesen war, sondern wie üblich nur mit dem Tagesgeschäft. Mit den Strafzetteln, den Verwarnungen und den Anrufen hysterischer Leute. Trotzdem war er inmitten einer Herbstnacht abermals zu dem Haus gefahren, und sie hatte auf ihn gewartet. Im Vorgarten, das fällt ihm jetzt gerade wieder ein, und eine Gänsehaut zieht sich über seinen Rücken.

Er selbst noch völlig unschlüssig, immer wieder einen Schritt zurücksetzend, war Lisbeth im Nachthemd mit viel zu großen Gummistiefeln und einer viel zu dünnen Jacke bei den Kirschbäumen gestanden. Schon ein wenig ungeduldig, weil er fast eine Stunde gebraucht hatte, um zu ihrem Haus zu kommen.

Die Katze, die zuvor im Baum gesessen war, sitzt jetzt auf dem Fensterbrett und sieht zu Cordes herüber. Er hebt die Hand, um sie zu grüßen, und kommt sich dumm dabei vor.

Du wirst alt und ziemlich verschroben, mein Lieber! Denkt er sich und muss lächeln dabei. Verschroben, das hat auch seine Frau immer gesagt, wenn ihr nichts Besseres eingefallen war.

»Dafür haben wir noch deinen verschrobenen Baum, immerhin!«, murmelt Cordes und schaut zu der Plastiktanne, die zwischen Küche und Wohnzimmer steht und seit Jahren einen Wackelkontakt hat. Moritz hat sich immer dagegen gewehrt, dieses scheußliche Ding auf den Müll zu werfen.

Aus Moritz' Zimmer kann er die Golden Girls hören, die Lieblingsserie seines Jungen. Wie jedes Jahr hat ihm Cordes sämtliche Staffeln neu gekauft, weil die DVDs wieder einmal ganz verkratzt gewesen sind. Außerdem hat Moritz einen größeren Fernseher bekommen – weil er sich in der Werkstatt das Jahr über besonders angestrengt hat. Cordes liebt sein Kind, das inzwischen längst ein reifer Mann ist. Aber die Liebe ist nie kleiner geworden, sie ist beständig und stark in seinem Herzen verankert.

»Machst du ein bisschen leiser?«, schreit Cordes.

»Gleich. Gleich. Jetzt kommt Sophia!«, schreit Moritz zurück und dreht erst noch ein wenig lauter, dann aber doch leiser.

Ungeschickt lässt Cordes die halb gerauchte Lucky Strike in den Aschenbecher fallen, atmet noch einmal die kalte Winterluft ein und schließt dann das Fenster.

Die Katze sitzt immer noch dort drüben. Sie sieht ihn mit großen Augen an. Cordes beschließt, ihr nie wieder zu winken.

Währenddessen sitzt Samson auf dem warmen Fensterbrett des Wohnzimmers und schaut neugierig heraus. Er beobachtet die Vögel am Futterkasten, sieht sie vor lauter Konzentration doppelt, schließlich gähnt er.

»Jetzt hör schon auf. Alles ist gut, glaub es mir doch endlich!« Utrecht zündet sich einen Zigarillo an und pafft den Rauch zu den Wolken hinauf.

Natürlich hat Lisbeth keinen Kuchen gebacken, wenngleich sie es vorgehabt hatte. Doch dann ist ihr der chaotische Kindergeburtstag wieder eingefallen, zu dem sie sich zum letzten Mal an einem versucht hatte, und sie hat beschlossen, dass Utrecht von einer Flasche Rotwein mehr haben würde.

»Kein Fusel, versprochen.« Sie lächelt, und schon wieder mal ärgert sie sich, dass sie keine Handschuhe anhat. Zwar schneit es gerade nicht, aber kalt genug ist es, um jeden einzelnen Knochen zu spüren, klappernd wie ihre Zähne.

»Na, gut. Aber nur, wenn wir den zusammen trinken. Ja?«

»Vielleicht im neuen Jahr. Das ist doch in Ordnung?«

»Mach dir keine Gedanken, Lisbeth. Wenn du Zeit hast, habe ich Zeit.« Utrecht schiebt den Rotwein in die Parkatasche und schaut zum Himmel hinauf. Er kann ihr Parfüm riechen und ihr frisch gewaschenes Haar, aber er traut sich nicht, es zu sagen. Nichts auf der Welt hätte er jetzt lieber getan, als seine Jacke ausgezogen, um sie wärmend um sie zu legen. Aber er hat Angst, dass sie es nicht verstehen wird. Sie ist so schön in diesem Licht der Wintersonne. An all das denkt er gerade, als er den Wolken nachblickt.

Nie im Leben könnte er ihr etwas Böses antun.

(Du musst aber.)

»Utrecht?« Lisbeth stupst ihn an, und er zuckt ein wenig zurück.

»Ich hab grad an das Dach gedacht. Hoffentlich hält es den Schnee aus«, lügt er und lächelt sie an.

»Woher hast du das Bild?«

Die gerahmte Fotografie, die Utrecht am Weihnachtsabend als Geschenk zurückgelassen hat, zeigt Lisbeth als Mädchen. In Jeans, dreckigen Turnschuhen, einer zu großen Herbstjacke und mit ihrer Schultasche. Das schwarz-weiße Foto hat sie noch nie zuvor gesehen.

»Das? Das ist ulkig. Ich. Ich habe es bei mir auf dem Dachboden gefunden. Letzten Sommer, als ich die Wespennester weggemacht habe. Da lag es, und ich hab mir gedacht, das wäre doch ein schönes Weihnachtsgeschenk für Lisbeth. Seltsam, oder?«

»Kann mich gar nicht an die Situation erinnern, in der es aufgenommen wurde.«

»Vielleicht einfach vergessen? Was ich alles vergesse, das glaubst du nicht!«

Lisbeth denkt nach, aber sie ist sicher, das Bild niemals zuvor gesehen zu haben. Es ist keine Nahaufnahme, eher ein

Schnappschuss. Und, das ist ihr gleich aufgefallen: Sie sieht darauf aus, als würde sie nicht wissen, dass sie gerade fotografiert wird. In Bewegung, ein wenig im Profil, die Schatten der Bäume auf ihr Gesicht gemalt. Es ist ihr unheimlich, und sie sieht es nicht gern an.

Warum?

Die Fotografie ist wie eine hungrige, verrückte Ratte, die Blut aus der Wunde von damals leckt. Alle anderen Aufnahmen sind eingebrannt in ihrem Kopf, sogar in ihrem Herzen. Körnige Zeitungsbilder, wenn wieder einmal jemand von einem vermeintlichen Wunder geschrieben hat.

Aber diese Fotografie.

Sie ist anders. Allein durch das Betrachten eröffnet sich das Gefühl aus ihrer Kindheit, so als wäre ein Gespenst um Mitternacht erschienen. Eine unheilvolle Retrospektive – ein längst tot geglaubter Verwandter, der unerwartet vor der Tür steht.

Lisbeth wundert sich zwar nicht zu sehr darüber, schließlich geht es ihr auch immer so mit den Kinderbildern von Marlene: Plötzlich spürt sie alles, die Fiebernächte, das Rufen inmitten der Dunkelheit, die ersten Kinderkrankheiten, die schlaflosen Stunden. Jene Angst, tief verwurzelt im Bauch, für immer dort archiviert. Aber etwas an dem Foto verstört sie.

»Da hat doch mal jemand gewohnt. Hast du mal erzählt.« Utrecht schiebt einen kleinen Haufen Schnee zur Seite und begräbt damit seinen Zigarillo.

Habe ich das wirklich? Habe ich dir je von dem merkwürdigen Mann erzählt, der vielleicht gar nicht mal so merkwürdig gewesen ist? Schließlich hat er das einzig Vernünftige getan: Er ist über Nacht verschwunden, um dem Kindersterben zu entfliehen. Denkt sich Lisbeth und sieht zu Samson hinüber, weil sie Angst hat, Utrecht würde ihre Zweifel vom Gesicht ablesen können. Samson zwinkert sie an und legt sich auf seine Pfoten. Aus dem Wohnzimmer kann Lisbeth Miles Davis hören. Marlene liegt sicher immer noch auf dem Sofa und liest dabei Salinger. Salinger und Jazz, sagt Marlene, gehören irgendwie zusammen.

»Ich hätte es wegwerfen sollen. Tut mir leid, war eine dumme Idee.« Utrecht schlägt den Kragen hoch, und Lisbeth sieht in seine Augen. Er lügt nicht, und es tut ihm tatsächlich leid, das kann sie sogar spüren.

Und dennoch: Irgendwas gefällt Lisbeth ganz und gar nicht an dieser Sache.

»Hast du eine Tüte Milch für mich?« Eigentlich hat sie das gar nicht fragen wollen, und sie ist selbst überrascht darüber. Milch haben sie zu Hause noch genügend. Aber unter all dem Verborgenen fällt ihr plötzlich ein, dass sie noch nie in Utrechts Haus gewesen ist. Merkwürdig, dass ihr das jetzt erst auffällt – er kam immer zu ihnen herüber, wenn er auf Marlene aufpassen sollte. Und sonst? Sonst war Utrecht sowieso ständig vor dem Haus beschäftigt. Mit Schneeräumen, Rasenmähen oder mit seinem Klappstuhl neben dem Kirschbaum, rauchend. Utrecht war immer schon ein stiller, angenehmer Nachbar gewesen. Hinter den Vorhängen der Fenster bis spät in die Nacht warmes Licht, nie laute Musik und auch nie Besuch. Weder von Frauen noch von Männern. Keine Verwandten, keine Bekannten. Nichts.

Das sagen auch immer Leute, die neben Mördern wohnen, flüstert Großmutter in ihren Ohren.

»Milch?«

»Eine Tüte reicht. Ich hasse schwarzen Kaffee, bekomme ich Sodbrennen davon.«

»Ich glaub, ich hab keine mehr.«

»Kannst du nachschauen? Ich würde mir gern einen Kaffee machen.« Lisbeth merkt, dass Utrecht zögert, und Utrecht merkt, dass er sich seltsam benimmt.

»Klar. Ich kann nachschauen. Aber ich hab keine, glaub es mir.« Ein wenig zu hastig stößt er die Schaufel in einen Schneeberg.

Charlie Parker spielt jetzt gerade sein »Ornithology«, das meerblaue Jazz-Zimmer haben sie noch nicht eingerichtet. Durch alle Ritzen von den Mäusen und Spinnen davongetragen jeder einzelne Ton. Ein wenig ist es wie damals, als sie Kind war und Vater von der Teufelsmusik sprach.

Mach das Fenster zu! Mach das Fenster zu, du Miststück!

Ja, Papa.

Da singt der Teufel, das hörst du doch.

Ja, Papa.

Mach das Fenster zu, sonst hören sie dich.

Lisbeth bleibt abrupt stehen, weil sie tatsächlich glaubt, ihren Vater von ganz nahe zu hören, ihn riechen zu können. Die zehn Flaschen Bier in seinem Atemozean.

»Herrgott, vergib!«

Großmutter, die aus ihrer Kammer mit krächzender Stimme schreit und schreit und schreit. Nicht betet, sondern fleht.

Der Himmel kommt ganz nah, und die Kälte ist gerade so kalt, wie es nirgendwo sein kann. Lisbeth fühlt die Ameisen über ihre Hände laufen und die Lichtpunkte vor ihren Augen tanzen, sie atmet ein und atmet aus, um nicht wanken zu müssen.

»Du kannst hier warten, ich bin gleich wieder da«, hört sie Utrecht sagen, und schon ist er bei der Tür.

Verdammt! Eigentlich will sie doch mit in das Haus gehen und sich umsehen. Um beruhigt sein können, um ihm die Geschichte mit der Fotografie abnehmen zu können.

Glaubst du wirklich, Utrecht schleicht durch die Nacht und spielt mit seinem Messer? Hat sie sich das gedacht oder ist es doch nur wieder eine Stimme von den kahlen Bäumen her, in denen die Gespenster lauern? Natürlich denkt Lisbeth das nicht, und doch …

Bevor die Tür zufällt und das Haus Utrecht verschluckt, kann sie ein Stück des Flurs erhaschen. Grün gestrichen, wie mit giftiger Galle bepinselt. Ein Klappern und ein Suchen, viel zu laut, um zu sein, was es vorgibt.

Charlie Parker spielt immer noch, und er spielt lauter und lauter. Von Baum zu Baum flattert eine hungrige Krähe mit glänzenden Augen.

Während zur gleichen Zeit das Telefon mit dem altmodischen Samtbezug in Cordes' Küche läutet und ihn aus seinem Tagtraum reißt.

»Anruf, Anruf. Kann ein Anruf sein!«, kräht Moritz aus seinem Zimmer. Er sieht nach draußen, es schneit nicht. Von Straßenglätte hatten sie auch nichts gesagt. Vielleicht ein häuslicher Streit, wegen der Weihnachtsgeschenke und des übrig gebliebenen Weihnachtspunschs.

Er hebt ab und hört zu, zündet sich eine Zigarette an und nickt.

Nahe dem Friedhof haben sie eine tote Frau gefunden.

Das Messer steckt in ihrem Herzen.

ZWEITE NOTE

MONDHUNDE

KAPITEL 7

Vielleicht gibt es Orte, die das Unheil anziehen. Wie es Plätze gibt, die von Touristen heimgesucht werden, obwohl es dort überhaupt nichts zu sehen gibt. Schattenbewucherte Winkel, vor denen man Angst hat, obwohl man doch längst diesem Alter entwachsen ist.

Das glaubt Cordes tatsächlich. Auch, dass ein Unheil ein weiteres auslösen kann und manche Häuser dazu verdammt sind, auf immer und ewig Geisterorte zu sein – gleich einem unbekannten Friedhof, auf dem irgendwann Gebäude errichtet wurden. Bemalend die Träume wie Wasseradern den schlechten Schlaf. Geisterhäuser wie jenes in ihrem Ort, das abseits und seit Jahrzehnten leer steht. Die Kinder werfen die Scheiben ein, und um Mitternacht herum hört man Stimmen aus den Zimmern oder glaubt es wenigstens.

»Wo bist du?«, flüstert Cordes, während er den alten Klappstuhl nach draußen trägt, auf dem sonst die Leute sitzen, die zu ihm ins Büro kommen.

Wo bist du, Totmacher?

Zwei Tote in relativ rascher Abfolge; und dann?

Stille.

Natürlich haben sie nichts gefunden, wie er es schon geahnt hat. Keine einzige Spur, nichts Brauchbares. Nur ein Haufen Merkwürdigkeiten, zwei frische Gräber und zwei Messer. Von der Münchner Kriminalpolizei sind sie hier gewesen, bis zur Schneeschmelze, immer wieder. Haben die Leute befragt und sind den Hunden ins Unterholz gefolgt, als würden dort noch mehr Leichen liegen.

Cordes aber weiß ihr Schweigen zu deuten. Sie sind ratlos, so wie er es auch selbst ist. Und natürlich warten sie auf den nächsten Leichnam wie gierige Bestatter. Das alles liegt in der Luft, wie alles Gute und alles Schlechte immer zugleich in der Luft liegen.

Jetzt ist es Ende März, und die Sonne ist schon warm und gütig. Für Unbeteiligte zeigt sich die Vorstadt ruhig und gelassen, der Asphalt gewärmt, die Vögel zahlreich auf den Dachrinnen sitzend.

Dreißig Jahre hatten sie alle schlafen, sich ausruhen können von der blutigen Serie toter Kinder, die nichts miteinander verband. Außer, dass sie allesamt hier zu Schule gegangen sind.

Cordes ist vielleicht nicht sehr gut zu Fuß, und damals bei den letzten Schießübungen hat er ziemlich miserabel abgeschnitten, aber dumm ist er deshalb noch lange nicht. Selbstverständlich hat er ganze Nächte damit verbracht, den Täter dort an der Schule zu suchen. Ein neuer Lehrer schien anfänglich verdächtig genug, um ihm manchmal zu folgen, zu Fuß oder in seinem rostigen Audi – aber dieser Lehrer hatte nur ein Verhältnis mit einer Kollegin gehabt, mehr nicht.

Ohne Lisbeth hätte er die Dinge dahinter nicht gesehen, das muss er sich eingestehen. Denn nichts ist wie im Fernsehen – von diesen dämlichen Krimiserien bekommt er sowieso Kopfschmerzen, weil er nicht glauben kann, was ihm da aufgetischt wird. Als wäre alles so einfach und jeder Polizist ein Alkoholiker oder eine Witzfigur. Meist sind ja doch der Zufall, das Glück oder das Schicksal oder gar alle drei zusammen bedeutsamer als alles andere, vielleicht sogar als der beste Zeuge. Denn Zeugen, und darüber könnte er ein Buch schreiben, sehen zur selben Zeit alle etwas anderes.

Langsam setzt er sich vor das Polizeibüro in die Sonne und bereut einen Moment, die Sonnenbrille auf dem Schreibtisch liegen gelassen zu haben. Auch den Kaffee hat er vergessen. Immerhin hat er an seine Zigaretten gedacht.

Und an den Brief.

Wer schreibt heute noch anonyme Briefe? Nur noch schwer Verliebte (ganz sicher ist er diesbezüglich jedoch auch nicht) und Leute, die nicht wollen, dass man ihre E-Mail zurückverfolgen kann. Cordes hat zwar keine Ahnung, wie das genau funktioniert, aber er weiß, dass es geht. Ihm selbst reicht es vollkommen zu wissen, wo man den PC ein- und ausschaltet, wobei er ihn relativ wenig und auch relativ ungern benutzt.

Den geöffneten Brief samt Umschlag auf dem Oberschenkel balancierend, zündet sich Cordes eine Zigarette an und hat Angst. Angst, dass er es dieses Mal nicht überleben wird – diese eigenartige Aneinanderreihung von noch eigenartigeren Geschehnissen. Tief im Magen die Furcht, dass er inzwischen zu alt sein würde, um jeden Zusammenhang zu erkennen. Selten wünscht er sich, zehn oder vielleicht sogar fünfzehn Jahre jünger zu sein, aber jetzt tut er es.

Warum?

Das ist tatsächlich die große Frage. Warum gibt es jetzt wieder tote Menschen und weshalb in aller Welt hat er diesen merkwürdigen Brief bekommen?

Einige Meter weiter räumt der Italiener Stühle vor das Café und nickt ihm dabei zu. Die ersten Passanten setzen sich, tuscheln und lachen. Cordes riecht frisch gebrühten Kaffee, und er spürt schon ein Zucken in seinen Füßen. Später wird er rübergehen und eine Tasse im Stehen trinken. Ein streunender Hund wechselt die Straßenseite, sieht ihn dabei an und verschwindet in einem der Hinterhöfe, vermutlich, um sich in der Sonne schlafen zu legen.

Die Leute verdrängen das Schreckliche auf ihre eigene Art und Weise, und der Frühling trägt seinen Teil dazu bei. Sie alle kommen aus ihren Häusern, und die Angst vor einer neuen Mordserie bleicht mit den Sonnenstrahlen aus. Das ist vor einigen Wochen noch anders gewesen. Beinahe jeden Tag sind Einheimische in sein Büro gekommen, und die meisten glauben ohnehin an eine ganz eigene Wahrheit, so lang zurechtgebogen, bis alle Ungereimtheiten verschwinden. Aber auch das ist nicht unüblich: Schreckliche Geschehnisse verwandeln ganz normale Menschen in missgünstige Kreaturen, Ungeheuern gleich. Auf seinem Schreibtisch ein ganzer Stapel von Verdächtigungen, die ihm zugetragen worden sind. Keine Überraschungen: Zugezogene, Jugendliche und seit neuestem auch Asylanten, die in den Containeranlagen am Ortsausgang untergebracht sind, mit denen es jedoch noch nie Schwierigkeiten gegeben hat. Schließlich sind sie auch nur ein gutes Dutzend, nicht wie noch vor einem Jahr heraufbeschworen Tausende Menschen mit Tausenden Sprachen.

Mit Vernunft allerdings kann man den meisten Leuten hier eh nicht kommen. Diese Erfahrung hat Cordes spätestens seit seinem Dienstbeginn machen müssen. Am schlimmsten, und das hat er schnell herausgefunden, waren immer die Stunden nach der Freitagsausstrahlung von Aktenzeichen XY gewesen. Cordes selbst sieht sich die Sendung nie gern an, sie macht ihm Angst. Nicht nur wegen der gruseligen Musik, nein, eher weil sie die Wirklichkeit ablichtet. Und zeigt, dass man Tote einfach so finden kann, Mörder hingegen nicht.

Cordes raucht zu hastig, das merkt er. Ihm wird ein wenig schwindlig, und er lässt die Zigarette fallen, um sie auszutreten. Sein Mund ist trocken, jetzt ärgert er sich noch mehr, den Kaffee im Büro stehengelassen zu haben. Dennoch mag er nicht aufstehen, die Stille des Moments ist viel zu angenehm. In dieser Stille nur ein Wispern der Cafégäste, ein Klappern der Tassen und Löffel. Um das alles aufzusaugen, schließt er die Augen und denkt daran, als er den Brief aus dem Stapel gezogen hat. Keine Briefmarke, kein Absender.

Jemand hat den Brief eingeworfen. Wahrscheinlich mitten in der Nacht. Deshalb war ihm der Umschlag gleich aufgefallen, und eine Sekunde lang hat er sogar gezögert, ihn aufzureißen. Im Polizeirundschreiben raten sie davon ab. Anthrax und dieses Zeug, das seit 2001 immer mal wieder für Ärger sorgt.

Natürlich war kein Pulver herausgerieselt, und die Nachricht war auch nicht mit ausgeschnittenen Buchstaben zusammengeklebt worden. Ein Computerausdruck, und Cordes weiß, man kann sicher leicht feststellen, mit welchem Drucker gearbeitet wurde. Welches Papier, welche Tinte und der ganze Kram, in amerikanischen Filmen machen sie das so. Cordes selbst hat nur am Papier gerochen – Fehlanzeige! – und einen winzigen Fettfleck entdeckt, von dem er sich aber gerade gar nicht mehr sicher ist, ob er ihn vielleicht selbst verursacht hat.

Im Sonnenlicht faltet Cordes das Schreiben erneut auf, vielleicht auch, um sich zu vergewissern, dass er sich im Schattenwurf seines staubigen Büros nicht getäuscht hat. Aber alle Buchstaben sind noch da:

Der Herzkönig lebt.
Lisbeth ist eine Lügnerin.

Nicht mehr, nicht weniger. Das ist alles.

Leserpost, so nennt Cordes solche Zusendungen. Für die es immer wieder unkalkulierbare Hochphasen gibt – aber erfahrungsgemäß teilen sich die Leute in den dunklen

Monaten mehr mit als an den Sommertagen. Vor allem in den vergangenen Jahren haben die verrückten Briefe, allesamt eingeworfen, tendenziell zugenommen. Das meiste davon abstruse Beschuldigungen und wirre Verschwörungstheorien, sogar einige, die nicht glauben, dass die Bundesrepublik Deutschland existiert. Sie alle unterscheiden sich jedoch von diesem Schreiben: Sie alle sind ausführlich, erklären sich bis ins kleinste Detail, die meisten sind sogar handgeschrieben. Und hier, hier befindet man es nicht einmal für notwendig, Lisbeths Nachnamen zu erwähnen.

Trotzdem weißt du, was das Gespenst mit diesem Brief sagen will. Denkt sich Cordes und nickt. Natürlich weiß er es und weiß es zugleich nicht. Wer soll das sein, dieser Herzkönig?

Lisbeth ist eine Lügnerin.

Cordes faltet das Papier seufzend wieder zusammen und schiebt es in das Kuvert zurück. Obwohl ihm immer noch ein wenig schwindlig ist, zündet er sich eine frische Zigarette an und beobachtet den Rauch. Als würden in den Rauchfäden Antworten zu finden sein oder zumindest Fragen oder gar beides.

Lisbeth hätte damals nie im Leben die Herzen entfernen können. Sie war ein zierliches, beinahe zerbrechliches Mädchen gewesen, mit traurigen Augen und einem schmalen Strich als Mund.

Nein, ganz und gar unmöglich.

Freilich: Moritz war nicht viel älter gewesen, und trotzdem hatten sie ihn verdächtigt. Die Kraft kommt von der Dummheit – diese Worte liegen ihm schal im Mund, und er schluckt. Vermutlich kann Kraft auch von Klugheit kommen, wenn man genau darüber nachdenkt. Sicher war Lisbeth schon damals ein ziemlich kluges Mädchen gewesen.

Dennoch: Dass ein Kind andere Kinder auf diese Weise tötet, ist beinahe undenkbar. Vielleicht im Zorn die Kellertreppe hinunterstoßen, das ja. Über alles andere nachzudenken ist absurd, und Cordes hasst absurde Gedanken.

Außerdem hatten sie den Täter ja zweifelsfrei zuordnen können. Hatten alles entdeckt, wonach sie so lange gesucht hatten. Nur nicht seine Geheimnisse, die unberührt mit den Herbststürmen über das Dorf fegten. Fröbe hat seine Geheimnisse mitgenommen, sie verschluckt und vielleicht mit dem letzten Atemstoß dem Himmel übergeben.

Fröbe.

Seit Jahren hat Cordes den Namen nicht ausgesprochen, hat ihn vergessen wollen, und doch gelingt es einigen Toten, nur scheintot zu sein, obwohl die Würmer sie längst gefressen haben.

Fröbe, das Ungeheuer. Fröbe, das Schreckgespenst. Der Kindermörder und Herzfresser. Fröbe, der Schulrektor. Der auf dem Friedhof in der letzten Reihe hinter der Marienkapelle liegt, kein Grabstein, nur ein schiefes Holzkreuz ohne Namen. Der Zorn auf ihn war damals so gewaltig gewesen, dass man drei-, viermal versucht hatte, ihn auszugraben, weit nach Mitternacht. Vielleicht, um ihm ebenfalls das Herz aus dem Leib zu schneiden, das kann sich Cordes gut vorstellen. Er hätte es ja selbst gern getan.

Vermutlich ist es das Schlimmste, was einer Gemeinde zustoßen, was einer Familie angetan werden kann. Unter ihnen als Schattengestalt ein Mensch, den jeder auf der Straße grüßt, der jedoch von ihren Kindern träumt. Und von dem ihre Kinder träumen, als gesichtsloses und eiskaltes Scheusal. Fernab aller Gruselfilme im Spätprogramm, im Mondlicht nur Mondhunde und Mondmesser. Eine Menschenbestie mit dem Verlangen nach geronnenem Blut.

»Mondhunde.« Er spricht es leise aus, weil das Wort so merkwürdig klingt, und erst jetzt fällt ihm ein, von wem er es gehört hat. Moritz hatte damals davon gesprochen, von Mondhunden, die kleine Kinder reißen, um dann bis zum nächsten Vollmond schlafen zu können. Vielleicht war Fröbe tatsächlich so etwas gewesen.

War gewesen.

Ja. Denn noch in der Untersuchungshaft hatte sich Fröbe das Leben genommen. Cordes kann sich allerdings nicht mehr erinnern, wie er es getan hatte. Von München waren einige Gerüchte heruntergeweht, dass er von einem Kollegen in der Zelle hingerichtet worden war – aber daran glaubt er nicht wirklich.

Cordes schiebt sich den Brief in die Hemdtasche, verschränkt die Arme vor dem Bauch und denkt zurück.

Wie war es vor dreißig Jahren gewesen, als die meisten Häuser der Neubausiedlung noch gar nicht gestanden hatten? Ein ziemlich ungemütlicher, nasskalter Herbst – weit entfernt von einer goldenen Jahreszeit oder gar einem Altweibersommer. Trist und trostlos, mit Nebelzungen, die den ganzen Tag nicht verschwinden wollten. An unzähligen Stellen der Straße scheinbar metertiefe Pfützen, Brackwasser, in dem man sich durchnässt spiegeln konnte. Überheizt die Häuser und die Bäume kahl.

Ohne jeglichen erkennbaren Zyklus waren die Leichname aufgefunden worden. An einem stürmischen Tag mit flackernden Straßenlaternen an den Weggabelungen sogar drei Kinder innerhalb weniger Stunden. Nur Hunderte Meter voneinander entfernt, viel zu nahe bei den Häusern – und dennoch hatte es geschehen können.

Gerade jetzt im Sonnenlicht kommt ihm dieses Szenario fremd und in seiner Eiseskälte unwirklich vor. Aber es ist tatsächlich so gewesen: zwei Mädchen und ein Junge, auf dem Rücken liegend, als wären sie einfach so umgefallen.

Heutzutage, und darüber denkt Cordes oft nach, gehen die Kinder ja gar nicht mehr so oft nach draußen, wegen ihrer Smartphones und dieser Dinger, die man an den Fernseher anstecken kann. Damals aber hat man an jeder Ecke ein Kind gesehen, auf dem Weg zurück und voran, mit Einkaufstaschen in den Händen. Oder einfach nur so, Regenpfützen zählend, wie es Kinder gern tun, wenn der Himmel zu nah, die Wolken zu schwer und der Abend noch zu früh sind.

Sie alle haben nicht geschrien.

Damals, als noch niemand geahnt hatte, wer der Mörder unter ihnen war, schien gerade diese Stille der letzten Atemzüge unheimlich.

Er verschluckt ihre Schreie.
Frisst sie auf.
Der Teufel ist in der Stadt.

Die alten Weiber mit ihren Gebetsfetzen im Mund hatten ausgesprochen, was viele von ihnen gedacht hatten. In den Augenwinkeln ein riesiges Monstrum, und doch war es schließlich der schmächtige, nicht allzu große Schulrektor Fröbe gewesen, mit dem Lächeln im Gesicht, das man auf jeder Schulfestfotografie sehen konnte.

Hatte er irgendwo gewartet, hinter Bäumen und Büschen, in Hofeingängen, mit dem Rasiermesser in der Hand, um den Kindern leisen Schrittes zu folgen? Um sie aus dem Schatten heraus zu überraschen?

Oh, was machst denn du noch so spät hier draußen! Es wird doch schon Nacht.

Guten Abend, Herr Rektor.
Soll ich dich nach Hause bringen?
Danke, Herr Rektor.
Siehst du den Mond, Kind?
Ja, Herr Rektor.
Wenn du genau hinschaust, dann siehst du dich selbst.
Ja? Wo?
Hinter den roten Flecken, mein Kind. Genau dort.

Hatte Cordes davon geträumt, war er etwa mit den Kindern die Wege abgegangen, ohne das Gesicht des Verrückten sehen zu können? Hatte nicht auch er den kurzen, heißen Schmerz gespürt und den letzten Versuch, einen Schrei aus dem Mund zu pressen? Der dann doch nur noch ein Krächzen gewesen war, untergegangen im Hervorsprudeln des viel zu warmen Blutes.

Vielleicht hat er sich das aber auch nur alles eingebildet, in der Rückschau der Geschehnisse, wenn das Marihuana noch nicht ganz in seinem Kopf war, aber doch schon in seinem Bauch.

Bei den Bistrotischen des Cafés hungrige Sperlinge, am Himmel Wolkenfetzen. Am liebsten hätte er den Brief den Vögeln mitgegeben, um ihn dort hinaufzutragen. Auf immer und ewig verschwindend, als hätte es diese Zeilen nie gegeben.

Doch gleichzeitig hat er das Gefühl, dass er bald schon mit Lisbeth sprechen muss. Dem einstigen Wundermädchen.

Vielleicht, und das kann ja sein, ist sie zu einer Wunderfrau geworden. Er hofft es.

KAPITEL 8

Miles Davis mit seiner langen Version von »Bitches Brew« kratzt an Lisbeths Knochen. Sie kann sich noch ziemlich gut daran erinnern, als sie in Schwabing die Schallplatte gekauft hat, an einem unglaublich heißen Sommertag. Mit Benzingeruch in der Luft und offenen Fenstern zur Straße hin. Den ersten Schritt aus dem winzigen Laden heraus hatte sie das Gefühl gehabt, dass sich alles verändern konnte. Immer und überall, allein durch diese Musik. Die von früher in das Heute klingt, Note für Note – und dass diese Töne sie heilen können. Eine Zeit lang hatte sie die Musikstücke nur erträumt, im Schwesternwohnheim, weil sie sich keinen Plattenspieler leisten konnte. Und nicht nach Hause wollte, wo noch ein alter Plattenspieler stand, verstaubt im Wohnzimmer. Immer auf der Suche, immer findend. Es reichte vollkommen, die schwarzen Pressungen aus der Hülle zu nehmen, sie anzufassen, um ruhig zu werden. Damit niemals der Ton in ihrem Herzrauschen verschwinden konnte. Jener Klang ihrer Kindheit, dieser Augusttage voller Grillengesänge und Kometenstreifen. Jene Saxofonnuance, die alles übertönen konnte, alles übertönen musste, um sie nicht verrückt werden zu lassen.

Jeder Ton eine Skalierung in ihrem Leben, jede Pause eine Grube in ihrer Seele. Und das Kratzen der staubigen Rillen die Orchestrierung einer zerfetzten Vergangenheit. Es gibt Dinge, an die sich Lisbeth nicht erinnern kann. Nur noch lose Ausschnitte, und selbst die waren vermutlich nicht einmal wirklich, sondern einfach nur erdacht. Alles in dieser unglückseligen Zeit, die schon früh begonnen hatte. Aber wann genau? Lisbeth glaubt, dass es mit ihrer tiefen

Traurigkeit zu tun hatte. Als Kind hatte sie viel geweint, bei den hohen Bäumen, wo sie allein sein konnte. Doch nahe genug, um ihr Elternhaus noch sehen zu können, den hohen Schornstein und die Moosflecken auf den Schindeln. Stundenlang war sie dort gestanden, regungslos, mit bleischweren Beinen. Den Kloß in ihrem Hals spürt Lisbeth immer noch, kleiner zwar, aber er ist noch da.

Aus Tragödien wachsen Helden.

Aus Tragödien wachsen Mörder.

Marlene sieht auf, und einen Moment lang glaubt Lisbeth, es tatsächlich laut und deutlich ausgesprochen zu haben.

»Hast du Halsschmerzen?«

Lisbeth zieht ihre Hand von ihrem Hals weg und schüttelt den Kopf. Miles Davis tanzt durch den blauen Raum, sein Schatten berührt ihr Gesicht.

Marlene zuckt mit den Schultern und liest weiter in ihrem Buch; Richard Brautigans »Forellenfischen in Amerika«.

Aus Tragödien wachsen Helden.

Aus Tragödien wachsen Mörder.

Doktor Broder hatte das gesagt, vielmehr gemurmelt. Der seine Praxis über dem Gemischtwarenhandel gehabt hatte. Wie durch ein Wunder von einer Amnesie geheilt, sieht sich Lisbeth selbst dort als Kind sitzen, in ihrem blauen Lieblingskleid, die Hände im Schoß gefaltet. Mit ihrem Hals aber war alles in Ordnung gewesen.

Wenngleich das alles nur ein Blitzlicht ist, ahnt sie, dass dieser Arztbesuch vor den toten Kindern gewesen sein muss. Als es anfing mit dem großen, unheimlichen Sterben, hörte es auf mit dem Weinen.

Das ist krank, denkt sich Lisbeth und erschrickt über sich selbst. Alles war so furchtbar schnell gegangen. Der rabenschwarze Engel in ihrem Kopf, die flackernden Bilder und dann der Schulrektor. Dann eine Leere, bis sie schließlich wieder erwachte und Krankenschwester war. Verschüttet die letzten Erinnerungsfragmente durch Marlenes Geburt.

Bis jetzt.

Messer in den Herzen.

Geöffnete Gräber, an die sie nicht mehr hatte denken wollen.

Fröbe.

Gott, allein der Name ließ eine Gänsehaut über ihren Körper wandern, und Lisbeth zittert auf der Couch, obwohl das Fenster zur Südseite weit geöffnet ist und frühjahrswarme, fast schon sommerliche Luft hereinströmt. Zwischen jeder Note ein Vogelgeschrei.

Lisbeth ist von den vergangenen Frühdiensten ziemlich müde, und sie zieht die Wolldecke an sich heran, um sich darin einzuwickeln. Eigentlich hat sie ja sowieso ins Bett gehen wollen, aber dann hat Marlene sie doch überredet, auf eine Tasse Kaffee in ihrem gemeinsamen Zimmer, in dem es immer noch nach frischer Farbe riecht.

»Du wirst krank. Frühjahrsgrippe«, sagt Marlene, ohne aufzusehen. Sie sitzt da in ihren kurzen Hosen und dem Johnny-Depp-Shirt und zeichnet die Wörter mit ihrem Finger nach. Lisbeth sieht sie an und versucht damit, alles andere aus ihrem Kopf zu bekommen. Sie ist ein wunderschönes Mädchen. Die schmale Narbe über ihrer linken Augenbraue, das Vermächtnis eines Sturzes vom ersten Fahrrad. So tragen wir alle unsere Narben davon, sagt jemand zu Lisbeth, und sie nickt. Und schließt ihre Augen, mit dem Wunsch, von Licht zu träumen und von Wärme. Von einem guten Ort.

Doch Lisbeth riecht sofort den Winter in der Luft und spürt die Kälte in den Fingern. Ein Herbstabend mit Regenschlieren und Nebelflecken, mit ängstlichen Katzen vor den Haustüren und knurrenden Hunden in den Hinterhöfen.

Ein Abend zur Einstimmung auf den Advent. Ja, das steht sogar auf den gelben Handzetteln, die aufgeweicht vor dem Pfarrsaal auf dem Kopfsteinpflaster liegen. Jesus starrt mit segnenden Händen zum Himmel hinauf.

In der Schule hatte der Herr Pfarrer gesagt: »Gerade für die verstorbenen Kinder müssen wir jetzt beten.«

Vater unser, vergib uns unsere Sünden.

Im Pfarrhof steht ein Weihnachtsbaum, und in den Pfarrsaalfenstern brennen Kerzen, um die armen Seelen nach Hause zu geleiten. Weihnachtslieder haben sie geübt in den vergangenen Wochen; Stille Nacht und O Tannenbaum. Ein Chor der traurigen Kinder. Auf dem Friedhof frisch aufgeworfene Erde und die Trauerkränze nass vom Regen. Mitschüler und Mitschülerinnen mit verschlossenen Augen, im Feiertagsanzug oder im besten Kleid. Alle sollen sie es hören. So laut singen, dass man es bis hinab hören kann, in die Särge hinein. Hat der Rektor gesagt und in sein Stofftaschentuch geschnäuzt.

Rabenschwarzer Engel, tanz im Kreis herum!

Auf der Straße und im Pfarrhof eine Traube Kinder und Erwachsene, die Gesprächsfetzen still und besorgt.

9 ist keine gute Zahl.

9 tote Kinder, bis jetzt.

Lisbeth hattte sich den Draht nicht ins Ohr stechen können, denn sie war zuvor ohnmächtig geworden. Wegen der Schreie und der brennenden Haare. Keine Vision war so stark gewesen wie jene und gleichzeitig so merkwürdig und fremd.

Jetzt steht sie hier, ein wenig abseits. Ihre Eltern zu Hause, weil Vater zu viel getrunken hat und Mutter sich Sorgen macht. Und Großmutter in ihrer Kammer schreit.

Sie soll eine Fürbitte lesen, in ihren Händen hält sie einen zerknitterten Zettel. Aber sie hat Angst, große Angst sogar, und will eigentlich wieder nach Hause laufen. Alles ist besser als hier zu sein, selbst der betrunkene Vater am Küchentisch.

Ganz leise hört sie die Teufelsmusik in ihren Ohren sirren. Dunkle, schräge Jazztöne, mal lauter, mal leiser. Wie Katzenschreie um Mitternacht.

Die ersten Kinder gehen in den Pfarrsaal, es fängt wieder an zu regnen. Jeder einzelne Regentropfen ist so kalt wie ein Eisbrocken. Sie bleibt stehen, doch der Rektor winkt sie herbei. Er trägt einen schwarzen Anzug mit einem roten Einstecktuch. Das Tuch sieht aus wie eine herausgeschnittene Zunge, sie muss wegsehen, aber er ruft ihren Namen.

Lisbeth!

»Lisbeth, Lisbeth. Was hab ich gehört? Du findest Sachen wieder? Gibt's das?«

»Ich weiß nicht, Herr Fröbe.«

»Du darfst nicht lügen, das weißt du doch, Kind!«

»Ja, ich weiß, Herr Fröbe.«

»Welches Gebot, Lisbeth?«

»Das achte Gebot, Herr Fröbe.«

»Sonst kommst du in die Hölle, Lisbeth. Vergiss das nicht.«

Sie setzt einen Schritt vor den anderen, und sie kann den Mann riechen. Eine Mischung aus billigem Rasierwasser und Mottenkugeln. Mottenkugeln kennt sie von ihrer Großmutter, deren Taschen waren voll damit. Er möchte seinen Arm um ihre Schulter legen, doch sie entzieht sich der Bewegung und geht einen Schritt zur Seite. Er lächelt, aber er lächelt nicht wirklich. Eher ein Grinsen mit zuckenden Lippen.

Der Pfarrsaal ist nicht sehr groß, und er ist voll. Es riecht nach altem Weihrauch und feuchten Jacken.

Geh wieder, dreh um, denkt sich Lisbeth, aber sie geht dennoch Schritt für Schritt hinein. Ein paar Mädchen, die sie nicht mögen, tuscheln und zeigen auf sie. Die Hexe Lisbeth mit den verrückten Augen und der verrückten Großmutter.

Lisbeth setzt sich an einen der vorderen Tische, sitzt allein. Väter und Mütter, die an den Seiten sitzen und zu Boden sehen. Ängstlich, weil sie nicht wissen, wer dort draußen Blut an den Hosen kleben hat und wie lange das alles noch gehen wird.

Magda, die ein Jahr jünger ist als Lisbeth, geht nach vorn und trägt leise und stotternd ein Gedicht vor, die alte Krimmberger, die in der Schule Religion unterrichtet, sitzt am verstimmten Klavier und spielt ein Weihnachtslied.

Lisbeth aber spürt den klopfenden Schmerz in ihren Schläfen, beinahe so stark wie auf der Regentonne stehend, den rostigen Draht in ihren Händen.

Von Ost nach West tanzt der rabenschwarze Engel über seinen eigenen Schatten hinein in ihre Magengrube. Sie schließt die Augen und zählt rückwärts, weil sie glaubt, sich übergeben zu müssen.

Dann eine Mutter, die mit einem raschelnden Zettel in der Hand von Sünde spricht, von Schuld und von Erlösung. Ihre Stimme klingt wie das Fiepen einer Maus im Mund einer Katze, gedämpft und laut zugleich, viel zu grell und viel zu unwirklich.

Lisbeth denkt an Moritz, von dem sie glauben, er habe die Kinder umgebracht. Eines nach dem anderen, einfach so. Denkt an seine Augen, die ängstlich aus der Dunkelheit des Abflussrohres hervorgeleuchtet haben. Der Polizist hat ihr nicht geglaubt, das hat sie spüren können, und trotzdem hat sie ihn gefunden. Ein Herzschlag so laut wie ein Gewehrschuss.

Außerdem.

Außerdem weiß sie immer, wo sich alle Kinder verstecken. Weil es ja auch ihre eigenen Verstecke sind, immer dann, wenn sie so traurig ist, dass der Himmel ein Gewitter ausspuckt, mit Blitzen und Donnergrollen.

Moritz, der als Einziger nicht wegläuft, wenn er sie sieht. Er hat ihr sogar einmal Blumen gepflückt, das fällt ihr gerade wieder ein. Wildblumen, von irgendeiner Wiese, mit schlafenden Käfern darin.

Moritz, und das hat sie immer gewusst, hätte sich eher selbst umgebracht, als jemand anderem wehzutun.

Nein, das stimmt nicht ganz. Seine Stimme hallt in ihren Ohren wider:

»Soll, soll, soll ich ihn totmachen? Dann, dann musst du nicht mehr traurig sein.«

»Du bist lieb, Moritz, aber das geht nicht.«

»Alles geht. Sagt Papa. Und der weiß alles, der ist Polizist.«

»Ich weiß. Aber trotzdem. Man darf niemanden umbringen, nur weil er ein schlechter Mensch ist. Verstehst du das?«

Lisbeth denkt nach, aber es fällt ihr nicht mehr ein, was Moritz geantwortet hat. Bei den hohen Bäumen, versteckt in einer Grasmulde, der Himmel ganz nah und dunkel verfärbt. Vielleicht hat er geweint, so wie sie geweint hat.

Lisbeth schreckt auf, weil jemand ihren Namen ruft. Der Schulrektor wedelt mit seinen Armen, und die alte Krimmbauer spielt einige Akkorde von »Großer Gott, wir loben dich«. Lisbeth soll nach vorn kommen und die Fürbitte für die ermordeten Kinder vortragen, damit die armen Seelen ins Licht gehen können. Die Krimmbauer hustet rachitisch, im Raum mit dem großen Kruzifix an der Westseite, unter dem ebenfalls Kerzen brennen, wird es still.

Klaviermusik, für Lisbeth aber Saxofongeschrei.

Charlie Parker, der sich unter den Tischen versteckt und weiterspielt.

Der rabenschwarze Engel, der in ihrem Kopf tanzt.

So geht Lisbeth nach vorn, wankend. Durch die Fenster kann sie nach draußen sehen, ein Flackern der Straßenlaternen im Regenschauer. Den Zettel in ihren Händen, so schaut sie auf ihre Schuhe, die Flecken haben. Und geht weiter, den Atem anhaltend, das Herz schlägt schnell.

»Jetzt komm schon, Lisbeth«, sagt Fröbe, aber sie hört ihren Vater aus seinem Mund, und der sagt: »Na, komm schon, du Miststück!« Lisbeth nickt, während Fröbe das Mikrofon tiefer stellt.

Sie riecht den Atem aus seinem Mund, seinen Schweiß und wieder die Mottenkugeln. Weil sie zu zögerlich ist, zieht er sie an der Hand nach vorn.

Doch dann.

Dann denkt sich Lisbeth als Erstes: Ein Blitz hat direkt in den Pfarrsaal eingeschlagen. Alles ist hell und dunkel zugleich, alles stinkt und riecht doch nach nichts. Vor vielen Jahren hat sie einmal aus Dummheit einen Weidezaun angefasst und dabei einen Stromschlag abbekommen. Keinen sehr starken, aber doch stark genug, um das nie wieder zu vergessen. Das hier aber ist viel stärker, als wäre sie mit einem Weidezaun umwickelt worden. Sie zuckt, das merkt Lisbeth. Der Zettel mit den Fürbitten flattert aus ihren Fingern, segelt zwischen Fröbes Schuhe. Fröbe sieht sie mit großen Augen an, sein Mund geht auf und zu, aber es kommt nichts heraus.

Dann ein Wetterleuchten in ihrem Kopf und mit dem Wetterleuchten schreckliche Bilder. Fröbe, der hinter einem Mädchen geht, ganz langsam und mit kleinen Schritten, und sie dreht sich um und erkennt ihn, lächelt und nickt. Das große gebogene Wilkinson-Rasiermesser in seiner rechten Hand versteckt.

Ein Warten. Hinter der Häuserecke. Ein leerer Platz. Es dämmert schon.

Geh langsam, Kind, was hast du es so eilig?

Ich muss nach Hause.

Komm mit, ich bring dich heim.

Der schnelle und tiefe Schnitt, als sie ihren Kopf wieder wegdreht.

Das Blut, das wie eine Fontäne aus dieser klaffenden Wunde spritzt.

Nur ein Gurgeln, kein Ton mehr.

Ein Körper, der zu Boden fällt. Fröbe greift unter die Arme, als wäre das Kind nur ohnmächtig geworden.

Herbstregen in seinem Gesicht. Herbstregen, der das Blut wegwäscht. Ein hastiger Blick, blitzende Augen, ein offener Mund.

Kniend über den Bauch, eröffnend zuerst die Kleidung und dann den Leib, als wäre nichts natürlicher als das.

Er trägt ein anderes Messer bei sich, das kann Lisbeth jetzt sehen. Ein großes Schlachtermesser, sie hört die Knochen knacken. Er schabt an ihnen, gleitet ab. Drückt die Rippen zur Seite, und Lisbeth sieht einen roten Ozean.

Sieht das Herz.

Und abermals ein anderes Messer. Eine feine Klinge, lang und scharf. Fröbes Hände bemalt vom Blut.

Lasset uns beten, Herr im Himmel!

Blitzlichtgewitter, Herbststurm und Hagelschauer. Lisbeth sieht eine Collage von Bildern, verzerrt durch die Geschwindigkeit. Der Junge am Weiher hat sogar geschrien, weil Fröbe ihn mit dem ersten Schnitt nicht richtig erwischt hat.

Ein Schrei, der durch ihre Innereien flutet, und Lisbeth blickt erschrocken zu Boden. Auf den Dielen unter ihr eine kleine Pfütze.

Fröbe tritt einen Schritt zurück, weil er Angst bekommt vor dem bleichen Mädchen mit den dunklen Augen.

»Er hat sie umgebracht. Fröbe, Fröbe. Hat die Kinder aufgemacht. Herzen. Oh. Das Messer schneidet gut. Der Herzkönig lacht«, ruft Lisbeth.

»Sie lügt. Das Kind lügt«, stottert Fröbe, aber da fallen bereits die ersten Stühle um, und Kinder laufen nach draußen. Ein Vater stolpert über ein Kabel und fällt zu Boden, Gläser zerbrechen am Holzboden. Der Weihnachtsbaum wackelt und touchiert eine der Kerzen, die ersten Zweige fangen an zu brennen.

»Schneid es durch, schneid es durch!« Lisbeths Stimme ganz tief, denn es ist Fröbes Stimme, die aus ihrem Mund dringt.

Fröbe, der sich nicht mehr zu helfen weiß, zieht aus seiner Mottenkugeljacke ein Rasiermesser und klappt es auf. Jedes Kind, das noch im Saal ist, schreit jetzt laut. Alle laufen sie zu der schmalen Tür und straucheln und fallen und stehen wieder auf. Eine Mutter stolpert auf Fröbe zu, er aber schneidet durch die Luft und erwischt ihre Hand. Blut spritzt zu Jesus hinüber.

Kerzen fallen um, die Weihnachtstanne brennt inzwischen lichterloh und setzt nun auch die kitschigen Vorhänge in

Brand. Ein Junge, der im Taumel die Orientierung verliert, läuft weinend zum Fenster. Zu spät dreht er sich um, seine Haare fangen an zu brennen. Er schlägt auf seinen Kopf ein.

Fröbe ist zu einem Werwolf geworden, zu einem dieser Mondhunde, die es nicht geben darf, und doch existieren sie in solchen Augenblicken. Die Hand erhoben, fest umklammert das altmodische Rasiermesser.

»Ich schneid dir deine freche Zunge aus dem Maul!«, schreit er. Lisbeth kann sich keinen Schritt bewegen, denn in ihrem Kopf brennen alle Bilder, die sie gesehen hat. Fröbe springt auf sie zu, Speichel benetzt sein Kinn.

Lisbeth fliegt davon.

KAPITEL 9

Natürlich war Lisbeth nicht davongeflogen. Wenngleich es sich in ihren Erinnerungen so anfühlt. Stattdessen hatte Cordes sie am Kragen ihres Kleides gepackt und mit einem heftigen Ruck aus dem Pfarrsaal gezogen, so fest, dass ihre Füße einen kurzen Moment in der Luft gehangen waren.

Einen Augenblick lang kann sie es wieder spüren, diesen Ruck und die Hitze des Raumes, obwohl der Himmel verhangen ist. Lisbeth schaut hinauf, wie man es als Kind macht, um die Wolken zu zählen, und weiß nicht so recht, weshalb sie überhaupt auf den Friedhof gegangen ist. Jenen Ort, den sie eigentlich meidet, weil es ein stummer, dunkler Ort ist. Dennoch hat sie sich heute Nachmittag auf den Weg gemacht, ist durch die längst vergessenen Seitenstraßen geschlichen, einem Schulkind gleich, das sich nicht nach Hause traut.

Vor fünfzehn, zwanzig Jahren ist sie zum letzten Mal hier gewesen, denn Lisbeth ist auch nie zu anderen Beerdigungen gegangen. Ist jemanden aus ihrem Bekanntenkreis gestorben, hat sie sich immer eine Ausrede ausgedacht.

Wir lügen, um am Leben zu bleiben, denkt sich Lisbeth und nickt. Sieht sich um, weil sie sich dumm vorkommt, aber der Friedhof ist verlassen. Allein der Wind streift durch die hohen Bäume. Und sie muss auch an damals denken, weil sie gerade wieder das starke Gefühl hat, den Boden unter den Füßen zu verlieren. So seltsam kommt sie sich vor, so fehl am Platz.

Schau an, schau an, wer kommt denn da, flüstern die Verstorbenen unter der Erde. Einige Jahre nach dem Tod ihrer Eltern und ihrer Großmutter hatte sie noch den örtlichen

Gärtner damit beauftragt, das Grab zu pflegen. Mit kargen Blumen und blanken Steinen, irgendwann aber hatte sie es vergessen oder vielleicht auch nicht mehr gewollt. Wenngleich sie es nie übers Herz gebracht hat, das Familiengrab auflösen zu lassen, hat sie vielleicht gehofft, die wilden Sträucher würden diesen Flecken Erde eines Tages einfach so verschlucken.

Tatsächlich kann sie die Grabstelle kaum noch ausmachen, allein der schiefe Stein mit dem Vogeldreck darauf erinnert sie an diesen Ort. Hohe Stauden, viel Löwenzahn und noch mehr Brennnesseln überwuchern den Erdhaufen. Im Weihwasserkessel die Herbstblätter der vergangenen Jahre, während die liebevoll gepflegten Gräber links und rechts davon sie wortlos beschuldigen, ein schlechter Mensch zu sein.

Hinter den Erinnerungen liegen andere Erinnerungen versteckt. Lisbeth ist alt genug, um das zu wissen, und auch, dass es bei allen Menschen so ist. Bei den Todkranken genauso wie bei den Geheilten, sie alle verbergen in ihren Bäuchen und in ihren Herzen Geheimnisse. Die ganze Notaufnahme ist voll damit, voll von Geheimnissen und verschwiegenen Episoden. Die, wenn sie Glück haben, vielleicht in irgendeinem alten Arztbrief auftauchen. Obwohl Lisbeth nicht daran glaubt, dass jeder Krankheit ein seelischer Schnitt zugrunde liegt, lassen Erkrankungen oftmals in die Vergangenheit des Patienten blicken.

»Wir haben nicht nur eine Geschichte«, flüstert Lisbeth und streift sich über den Mund, überlegt seinen Augenblick, sich eine Zigarette anzuzünden, lässt es dann aber. Als Kind war das klar gewesen, kein Zweifel. Erst später dann schien das Leben rational und ohne Abzweigung. Bis schließlich eine unerwartete Krise das Pflaster über den darunter längst brennenden Lebenslügen brutal wegriss.

Wundheilungsstörung, so nennt man das im Krankenhaus. Bisswunden, die vernäht werden, können nicht heilen, sie entzünden sich und führen zu Fieber. Die frischen Leichen mit dem Herzstich haben alles verändert, haben die Vergangenheit zurückgeholt und alte Verletzungen aufgerissen. Eitrige Menschenbisse, über die sich allmählich eine dünne Haut gezogen hat.

Lisbeth seufzt, weil sie nicht weiterweiß. Die Welt hat sich gedreht, alles verkehrt und damit auch ihre Erinnerungen eingefärbt.

»Was ist passiert?« Lisbeth spricht es laut aus, doch die Toten schweigen, und die Gespenster in den Bäumen stellen sich schlafend.

Alles ist so schnell verflogen, die Tage mit rasender Geschwindigkeit. Als Mädchen hatte sie noch gedacht, jede einzelne Stunde wäre so lang wie ein ganzes Leben. Heute jedoch dauert alles nur einen Lidschlag lang. Bei der Aussegnungshalle einige Krähen, die miteinander schimpfen.

Lisbeth war wie ein fremdes Kind in einer fremden Familie gewesen. Selbst ganz frühe Erinnerungen sind durchzogen von einem mulmigen Gefühl, gänzlich fehlend Liebe und Zuneigung.

Vater, der am Küchentisch sitzt oder in der Garage steht.

Mutter, die aus dem Fenster schaut und sich in einem der oberen Zimmer einschließt.

Und Großmutter, die alles sieht mit ihren großen Augen und stumme Worte in ihrem Mund mit den Zahnstumpen formt.

Erst mit Marlene hat Lisbeth erkannt, was Familie bedeuten kann und muss. Eine bedingungslose Liebe zwischen den Menschen.

Tief unten allerdings Menschen, die scheinbar nichts mit ihr gemein haben. Und trotzdem ist da dieses Gefühl, dass auch das nur zum Teil stimmt – und dass Lisbeth sich an etwas nicht erinnern kann oder mag, was die ganze Sache erklären würde.

»Wofür habt ihr ein Kind gebraucht?« Sie reißt sich zusammen, denn sie will nicht weinen, und schluckt die Hitze herunter, die in ihren Augen brennt. Vielleicht ist es doch keine so gute Idee gewesen, hierher zu kommen. Nur für wilde Stauden auf klumpiger Erde und ein paar Namen auf einem Grabstein, die man vermutlich nicht einmal mehr lesen kann.

Schau nach, Lisbeth, jeder Name trägt eine Geschichte in sich verborgen.

Natürlich, ihre Großmutter und die Hexengeschichten, Vaters Alkoholungeheuer und Mutters weinerliches Jammern – das Klanggebilde aller Sonntage, wenn sie zusammengepfercht, beinahe schon gefangen, in dem kleinen Haus auf die Nacht warteten. Um sich dann endlich unter den Bettdecken verkriechen zu können. Schauderhaft, dieses Zittern ihres Körpers, wenn sie zurückdenkt. An den Geruch von altem Bier und Marmorkuchen, den niemand anrührt, weil jedem übel ist von der Anwesenheit der anderen.

Trotzdem: Schau nach.

Lisbeth kennt diese Angst aus der Ambulanz, diese Angst, etwas zu finden, was noch schrecklicher ist als alles andere. Ein Kribbeln in den Fingerspitzen bei dem Patienten mit unklarer Genese, am besten noch multimorbid, und eine undefinierbare Ahnung, dass sich der Zustand noch verschlechtern wird. Diese Furcht hat Lisbeth auch gerade, als sie mit einem großen Schritt auf das Grab zutritt und einen Moment lang innehält. Weil sie glaubt, von der Leichenhalle her Musik hören zu können. Ein Schlagzeug und ein Bass, vielleicht sogar eine Trompete – ein Trauermarsch für Verrückte. Als sie aber den Kopf dreht, ist alles stumm, selbst die Krähen schweigen.

Du siehst jetzt gleich deinen eigenen Namen. Das ist das Bild vor ihren Augen, ihr Name in blutroten Lettern, eingemeißelt schon vor dreißig Jahren. Als nächstes totes Kind vorbestimmt. Das und nur das muss das Foto zu bedeuten haben.

Ohne auf die Brennnesseln zu achten, drückt Lisbeth das Unkraut auseinander und kommt sich dabei dumm vor. Sehr dumm sogar. Da der Name ihrer Mutter, ihres Vaters. Großmutters Name abseits, als würde sie nicht dazugehören und wäre nur aus Versehen hier begraben worden. Alles in Stein gehauen und dann mit Gold überzogen, jeder Buchstabe für die Ewigkeit.

Siehst du, es ist nichts hier, vor dem man sich fürchten muss. Lisbeth, Lisbeth!

Unterscheiden, ob das in ihrem Kopf die eigene Stimme oder die der verrückten Großmutter ist, kann Lisbeth gerade nicht.

Aber was ist das?

Lisbeth drückt die hässliche Staude ganz zur Seite und erschrickt, sie erschrickt so stark, dass ein heller, unnatürlicher Ton aus ihrem Mund kommt. Geradezu, als wäre ein Messer in ihren Hals gedrungen, um die Schreie darin zu zerschneiden.

Dort stand einmal etwas geschrieben. Jetzt nur noch lesbar, wenn man den Kopf ein wenig zur Seite neigt und blinzelt. Im Wolkenlicht Buchstaben, hingemalt und weggewischt.

Kann das sein?

Es ist nicht ihr Name.

Nicht Lisbeth.

Es ist der Name ihrer Tochter.

Marlene.

Lisbeth stolpert rückwärts über den Weihwasserkessel, strauchelt und rutscht auf dem moosigen Kies aus. Sie fängt sich wieder und rennt schließlich davon, ohne zu bemerken, dass sie sich die Hand aufgeschürft hat. Alles ist weg: das Brennen der Hände, die wenige Luft ihn ihren Lungen, das Stechen in ihrem Herzen.

Marlene.

Mit schneller Hand hingekritzelt.

Vom Regen ausgewaschen.

Und wieder weggemacht.

Lisbeth rennt und rennt, sie sieht nach oben, sieht nach unten. Doch nicht zurück.

Am Himmel die Krähen, die sie beobachten.

Langsamer werden die Schritte erst weit weg vom Friedhof. Der Atem kommt nach und nach zurück in ihre Lungen, das Herz schlägt noch wild. Sie ist einfach davongelaufen, wie es Kinder tun bei einem großen Schreck, ist gerannt, als ginge es um ihr Leben.

Während der rabenschwarze Engel wieder tanzt. Eine Pirouette dreht um ihre Furcht. Furcht davor, verrückt zu werden.

Sie haben dich immer verrückte Lisbeth genannt, weißt du das nicht mehr?

Natürlich weiß sie es noch, jede Silbe davon hallt in ihrer Brust wider.

»Verdammte Scheiße!« Lisbeth schreit es laut hinaus und sieht sich erst danach um. Sie war weiter gelaufen als angenommen. Hat alles hinter sich gelassen, die Kirche und den Pfarrhof, die verlassenen Läden und die heruntergekommenen Häuser, selbst das Neubaugebiet mit seinen protzigen Wohnungen. Lisbeth ist über Pfützen gesprungen, ist mit dem Wind davongeflogen und steht nun außerhalb der Vorstadt, die ihr heute noch hässlicher vorkommt als je zuvor. Eine Sekunde lang spielt sie mit dem Gedanken, einfach weiterzulaufen, bis zum Horizont und darüber hinaus, und sie würde es tun, wäre da nicht Marlene.

Du hast dich getäuscht, das ist alles. Denkt sich Lisbeth, und weiß, wie schnell man sich irren kann. Ein falscher Blick zur falschen Zeit, und schon ist es geschehen – dazu muss man nicht einmal verrückt sein.

Weshalb sollte dort Marlenes Name stehen? Es gibt keine logische, ja, nicht einmal eine unlogische Erklärung dafür. Das Frühjahrslicht und die Erinnerungen haben sie ausgetrickst wie einer dieser Jahrmarktszauberer mit dem Kaninchen in der Ärmeltasche.

»Verdammt, verdammt, verdammt!« Dieses Mal leiser. Lisbeth kramt in ihrer Tasche, sucht Zigaretten und Feuerzeug und merkt, dass sie ihr Smartphone nicht dabeihat.

»Na, super! Gratulation!« Sie schüttelt den Kopf, und erst jetzt sieht sie, wie sehr sie sich am Kies aufgeschürft hat. Zwar hat sie kein Telefon dabei, dafür jedoch Desinfektionsmittel und sogar ein Pflaster, in guter alter Krankenschwesterntradition. Dennoch wischt sie die Blutspur nur an ihrer Hose ab und zündet sich eine Zigarette an, ohne die Wunde zu versorgen. Der Schmerz, der jetzt langsam aufflammt, befreit sie von der dummen Erinnerung an den Grabstein, klärt ihre kreisenden Gedanken. Deshalb schneiden sich Jugendliche auch die Unterarme auf, um die Welt wieder zu erreichen. Sie hasst es, wenn ihr die Dinge entgleiten, und eigentlich hat sie in der Arbeit gelernt, auf jedes Risiko vorbereitet zu sein.

Jetzt reiß dich zusammen und denk nach! Ihre Lippen formen das alles, aber sie spricht nichts davon aus. Im Kopf leiert sie Medikamente herunter, um sich konzentrieren zu können: Lasix, Beloc, Ketamin, Atropin …

Denk nach!

Ja, ja, nur mit der Ruhe!

Weshalb bist du auf den Friedhof gegangen?

Darauf gibt es keine Antwort.

Doch.

Ja?

Du bist auf den Friedhof gegangen, um die Erinnerungen auszugraben.

Nein, ich bin auf den Friedhof gegangen, um mich selbst auszugraben.

Ein merkwürdiges Gefühl brodelt in ihrem Bauch. Sie geht weiter, ohne auf die Straße zu sehen. Raucht eine Zigarette nach der anderen, eine Aschespur hinter sich herziehend.

Lisbeth stellt sich vor, tief in der Erde vergraben zu sein – lebendig begraben, mit schlagendem Herzen und offenen Augen.

Mit einem Ruck hatte sie der Polizist damals aus dem Saal gerissen, das Rasiermesser hatte die Luft zerschnitten. Sie waren gestolpert, und Lisbeth war auf Cordes gefallen.

Mit einem Ruck war die Wahrheit ans Licht gekommen und die Welt eine andere geworden. Mit einem Ruck.

Lisbeth legt ihre Hand an den Nacken, weil sie glaubt, jemand ziehe sie nach hinten. Aber es sind nur die unsicheren Schritte, die sie von links nach rechts führen, wankend, als wäre sie angetrunken. Ängstlich dreht sie sich um, doch niemand ist hier, nicht einmal weit entfernt. Aus den Schornsteinen sieht sie Rauch emporsteigen, die Leute heizen immer noch ein, weil die Dämmerung kühl ist und die Nacht kalt.

Sie hat Fröbe gesehen, mit den blutigen Händen und den scharfen Messern, hat alles gespürt in diesen Visionen – und dennoch fühlt sich Lisbeth, als wäre sie eine Lügnerin. Als hätte sie sich das alles nur ausgedacht.

Nein, das kann nicht sein. Schließlich haben sie ihn weggebracht und sein Haus nahe der Schule durchsucht. Und all diese schrecklichen Dinge gefunden.

Du bist eine Hexe, du kannst alles! Schon wieder Großmutter, die aus den Büschen an der allmählich zum Feldweg werdenden Straße flüstert.

Großmutter, die ihr Hühnerknochen auf die flache Hand gelegt hat, um die bösen Geister zu vertreiben. Ein Sammelsurium aus schwarzer Magie und katholischem Glauben, eine zusammengemischte Brühe, auf der Augen schwimmen und das Mädchen anstarren.

Eine Hexe kann alles überleben, hörst du!

Ja, Großmutter.

Eine Hexe ist stärker als jeder andere.

Ja, das weiß ich.

Auch stärker als dein Vater, hörst du!

O ja?

Lisbeth bleibt abrupt stehen, denn der Feldweg verschwindet unter dem ersten Löwenzahn, die Bäume sind höher und unheimlicher. Und die Stauden sehen aus wie Menschen, die auf den Wind warten, um zu singen.

Vater.

Steht in der Garage und sieht ihr zu.

Sieht sie mit flackernden Augen an.

Die Stauden wollen singen, vom Untergang der Welt und der Auferstehung der Toten. Hastig und ohne sie zu betrachten, geht Lisbeth weiter, den Kopf gesenkt, die Schuhe staubig werdend.

Sie ist überrascht und hält an, kaum hundert Meter weiter. Am Ende der Welt das große Niemandsland. Dahinter liegt nur die Nacht, die mond- und sternenlose Nacht. Als Mädchen hatte sie das gedacht und Moritz auch. Jetzt fällt es ihr wieder ein.

Moritz hat vor den Abwasserrohren immer eine Heidenangst gehabt, weil die Rohre wie riesige Mäuler aussehen, die einen verschlucken wollen.

Daran hat sich nichts geändert, wenngleich der Ausbau der Kanalanlage Ende der Neunzigerjahre eingestellt und auf der anderen Seite der Stadt fortgesetzt worden war. Skelette aus einer anderen Zeit, der Beton an den äußeren Stellen bröckelig. Zwischen den darmähnlichen Gebilden eine Menge Unrat, vom Wind auseinandergetrieben.

Nichts geschieht aus Zufall.

Alles geschieht aus Zufall.

Oder ist es doch Schicksal? Lisbeth kann sich nicht entscheiden. Jeder Weg im Leben ist vielleicht doch vorgegeben, denn sonst würde sie nicht hier stehen. Womöglich hat sie davon geträumt, diesen Platz aufzusuchen, um sich selbst wiederzufinden.

Hier war sie gewesen. Sie hat es nur vergessen, verdrängt, begraben. Sie und Moritz waren hier gewesen, um vor den anderen zu fliehen. Um sich zu verstecken vor den Ungeheuern.

Lisbeth bückt sich und krabbelt in eines der Rohre, es riecht nach toten Tieren und alten Kleidern. Kann gut sein, dass hier manchmal Obdachlose schlafen.

Doch auf all das achtet sie nicht, denn mit dem Licht verändert sich auch ihre Wahrnehmung, und sie fühlt sich wieder wie das Mädchen mit den schwarzen Zöpfen und dem blauen Kleid, dem Dreck an den Knien und dem scharfkantigen Stein in der Hand.

Hier.

Und hier.

Lisbeth setzt sich und spürt Nässe durch ihre Jeans dringen, aber sie ist viel zu neugierig. Zittrig holt sie das Feuerzeug aus der Tasche, das warme Licht der Flamme flackert an der rissigen Betonwand.

12. Juni

steht dort geschrieben, keine Jahreszahl. Damals hatte sie gedacht, nur noch dieses eine Jahr leben zu müssen. Darunter:

Vater macht den rabenschwarzen Engel tot.

Lisbeth berührt die Buchstaben, die sie tief eingeritzt hatte. So tief und lange, bis ihr die Finger wehgetan hatten.

Draußen läuft eine Ratte durch altes Laub.

Während Utrecht am Friedhof steht und es bereut. Jeden einzelnen Buchstaben.

KAPITEL 10

Für jeden einzelnen Buchstaben auf dem Grabstein schämt er sich. Utrecht kann sich noch sehr gut an die E-Mail erinnern, die ihn kurz nach dem ersten Toten mit dem Messer im Brustkorb erreicht hat. Ein Auftrag in knappen Worten, wie die meisten E-Mails, die er von ihm bekommt.

Eigentlich hätte er auf den Grabstein

Marlene Broussard
Tochter der Lügnerin

schreiben sollen. Mit blutroter Lackfarbe. Doch zu jener Mitternacht auf dem Friedhof hatte Utrecht bereits nach ihrem Vornamen weinen müssen. Weil er Marlene so gern mag. Und Lisbeth auch. Damit hatte er nicht gerechnet: dass Zuneigung Hass übertünchen, sogar auslöschen kann. Und würde nicht jeden Monat ein Scheck mit der Post kommen, wäre er schon längst über alle Berge. Aber dafür ist es nun zu spät, viel zu spät. Diesem Konstrukt aus Lügen und Halbwahrheiten kann er nicht mehr entfliehen, er hat sich verheddert und scheinbar aussichtslos auf den falschen Weg begeben.

Lisbeth.

Marlene.

Aber da ist auch Fritz, und Fritz ist tot.

Fritz, sein Bruder. Nur ein Jahr jünger als er selbst, Fritz, der immer ein Kind hatte bleiben müssen mit aufgemalten Augenbrauen und angesengten Haaren.

»Herrgott!«, seufzt Utrecht und holt das Terpentin aus der Parkatasche, um den Namen wieder auszulöschen. Nie im

Leben hat er geglaubt, dass Lisbeth tatsächlich auf den Friedhof geht – die vergangenen zehn Jahre hat sie das nie getan. Nur deshalb hat er den Auftrag auch ausgeführt, halbherzig zwar, aber immerhin. Die schlechten Träume haben ihn zurückgetrieben, bereits wenige Tage später, um den ganzen Schlamassel wieder zu entfernen, aber vollständig geglückt ist es ihm nicht. Jetzt hat er die Bescherung, und Utrecht flucht und entschuldigt sich sogleich erschrocken bei den Toten.

Mit dem Terpentin kann er den Namen ganz gut entfernen, und er betet dabei, weil er immer schon an schlechte Omen geglaubt hat. An dunkle Voraussagungen, an schlechte Freitage mit schwarzen Katzen an der Straßenecke. Würde Marlene deshalb etwas geschehen, er würde sich umbringen.

Nichts kann tote Menschen wieder zum Leben erwecken. Keine Sonntagsmesse und keine weitere Leiche. Nichts davon ist wahr, alles nur eine ewige Rückschau mit galligem Schaum vor dem Mund. Nichts und niemand kann Fritz aus dem Grab holen und ihn erwachsen werden lassen. Unwiederbringlich verloren der erste Kuss hinter dem Jahrmarktszelt, die ersten schlaflosen Nächte, das erste Bier und die ersten heimlichen Zigaretten auf der Schultoilette. Fritz wird immer davon träumen müssen.

Eine alte Frau gießt einige Gräber weiter trostlose Blumen und winkt ihm zu. Utrecht hebt seine Hand und versucht zu lächeln. Auf dem Vordach der Aussegnungshalle sitzen zwei Krähen und schauen ihm zu. Schauen hinein in sein Herz, das er viel zu lange pechschwarz ausgemalt hat, um Fritz nicht zu vergessen.

Aber das ist natürlich Unsinn. Stattdessen werden in dieser pechschwarzen Finsternis allmählich alle Erinnerungen staubig, bis sie schließlich ganz verblassen. Um ein Haar wäre das passiert, und Utrecht ist froh, gerade noch rechtzeitig die Fenster in seinem Herzen aufgerissen zu haben. In allerletzter Sekunde, als er bemerkt hatte, dass er sich kaum noch an die Stimme, an das Lachen und das Weinen von Fritz erinnern konnte.

Jeder Mensch verbirgt irgendwo tief in seinem Inneren solch eine Grube, dessen ist sich Utrecht sicher. Selbst die Glücklichsten haben einen Abgrund, in den sie mitunter blicken müssen. Denn das macht das Leben aus, aber diese Erkenntnis hat Utrecht erst in den Albtraumnächten finden müssen.

»Dummer Mann!«, flüstert er und würde sich gern eine Zigarette anzünden, lässt es jedoch aufgrund des Terpentins. Schließlich will er nicht wie Fritz in Flammen stehen und verbrennen.

Nervös blickt Utrecht zu der alten Frau und dann Richtung Westseite. Er macht sich Sorgen, denn Lisbeth ist so bleich wie frischer Kalk gewesen. Am liebsten wäre er ihr nachgelaufen, natürlich. Hätte sie gefangen, wie man Freunde fängt beim Versteckspiel, und hätte sie umschlossen.

Vielleicht hätte er ihr auch die Wahrheit gesagt. Alles.

Lisbeth ist davongelaufen, aber er weiß, sie ist eine starke Frau und wird wiederkommen. Sie muss wiederkommen, denn Marlene braucht sie. Er selbst braucht sie.

Braucht ihre Geräusche am frühen Morgen und den Duft ihres Parfüms nach dem Spätdienst. Wenn er noch einmal nach draußen geht und ihren Spuren folgt, nur um ihr nahe sein zu können für einen Augenblick?

Liebt er sie?

Ja, vermutlich. Wenngleich er ahnt, dass Lisbeth dieses Gefühl nicht wirklich erwidert. Weil sie Angst vor ihm hat, und das kann er nur zu gut verstehen.

Umso mehr ärgert Utrecht diese Sache mit der Fotografie zu Weihnachten. Sie war per Post bei ihm angekommen. Die Sache mit dem Dachbodenfund hat er sich selbst ausgedacht, und wenn er daran denkt, kommt er sich dumm und grausam vor, bereut, die Fotografie nicht an Ort und Stelle zerrissen und dem Wind übergeben zu haben.

Ich weiß, was du tust, hat wenig später in einer E-Mail gestanden, mehr nicht. Und tatsächlich glaubt Utrecht manchmal, dass er überwacht wird. Weiß Gott, wie und wo, aber in den unruhigen Nächten spürt er eine merkwürdige Anwesenheit. Vielleicht durch Wanzen in den Mauerritzen oder eine von diesen winzigen Webkameras, die es ja überall zu kaufen gibt.

Utrecht hat Angst. Angst, dass er nachts Besuch bekommt von diesem Unbekannten. Der irgendwie verwickelt scheint in die Geschehnisse von damals, als die Kinder aufgeschnitten ihren letzten Herbsttag erlebten. In den ganz schlimmen Albträumen glaubt Utrecht, Fröbe sei gar nicht tot, vielmehr quicklebendig, ein Gespenst, das durch die Nächte streift, um sie alle fertigzumachen.

Aber Utrecht hat auch Angst, dass alles auffliegen wird. Dass Lisbeth erfahren wird, dass er nur deshalb neben ihr eingezogen ist, um herauszufinden, ob sie immer noch an diese Hellsichtigkeitssache glaubt. Ob sie ein Medium ist, eine Zirkusattraktion, oder doch nur eine dreiste Hochstaplerin. Das ist sein erster großer Fehler gewesen.

Damals, ja, da war er noch voller Zorn gewesen. Arbeitslos und völlig erledigt, hausend in einer heruntergekommenen Münchner Altbauwohnung, Giesing, mit einem beginnenden Alkoholproblem. Fritz in jeder Flasche und Fritz in jedem Schatten und der Suizid nur einen Gedanken weit entfernt.

Fritzchen.

Er hat noch nach ihm gerufen. Nein, geschrien. Hat um sein Leben geplärrt, während Fröbe die Tür des Pfarrsaals von innen zugedrückt und der Polizist von außen daran gezogen hat. Sie alle hatten den Rauch riechen können, der durch die Fugen quoll und sich langsam vermischte mit dem Geruch angesengter Haut und brennender Haare. Weit vor dem 11. September. Kein Mensch war auf derart Verrückte vorbereitet.

»Schieß doch!« Utrecht sagt es leise, aber damals hat er es laut geschrien, weil er nicht hatte glauben können, dass der Polizist es nicht tat. Heute versteht er es, denn womöglich hätte er dann nur versehentlich einige Kinder getroffen. Dem irren Fröbe hätte das sicherlich gefallen.

Heute, ja, heute versteht Utrecht alles. Für einige Dinge im Leben ist niemand verantwortlich, sie passieren einfach: Krebserkrankungen, Unfälle, Anschläge – das Leben zerbrechlich wie Glas.

Dennoch wäre diese Vorstellung verführerisch gewesen, denn wieder lebendig trinken hat er Fritz nicht gekonnt. An einem Zwielichttag vor über zehn Jahren dann der erste Brief. Die Wahrheit muss endlich ans Licht, hatte daringestanden. Im Kuvert ein Ausschnitt des Zeitungsberichts über den Herbstbrand in dem Pfarrsaal. Alles von Hand gekritzelt, in bösen kleinen Buchstaben: Fritz würde schließlich noch leben, wäre das kleine Miststück nicht hysterisch geworden und hätte den Falschen beschuldigt.

Utrecht hält inne und stützt sich am Grabstein ab. Dieser Tag hat sich tief in seine Träume eingebrannt, alles geklärt und gleichzeitig alles verkehrt. Hat alle Gespenster wieder zum Leben erweckt und sie verwandelt in hinterlistige Rachegeschöpfe.

Zitternd tritt Utrecht einen Schritt zurück und hat das Gefühl, ohnmächtig zu werden. Er geht in die Hocke und zählt bis zehn, atmet das Terpentin aus seiner Lunge und fühlt sich verloren. Über ihm der Himmel, der sich entzweit und Wolkenfetzen verschlingt.

Fritz liegt keine drei Reihen weiter, in einem Kindergrab, ganz allein. Utrechts Vater, sollte er noch leben, ist irgendwo verschwunden. Utrechts Mutter ist in einem der Seniorenheime untergebracht und weiß längst nicht mehr, wer sie ist.

Nur Fritz da unten weiß noch alles.

Kennt alle Geheimnisse.

Viel besser als Utrecht.

Mit stechendem Kopfschmerz und einer Übelkeit in der Magengrube geht Utrecht weg von dem Grab. Jeden hingeschmierten Buchstaben hat er eingeweicht und weggewischt. Sollte Lisbeth noch einmal nachsehen, wird sie nichts mehr finden. Sie wird sich fragen, ob sie langsam psychotisch wird. Diese Erkenntnis erschreckt Utrecht, denn so oder so kann er alles nur falsch machen.

Der Unbekannte will das so. Sie verrückt machen, jedenfalls denkt Utrecht das. Sie so lange verrückt machen, bis sie durchdreht und Dummheiten macht. Wieder einmal spielt Utrecht mit dem Gedanken, es ihr einfach zu offenbaren. Oder zur Polizei zu gehen, zu diesem Cordes, der in der Stadt jeden Tag in seinem Büro sitzt und sich einfach nur ein wenig dumm stellt.

Aber was wird dann geschehen? Manche Nachricht, die Utrecht von diesem Unbekannten bekommt, ist drohend und böse.

Dunkel.

Unberechenbar.

Geschrieben von jemandem, der kein Problem damit hat, anderen Leuten wehzutun.

Sehr wehzutun sogar.

Sicherlich würde Lisbeth die Rechnung begleichen müssen oder womöglich sogar Marlene, und das kann Utrecht unmöglich riskieren. Ebenso wenig kann er einfach davonlaufen, schließlich hat ihn der Fremde damals einfach so gefunden – und er würde ihn wieder finden, egal, ob in München oder in Timbuktu.

»Fritz, was soll ich nur machen?«

Utrecht steht vor dem Grab seines kleinen Bruders und weiß nicht weiter. Am liebsten würde er an seiner Stelle dort unten liegen, um sich allen schrecklichen Dingen zu entziehen zu können.

Aber Fritz sagt wieder einmal nichts.

Vor dreißig Jahren hat er auch nichts mehr gesagt. Nachdem endlich die örtliche Feuerwehr gekommen war.

Utrecht hört die Krähen, in seinem Kopf aber splittert Glas und birst die Pfarrsaaltür. Eilen Männer herbei mit großen Beilen in den Händen und Wasserfontänen. Tobt ein Herbststurm, der durch alle Glieder fegt.

Wahrscheinlich hat Fröbe den Jungen noch einmal zurückgestoßen zu dem brennenden Baum und den in Flammen stehenden Vorhängen. Mit ihm noch drei andere Kinder, die es nicht mehr geschafft hatten zu entkommen. Eine abstrakte Abbildung der Vorhölle mit einem Teufel und armen Seelen, die Himmelfahrt weit entfernt.

Ganz stumm ist Fritz dort gelegen, mit abgeblätterten, schwarz gewordenen Hautfetzen und ein paar übrig gebliebenen Haarsträhnen auf dem Kopf.

Fröbe, auch angesengt, aber laut lachend. Das Rasiermesser in der Hand rußgefärbt, weil er nach den brennenden

Kindern gegiert hat. Mit schnellen Bewegungen den Rauch und alles darin zerschneidend.

So laut lachend, dass alle Schaulustigen fröstelnd davongestoben sind, dieses Lachen ein Leben lang nicht mehr vergessend.

Ein Meer von blauem Licht im Pfarrhof. Feuerwehr, Streifenwagen aus der Umgebung und der Rettungsdienst. Nieselregen und die vorwinterliche Kälte, an all das kann sich Utrecht noch ganz genau erinnern.

Auch an die Wut.

Fröbe, das Monster.

Lisbeth, das Ungeheuer.

Sie hat die Sache eskalieren lassen, hat zu laut geschrien und Fröbe in die Enge getrieben. Warum in aller Welt hat sie es nicht einfach dem Polizisten gesagt, später in aller Ruhe? Heute weiß Utrecht, dass das natürlich Unsinn ist. Und vermutlich hätte ihr dann auch kein Mensch mehr geglaubt, Fröbe hätte sich erklärt, und die Morde wären weitergegangen. Doch in jener unglückseligen Herbstnacht war es für Utrecht klar gewesen: Nicht nur Fröbe hat Fritz auf dem Gewissen, sondern vor allem auch Lisbeth, die kleine Hexe mit den verrückten Augen.

»Es tut mir leid«, flüstert Utrecht. Alles tut ihm leid – dass sein Bruder dort unten liegen muss und auch, dass er Lisbeth gehasst hat. Mit knackenden Knien geht er in die Hocke und berührt die nasse Erde.

»Ich will es wiedergutmachen, ja?«

Von der Kirche her hört Utrecht die Glocken läuten. Dieser Klang macht ihn mutig und ängstlich zugleich.

Er will es wiedergutmachen.

Aber er hat noch keine Ahnung, wie er das anstellen soll.

Lisbeth hört ebenfalls die Kirchturmglocken und erschrickt, weil sie schon so lange in den Abwasserrohren kauert und wieder das Mädchen von früher geworden ist.

Sie fragt sich, wie in aller Welt sie das alles hatte vergessen können, und weiß doch eigentlich die Antwort: Traumata können die Vergangenheit verändern. Können sie neu ablichten, als wäre alles Damalige nie oder doch völlig anders passiert. Das ganze Krankenhaus ist voll mit solchen Leuten, wiedergeboren aus der Schockstarre als neuer Mensch. Nach einem Schlaganfall oder Herzinfarkt. Nach einem Verkehrsunfall, bei dem irgendwas amputiert worden ist. Sie alle zeigen eines: eine Neugestaltung der Vergangenheit, um das Gegenwärtige begreifbar zu machen. Jene Leute, die furchtbar enttäuscht zu einem Heilpraktiker laufen, weil sie nicht fassen können, dass ein Krebsgeschwür ihren Darm auffrisst – es gibt immer und überall Orte, an denen man das eigene Schicksal wenden kann. Zur Not mit einem Sack voller Lügen.

Ein Sack voller Lügen, den auch Lisbeth mit sich herumträgt.

Dummerchen, was vergessen ist, soll vergessen bleiben, flüstert Großmutter durch die Rohre hindurch, aber Lisbeth hört nicht auf sie. Stattdessen krabbelt sie weiter hinein in die Rohre und in ihre eigene Kindheit.

Dunkel und doch voller Schatten. Ein Mond, der gar keiner ist, sondern nur das Licht am Ende des Abwasserrohrs. Von den verirrten Bienen und Wespen ein Summen in den Ohren, die Welt da draußen ein Panoptikum des Grauens.

Wenn dich der Mund mal gefressen hat, dann kann dir nix mehr passieren. Nein, nicht Lisbeth hat das gesagt, sondern Moritz. Vor Millionen von Herzschlägen.

Da und dort Botschaften eines Mädchens, das Angst vor der Welt gehabt hatte. Aber da waren nicht nur Nachrichten, die sie selbst geschrieben hat. Sie erkennt Moritz' Handschrift an den großen Buchstaben, wie Kinder in der ersten Klasse schreiben. Verkehrt herum das B und das D, und wenn ihm ein Wort nicht hatte gelingen wollen, hatte er einfach ein Bild gemalt. Mit scharfen Kieselsteinen hineingeritzt.

Ein Hase mit einem viel zu großem Kopf.

Und die Katze, die man nur an den langen Schnurrhaaren erkennen kann.

Diese Zeichnungen bringen Lisbeth aus der Fassung, sie setzt sich und zieht die Beine an, das Feuerzeug heiß in ihren Händen.

Moritz scheint neben ihr zu sitzen, sie meint, seine Wärme zu spüren und seinen Atem zu riechen. Blaubeerkaugummi, den er immer am liebsten gehabt hatte.

»Schmatz nicht so.«

»Ent-entschuldige. Du, Lisbeth, du?«

»Ja, Moritz?«

»Ich bin nicht stark genug. Bin ein bisschen dumm. Aber nur ein bisschen.«

»Quatsch, du bist nicht dumm.«

»Aber. Aber ich hab mir was ausgedacht. Weißte.«

»Was denn?«

»Ich weiß, wo die Miezekatzen sind. Und die Ha-Ha-Hasen. Weiß ich.«

»Moritz, hast du sie weggenommen? Das darf man doch nicht!«

»Oh, oh. Nein, nicht weggenommen. Ich lauf ihnen nach, wenn sie … wenn sie Urlaub machen.«

»Und?«

»Na, aber wenn ich dir sage, wo sie Urlaub machen. Dann. Dann kannst du sie doch finden und dann. Na, dann wirst du berühmt. Ganz fest berühmt. Katzenfinderin und Hasenheimbringerin. Und dann. Dann kann dir nix mehr passieren.«

Lisbeth hört sein Flüstern und sein Kichern, weil er die Idee so großartig findet.

Und sie hört sich selbst, im Echo des Betonrohrs verzerrt, jedes Wort von ihm wiederholend.

KAPITEL II

Ein verlorener Hase.

Eine verschwundene Katze.

Unsichtbare Spuren.

Und Moritz, der durch die Straßen streift, wegen der Einsamkeit und der Traurigkeit, und alles sieht, weil er selbst irgendwie unsichtbar ist für die meisten Menschen.

Der Beton der Rohre ist kalt und feucht, in den aufgeplatzten Ritzen tote Spinnen und der Dreck der letzten Jahrzehnte, die ersten schläfrigen Mücken schwirren auf und ab.

Lisbeth zittert, aber sie zittert nicht nur wegen der Kälte hier drinnen. Sie zittert, weil sie aus ihrem bisherigen Leben schlüpft und wiedergeboren wird. Das Kind, das sie vergraben gewähnt hat, hat sich nur tot gestellt, tanzt jetzt im dichten Staub herum, wirbelt ihn auf.

»Es ist bei den Wäldern und findet nicht mehr nach Hause«, hört sich Lisbeth sagen und spricht nur Moritz nach. Eines der vielen Tiere, die zwei, drei Tage nicht zum Fressen gekommen sind. Das sie dann gefunden und zurückgebracht hat, als hätte Gott sie mit einer Gabe bedacht. Als würde sie nachts davon träumen können, und doch ist nichts davon wahr gewesen. Moritz ist es gewesen, nicht der Traum und schon gar nicht der Herrgott.

Zeitlich zuordnen kann es Lisbeth nicht, aber sicherlich ist es vor den Kindermorden gewesen, von denen damals noch niemand etwas geahnt hat. Alles nur, um entfliehen zu können. Aus dem Haus mit …

(Schau nur her!)

(Das nächste Mal bist du dran.)

(Geh weg, Lisbeth!)
(Komm her, mein Kind!)

Lisbeth drückt die Augen fest zu, so fest, dass winzige Sterne in dieser erzwungenen Dunkelheit funkeln, weil sie nicht will, dass diese Bilder kommen, aber sie kommen trotz alledem.

Rabenschwarzer Engel.

Rabenschwarze Mutter.

Sie kann sie ganz deutlich sehen. Sie trägt das Kleid, das sie zu Beerdigungen anzieht, hoch geschlossen und am Saum abgestoßen, ihr einziges schwarzes Kleid. Ihr Gesicht weiß wie Neuschnee im Dezember. Mutter sieht aus wie ein Engel.

Rabenschwarz und schneeweiß.

»O Gott!« Lisbeth reißt die Augen auf, dreht sich zur Seite und erbricht das Mittagessen. Würgt und hustet, bis nichts mehr kommt außer zäher Schleim. Ihr Magen ein heißer Knoten, der Kopf pulsierend, jeden Herzschlag hörend. Im Taumellicht der Rückblende sieht sie auch sich selbst:

Lisbeth sitzt auf der obersten Stufe der Holztreppe.

Im Flur kniet Mutter in ihrem schwarzen Kleid, die Hände hinter dem Rücken, sie kniet da wie in einem Beichtstuhl.

Und sagt: Hab keine Angst, Lisbeth, ich bin dein Engel und beschütze dich.

Rabenschwarz.

Vater, der seine Hose aufmacht, sie rutscht herunter.

In seiner rechten Hand der Gürtel, der aussieht wie eine schlafende Schlange.

Die Schlange beißt plötzlich zu, und Mutter schreit.

In der Kammer betet Großmutter einen Rosenkranz nach dem anderen. Das Holz der Treppe knarzt, als Lisbeth davonlaufen möchte, aber Vater hat überall Augen. Auch in seinem Hinterkopf.

»Wenn du jetzt aufstehst, dann verreckt dein Engel.«

Lisbeth betet den Rosenkranz mit und drückt ihre Augen ganz fest zu.

Aber hören.

Hören kann sie alles.

Vater, die Schlange und den rabenschwarzen Engel.

Erneut dreht sich Lisbeth zur Seite und würgt einen Rest Galle heraus, lässt sich zur Seite fallen und zieht ihre Beine zum Bauch heran. Ihr Gesicht liegt in einer Dreckwasserpfütze, auf der Erinnerungen schwimmen wie winzige Schiffe. Getrieben von den Orkanen der neuen Morde, die etwas mit den toten Kindern von damals zu tun haben müssen.

Wie kann es nur sein, dass sich schlimme Dinge vermehren, sobald sie beginnen? Auch das kennt sie von der Arbeit – ein Unglück zieht das andere nach sich. Und obwohl sich ihre Kindheit gerade freischält, ist alles noch viel zu verwirrend. Dunkel, hell und dämmrig zugleich.

Sie wollte weglaufen, ja.

Weit, weit weg, um nicht zu sterben an den Schreien und den Taten und den Träumen.

Und sie ist auch weggelaufen, allerdings ohne sich zu bewegen. Sie ist ein anderes Mädchen geworden.

Ein Wunderkind.

Eine Hexe.

Viel stärker als jene Lisbeth, die mit Herzschlagpausen auf der obersten Stufe der Holztreppe sitzt und jeden Einschlag in ihrer Seele spürt. Und mit ihm einen Bombenhagel, wenn Vater sie beobachtet aus stechenden Augen.

»Der Herr hat dich gesegnet«, flüstert Großmutter, und jede Silbe schabt an Lisbeths Knochen.

»Ich weiß nicht, Oma.«

»Doch, doch. Der Herr ist gütig.«

»Ja.«

»Ich erzähle es allen. Dass du die Gabe hast. Du kannst Dinge sehen. Der Herr ist mein Zeuge, sag es!«

»Der Herr ist mein Zeuge.«

»Du bist sein Werkzeug.«

»Ich bin sein Werkzeug.«

»Der Herr will, dass dein missratener Vater bestraft wird. Amen.«

»Amen.«

Es kommen Stürme über die Menschen, das ahnt Lisbeth, wie ein Embryo gekrümmt, schwer atmend und die Augen geschlossen. Draußen legt sich die Abenddämmerung über alle Sehnsüchte, und im Abwasserrohr verdunkelt sich gleichzeitig ihr Leben. Dabei hatte sie doch nur jemand anderes sein wollen und nicht das Werkzeug eines himmlischen Geschöpfes, eines Rachegottes. Mit verlorenen Dingen in den Taschen ein Mensch werden und nicht weiter am Leben zerbrechen wollen.

Wir säen Wind und ernten Sturm, dieser dumme Spruch fällt ihr ein, und sie weint, weint alles heraus.

Sie hat damit begonnen, mit dieser Lüge über die Hellsichtigkeit und das zweite Gesicht, und aus einer Lüge war eine weitere erwachsen. Ein Geäst voller Unwahrheiten, in dessen Mitte schließlich der Teufel stand.

»Nein, nein!«, schluchzt Lisbeth, und alles wird taub. Ihre Finger, ihre Zehen, ihr Mund. Du hyperventilierst, schreit eine fremde Krankenschwester in ihrem Kopf, aber Lisbeth kann nicht aufhören damit.

Charlie Parker steht am Eingang des Kanalrohrs und spielt schiefe Töne, er lockt damit alle Ratten der Welt an. Sie kommen herein und krabbeln über Lisbeth hinweg, legen sich in ihren Körpermulden schlafen.

Albtraumzeichnungen hinter ihren flatternden Augenlidern, ihr rechtes Bein zuckt, und ihr Kopf pocht. Ihr linkes Bein spürt sie nicht mehr, für Sekunden glaubt sie, einen Schlaganfall erlitten zu haben.

Alles, was ihre Lippen hervorbringen, ist ein Blubbern, ihr Mund ein Fischmaul mit Staubflirren an den Zähnen.

Charlie Parker kommt näher, stolpert auf sie zu. Lisbeth meint zu kichern, fletscht aber nur die Zähne. Los, spiel ein Lied für mich, will sie sagen, kann es aber nicht. Parker sieht ein wenig seltsam aus, viel zu klein und auch gar nicht schwarz, und er hat kein Instrument bei sich.

In New York, in einer Seitenstraße, ist sie da gerade?

Mit merkwürdigen Träumen im Kopf.

Und tausend Vögeln am Himmel.

Im Schattenwurf sieht sie es schließlich: Es ist nicht Charlie Parker, und es ist auch gar kein Saxofon. Ein erhobener, winkender Arm, hektische Bewegungen. Ein Straucheln über eine Betonritze. Die Rohre meerblau wie das Jazz-Zimmer zu Hause, aber auch das kann eigentlich gar nicht sein.

Dennoch: Jeder hinterlassene Buchstabe glimmt in dieser merkwürdigen Wasserfarbe, und das Meeresrauschen beruhigt und ängstigt sie gleichermaßen. Denn natürlich weiß Lisbeth, dass es ihr eigener Atem ist. Pfeifend und röchelnd, viel zu wenig Sauerstoff inhalierend.

Das Meer legt sich über sie, sie taucht unter und ertrinkt. Trudelt hinab in eine andere Welt, in der es Hochsommer ist. Heiß und schwül und niemand auf der Straße, nur sie und dieser Junge. Nein, nicht Moritz. Ein Junge aus ihrer Schule. Sie kennt ihn nicht besonders gut, er hat eine Klasse übersprungen. Obwohl sie nicht viel über ihn weiß, ist er ihr vertraut.

Sein Name ist in ihrem Mund, nur heraus will er nicht.

»Kannst du meine Freunde wiederfinden? Du findest doch Sachen wieder, oder?«, sagt der fremde Junge.

»Wie meinst du das?«

»Sie sind weg.«

»Weggezogen?«

»Nein, weg. Sie sind hier, aber doch weg.«

»Du meinst, du hast keine Freunde?«

»Willst du mein Freund sein? Nur einen Tag lang? Das wäre fein.«

Aber es sind die Augen des Jungen, die Lisbeth Angst machen. Sie haben eine hässliche Farbe, sie sind viel zu dunkel.

»Lisbeth?« Der Junge schreit, aber seine Stimme verändert sich. Lisbeth blinzelt und würde sich gern die Tränen wegwischen, aber jede Bewegung ist unmöglich.

»Lisbeth, Herrgott noch mal, Lisbeth!«

Das ist nicht Charlie Parker, und es ist auch nicht der Junge. Es ist Utrecht, der neben ihr kniet und sie schüttelt. Er hat Angst um sie, das kann Lisbeth sehen. Aus ihrem Mund kommt ein Giemen, ein Brei sinnloser Silben.

Im ersten Moment hat Utrecht geglaubt, sie wäre einfach nur ohnmächtig geworden in den stickigen Rohren. Aber dann hat er ihre Atemgeräusche gehört. Seine Tante hatte bei jeder Gelegenheit hyperventiliert, das fällt ihm Gott sei Dank wieder ein. Nicht so extrem wie Lisbeth gerade, und seine Tante war immer noch fordernd genug gewesen, um zu schreien: »Gebt mir eine Plastiktüte, sonst fall ich um!«

Zwar hat Utrecht eine Tüte dabei, doch darin steckt das Terpentin, das er in seinem Parka transportiert. Lisbeth jetzt eine Dosis Lösungsmittel einatmen zu lassen, ist sicherlich keine brillante Idee. Hektisch kramt er stattdessen in ihrer Tasche herum, einem scheinbar unendlichen Fundus an nützlichen Dingen. Haarbürste, Kosmetika, Erfrischungstücher, Notizbuch – schließlich kippt er einfach alles neben Lisbeth aus. Am Taschenboden dann doch noch eine kleine Drogerietüte mit gesammelten Einkaufszetteln darin.

»Ganz ruhig atmen. Komm schon, Lisbeth. Lisbeth!«

Sie spürt die Tüte an ihrem Mund und eine Melange aus Lippenstift und ihrem Erbrochenen, die Meeresflut zieht sich allmählich zurück. Langsam, sehr langsam, aber immerhin. Der Junge, den sie zuvor noch gesehen hat, wird unsichtbar, und auch Charlie Parker hat sich davongemacht.

»So ist es gut, ja.« Utrecht streicht ihr sanft übers Haar, und jetzt kann sie sogar wieder lächeln, wenngleich er es nicht sieht.

Aber er spürt es.

Draußen streift eine Katze vorbei, sie bleibt stehen, setzt sich und beobachtet neugierig das Spektakel im Abwasserrohr. Lisbeth fragt sich, ob es eine der verschwundenen Katzen ist. Oder ob sie nur Urlaub macht.

Während ihr Herz schlägt. Wild und noch viel zu schnell.

Und nicht weit davon entfernt ein anderes Herz aufhört zu schlagen.

KAPITEL 12

Der Herzkönig kann nie sterben.

Denkt er sich.

Jedenfalls so lange nicht, bis endlich alle Geister zu ihm kommen.

Um Mitternacht.

Zu jeder Zeit.

STOPTIME

DIE DREIZEHN GESPENSTER

Die Toten sind nur so lange böse, solange sie noch einen letzten Rest Leben in sich tragen. Einen vergessenen Atemzug vielleicht oder einen steckengebliebenen Herzschlag. Denn jeder Atemzug und jeder Herzschlag birgt eine Erinnerung.

Danach aber, wenn alles fort und der Körper rein ist, läuten die Gespenster um Mitternacht die Freudenglocken.

Weil sie dich suchen.

Um mit dir all das zu tun, was du nicht zu träumen wagst.

Sie reiten auf einem Windstoß mit dir ins unentdeckte Land. Klettern auf die höchsten Bäume der Welt, um die Wolken zu lenken. Erzählen jeder Katze und jedem Hund, ja, sogar jedem Wurm von dir.

O ja. Stell dir das vor! Die ganze Welt kennt dann deinen Namen.

Und passieren kann dir nichts mehr, zu keiner Zeit und nirgendwo. Sie passen auf dich auf, hüten deine Geheimnisse.

Aber tot, so richtig tot müssen sie sein.

Kein Pusteblumen-Atemzug.

Kein scheppernder Herzschlag.

Alles muss still sein.

Damit sie dich träumen hören.

Und jetzt pass gut auf!

Wenn alles still ist:

Dann kommt das erste Gespenst, und das beschützt dich.

Das zweite Gespenst macht dich froh.

Frei macht dich das dritte.

Das vierte Gespenst malt die Träume neu.

Fünf brauchst du, um fliegen zu können.

Das sechste Gespenst macht die bösen Leute tot.

Klug ist das siebte.

Und das achte? Das macht dich zum starken Helden.

Das neunte Gespenst passt auf die anderen auf.

Du kannst jeder sein, der du sein willst, dafür sorgt das zehnte Gespenst.

Elf Gespenster brauchst du, um ewig zu leben.

Das zwölfte zeigt dir die Toten, die noch nicht ganz tot sind.

Dreizehn Gespenster machen einen neuen Menschen.

Jeder Sommer wird dann ewig dauern, und die Herbsttage, mein Gott, die Herbsttage riechen nach Kartoffelfeuer bis zum Himmel hinauf.

Alle.

Alle werden dich mögen. Was sag ich: Lieben werden sie dich. Du wirst ein Held sein. Ein Flugzeugflieger, der Mutigste von allen. Ein Drachensucher und ein Schatzgräber, ein ägyptischer Pharao – das sowieso.

Suchen werden sie deine Spuren, um so zu werden wie du. Kennst du Peter Pan? Noch viel berühmter wirst du dann sein. Und höher fliegen wirst du können.

Einsam?

Einsam wirst du nie mehr sein, das schwör ich dir. Hab ich dich jemals belogen, sag?

Doch, doch, ich sehe es in deinen Augen: Du bist etwas Besonderes. Glaub mir.

Nicht wie all die anderen Kinder.

Die anderen Kinder sind dumm.

Die anderen Kinder sind böse.

Die anderen Kinder müssen bestraft werden.

Ja.

Habe ich dir nicht gesagt, dass du sie nicht fragen sollst? Habe ich das nicht?

Natürlich kann sie dir nicht helfen.
Sie will nicht.
Sie hält sich für etwas Besseres.
Denk an die dreizehn Gespenster.
Wie könnte ich dich jemals belügen?
Die Gespenster? Wann sie kommen?
Du sollst nicht ungeduldig sein.
Sie werden schon kommen.
Warte nur ein Weilchen.
Du musst mir glauben. Ich bin der Herzkönig.
Das weißt du doch.
Und der Herzkönig weiß alles, weil er jedes Herz kennt.
Bum-bum. So schlagen sie.
Und jetzt: Jetzt halt die Luft an.
Hörst du etwas?
Nichts?
So ist es, wenn sie nicht mehr schlagen.
So wunderbar still.
Still.
Nur die dreizehn Gespenster.
Kratzen an deiner Seele.
Lass sie herein.

DRITTE NOTE

GEHEIMNISSE

KAPITEL 13

Die dreizehn Gespenster.

Die dreizehn Träume.

Natürlich, und das weiß Michael Kroll, sind es mehr als dreizehn Träume. Aber sicher nicht mehr als dreizehn Leben, die in ihm stecken. Bis jetzt hat er erst drei davon verbraucht.

Kroll steht vor dem Klinkersteingebäude und betrachtet den Himmel, folgt mit seinen Blicken den ausgefransten Wolken und überlegt sich, ob er noch eine Zigarette rauchen soll oder nicht. Eigentlich hat er ja vor über vier Jahren damit aufgehört. Die Zeit eine ganz andere, und wenn er zurückdenkt, denkt er an einen Mann, den er im Grunde nicht mehr kennt. Sitzend in einem Luxusapartment mit Südbalkon und Nachbarn, die von Aktien, Geschäftsreisen und Immobilien sprechen wie andere Leute vom Wetter. Nur: Kennt er den Mann, der er jetzt gerade ist? So ganz sicher ist Kroll sich da nicht.

Die dreizehn Gespenster.

Lange Zeit hat er nicht mehr daran denken müssen. Und auch gar nicht wollen.

Warum nur hat er es ausgesprochen?

Hätte er doch alles andere sagen können. Das Repertoire ist gewaltig, es gibt zu jedem Zustand ein Wort, eine Floskel, eine Behauptung, einen Genesungswunsch. Aber nein, es war ihm herausgerutscht, als wäre es schon Jahrzehnte in seinem Mund gelegen, wartend auf den richtigen Moment.

Und jetzt?

Tja, jetzt tanzen die Geister wieder einmal.

Verdammt! Kroll flucht nur in seinem Kopf, dennoch beißen sich die Silben durch seinen Magen. Er hört ihn grummeln, doch statt des Schokoriegels zieht er die Packung Salem ohne Filter aus seiner Kitteltasche und zündet sich eine davon an.

Vier, fünf Leute schleichen durch die gusseiserne Gartentür und haben Angst. Angst vor dem großen hölzernen Mund der Psychiatrie, der jetzt ein wenig offensteht. Aber zuschnappen kann, wenn man sich nicht vorsieht. Verschlingend alle Entrückten, alle Wankenden. Für lange Zeit.

Er hat es zu dem Mädchen in dem viel zu großen und viel zu weißen Bett gesagt.

Und eigentlich doch sich selbst gemeint.

Mit sich selbst gesprochen, wie die aussichtslosen Fälle in den Überwachungsräumen. Flüsternd, als würden die Geister mithören, versteckt in den Hosentaschen, damit sie nur ja niemand sehen kann.

Man muss die Vergangenheit verstehen.

Und dann muss man sie ruhen lassen.

Sonst beißt sie.

Das sagt Kroll oft, beinahe jeden Tag. Schreckliche Dinge können einen tatsächlich beißen, sogar totbeißen, davon ist er überzeugt. Er weiß es. Natürlich weiß er es, tagtäglich sieht er es ja hier. Sämtliche Medikamente und Therapien können dieses Biest zwar müde machen, es aber nicht einschläfern. Mit sehr viel Glück kann man einen dieser tollwütigen Mondhunde an die Kette legen.

Kroll reibt sich über das Kinn und lässt die Zigarette fallen, er tritt sie in einer der Grasfurchen aus und holt tief Luft. Atmet diesen Sommertag ein, der viel zu hell und viel zu warm ist.

Als Kind hatte er Sommertage gemocht.

Wegen der Sommernächte, in denen er unbehelligt durch die Straßen hatte streunen können.

»Wo gehst du hin?«

»Nach den Katzen schauen.«

»Bleib nicht zu lange weg, hörst du? Sie haben Angst vor dir.«

Als Kind hatte er geglaubt, sein Vater würde damit die Katzen meinen, die sich nachts in den Mondschatten versteckt hielten, aber heute ist er nicht mehr so ganz sicher. Trotzdem war es immer gut gewesen, über den Gartenzaun zu klettern, die kühle Nachtluft auf der Haut spürend, um auf Bäume zu klettern. Es war beinahe ein glückliches Gefühl gewesen, über die Schotterwege runter zum Friedhof zu laufen, wo Kerzen brannten.

Still.

Still war es dort gewesen.

So still, dass er sein eigenes Herz schlagen hören konnte.

Und die Fenster. Hell erleuchtet, wenn er sich früh genug auf den Weg gemacht hatte, kauernd in Vorgärten, versteckt hinter Büschen. Um die Leute zu beobachten, die hinter diesen Fenstern ein spätes Abendbrot aßen. Kinder, die durchs Haus schlingerten, Zahncremereste in den Mundwinkeln, um sich schlafen zu legen.

Wie alt war er damals gewesen?

Fünf Jahre? Vielleicht ein paar Monate älter, aber noch nicht in der ersten Klasse, daran würde er sich erinnern.

So ausgeprägt erinnern wie an das Kätzchen, das in einer lauen Sommernacht zu ihm gekommen war. Mit weißen Flecken auf dem Fell und leise miauend. Hungrig, aber noch nicht schnell genug, um die staubigen Mäuse in ihren Gartenverstecken zu erwischen.

Ohne es zu bemerken, zündet sich Kroll eine weitere Salem an und ertappt sich dabei, den Rauch wie einer der

Manischen um sich zu paffen, die im beschützten Garten hinter der Anstalt herumlaufen. Gott sei Dank ist er nie manisch gewesen, nicht einmal sonderlich depressiv. Vielleicht gleichgültig, aber auch diese Phase liegt hinter ihm. Jedenfalls hofft er das.

O ja. Das Kätzchen und das Taschenmesser. Klingt beinahe wie der Titel eines schlechten Romans oder eines noch schlechteren Films. Das Taschenmesser, ein echtes Schweizer mit roter Griffschale und Werkzeugen darin versteckt, die man nie brauchen konnte, hatte ihm sein Vater geschenkt. Weil er so brav gelernt hatte.

Wie viel ist sieben mal sieben?

Ein gutes Kind weiß das.

Und du bist doch ein gutes Kind, nicht wahr?

»Ja«, flüstert Kroll und nickt einer Frau zu, die sich mit Plastiktüten in den Händen schwer atmend zur Pforte schleppt.

»Diese Hitze bringt mich noch um!«, keucht die Frau, und Kroll nickt erneut, während er hört, wie die gekachelte Eingangshalle sie verschluckt.

Zuerst die dreizehn Gespenster.

Sie haben das Kätzchen zurückgeholt.

Längst schon verrottet, nur noch ein Skelett.

Sie haben es zurückgeholt und in seinen Traum gelegt.

Kroll hört den Gong und weiß, dass nun die Stühle von den Mittagstischen zurückgeschoben werden. Er muss wieder zurück, hinein in die Schatten des Sommertages. Sonst fangen sie an, ihn zu suchen.

Grüne Augen hatte das Kätzchen gehabt. Wunderschöne grüne Augen, die geleuchtet hatten in jener Mondnacht.

Sie will spielen. Das hatte sich Kroll damals gedacht und seine Hand ausgestreckt, um ihr Fell zu berühren.

Weich und warm.

Aber sein Vater mochte keine Tiere in seinem Haus haben, weder Katzen noch Hunde noch Hasen. Nichts davon.

Sie sind wie Kinder, sie machen nur Dreck, hört er seinen Vater sagen.

Hörst du?

Kroll ist versucht zu antworten, presst aber die Lippen fest zusammen. Er will ja nicht unnötig auffallen. Das kann an einem Ort wie diesem gründlich schiefgehen. Wenn er eines von den anderen gelernt hat, dann das: Verhalte dich normaler als die Normalsten, dann bist du immer noch verrückt genug für die Verrückten.

Das Schweizer Taschenmesser. Wenn er die Augen schließt, kann er es in seiner Handfläche spüren, warm und kalt zugleich. So schwer wie ein Stein, die kurze Klinge frisch geschliffen. Denn ein stumpfes Messer ist viel gefährlicher als ein scharfes. Vermutlich auch so eine Weisheit seines Vaters, die sich später im Medizinstudium bestätigte. Nervös schaut er auf seine Armbanduhr, er ist bereits zehn Minuten über die Zeit. Aber er muss den Gedanken fertig denken, sonst fängt dieser an, um alles zu kreisen. Wie eine fehlgeleitete Rakete zu Neujahr.

Anfang. Mittelteil. Ende. Jeder Gedanke, jede Erinnerung hat einen Höhepunkt – und diesen muss er freischälen, um wieder zurückgehen zu können.

Er liegt im Gras, und das Gras ist ein wenig feucht. Liegt auf dem Bauch, die Beine von sich gestreckt, hinter einem Busch, und in dem Busch hört er Käfer krabbeln. Mit seiner linken Hand streichelt er die Katze, sie ist zutraulich und verspielt. Sie riecht nach Staub.

Mit der Rechten greift Kroll in seine Hosentasche, umfasst das Taschenmesser und holt es heraus.

Er legt es vor sich ins Gras.

Im Haus vor ihm gehen Lichter an und Lichter aus. Ein Mädchen steht am Fenster, vielleicht schaut sie nach Leuchtkäfern. Aber sie kann ihn nicht sehen, er hat sich ja versteckt.

Sie trägt ein weißes Nachthemd mit Blumen darauf.

Aus einem anderen Raum hört er jemanden lachen.

Sie lachen ihn aus.

Sie lachen ihn aus, weil er seine Eltern nicht gefunden hat. Deshalb ist er auch bei den falschen gelandet. Wie dumm kann man sein!

Sie lachen und lachen und lachen.

Euch wird das Lachen schon noch vergehen.

Das Mädchen kämmt sich.

Neugierig schnuppert das Kätzchen am Taschenmesser.

Mit der linken Hand krault er es am Bauch, es legt sich ins Gras und sieht ihn aus seinen grünen Augen heraus arglos an.

Mit der rechten Hand klappt er die Klinge heraus.

Der Mond spiegelt sich auf dem Metall.

Ohne hinzusehen, drückt er das Kätzchen ins Gras, es will sich herauswinden.

Aber es hat keine Kraft, ist viel zu klein.

Und dann.

Dann setzt er das Messer an der hinteren rechten Pfote an.

Schneid, schneid, schneid das Gemüse klein, hört er seinen Vater in der Küche singen.

Und er schneidet.

Einen tiefen, langsamen Schnitt.

Die Katze beißt.

Dann schreit sie. Nicht wie Katzen schreien, wenn sie den Mond anbeten.

Es ist ein hässlicher, ein lauter Schrei, den er heute noch hören kann.

Am Fenster schreckt das Mädchen zurück.

Das Lachen hört schlagartig auf.

Ein Schrei, wie ihn vielleicht Gespenster ausstoßen, bevor sie die Herzen holen.

Kroll fährt sich mit den Fingern durchs Haar, er schwitzt. War es damals tatsächlich so gewesen, oder hat er sich das alles nur erträumt? Um endlich auch einmal ein Gespenst zu hören. Am Ballen seiner linken Hand kann er immer noch die kleine Narbe ausmachen, die ihm die junge Katze damals beigebracht hatte. Verletzt und erschrocken war sie davongehumpelt, eine winzige Blutspur hinter sich herziehend. Die Pfote schrecklich abstehend, vermutlich hatte er einen Muskel durchtrennt.

Längst weiß Kroll, dass Erinnerungen ein merkwürdiges Eigenleben führen, sie verändern sich mit den Schicksalsschlägen der Zeit. Färben und entfärben sich, werden größer oder kleiner – und manchmal sterben sie sogar ein wenig, um später wieder aufzuerstehen.

Katzenpfoten bringen Glück, sagt jemand in seinem Bauch. Aber das stimmt ja gar nicht, es sind Hasenpfoten, will Kroll antworten und tut es stumm.

Trotzdem: Glück hat er gehabt. Sehr viel Glück sogar. Nach dem Tod seines Vaters hatte er nur eine kurze Zeit in einem dieser Kinderheime verbringen müssen. Auch weil er immer schon ziemlich klug gewesen war, das hatte ihnen gefallen. Kroll geht durch die schwere Eingangstür hinein in die kalte Welt und merkt erst jetzt, dass er dort draußen kaum geatmet hat. Seine Lungen voll mit Blütenstaub und Sommerdunst, so bleibt er einen Augenblick lang stehen und holt tief Luft. Saugt Kampfer und Elektroschocks in sich hinein, schnappt wie ein Fisch an Land nach dem Geschmack von Verrückten und Entrückten und Geheilten.

An den Wänden hängen Bilder. So fest angebracht, dass sich niemand an einem der Haken heimlich aufhängen kann. Auf den Gemälden seltsame Menschen, als wären die Bilder Spiegel. Er sieht sie nicht gern an, blickt zu Boden. Ausgetreten die Steintreppe, der Weg aller Büßer.

Die Katzen.

Meine Güte, so lange Zeit hatte er noch an sie denken müssen! Aber dann waren sie eines Tages verschwunden, raus aus seinem Kopf und seinem Bauch, von heute auf morgen. Geh an einen anderen Ort, und du wirst ein anderer Mensch. Heißt es, und vielleicht stimmt es sogar.

Unterirdisch wandern die Toten jedoch mit, von Friedhof zu Friedhof. Bevor man sich versieht, grüßen einen die Altbekannten, flüstern ihre Namen aus den Erdfurchen heraus. Natürlich ist das Unsinn. Nur eine Traumwelt, das weiß Kroll. Aber wissen und träumen sind zweierlei Dinge, und der Glaube versetzt immer noch Berge.

Mit dreizehn Katzen hat er es als Junge versuchen wollen. Die erste hat nicht gegolten, er hat sie ja nur geschnitten.

Am liebsten wäre Kroll jetzt nach Hause gegangen, dieses Gefühl hat er in letzter Zeit immer häufiger. Aber das geht nicht. Unmöglich. Sie würden ihn finden.

Zu Hause ist alles gut. Vielleicht nicht alles und immer, aber doch viel besser als hier. In seiner neuen Wohnung, nicht mehr jener mit den schnöseligen Nachbarn, kann er endlich zur Ruhe kommen. Sie erinnert ihn an damals.

An sein Dachbodenzimmer.

An sein Kellerzimmer.

Und nur ein kleines bisschen an jenen Raum, in dem er ganz früher schlief, bevor er seine Eltern nicht mehr fand.

Eigentlich ist die neue Wohnung viel zu klein und viel zu billig für ihn, die Tapeten ausgeblichen und der Teppichboden dreckig. Auf dem Balkon zum Hinterhof kann man nicht sitzen, weil kein Stuhl darauf Platz hat. Eher ein Aussichtsturm für das Meer in ihm, das ozeangleiche Gewässer blutroter Farbe.

Er muss Utrecht wieder schreiben. Er muss. Tief in den Knochen spürt Kroll, dass er ihm nicht wirklich vertrauen kann. Vielleicht sollte er ihn ja doch einfach mal besuchen, zwischen Mitternacht und Morgengrauen. Um ihm ein wenig Angst zu machen.

Schneid, schneid, schneid das Gemüse klein.

»Hallo«, sagt das Mädchen auf dem Flur.

»Hallo«, sagt Kroll und bleibt stehen.

Hätte er es ihr nur nicht gesagt. Jetzt sind sie hier, die Gespenster, und rufen nach ihm.

»Bekomme ich wirklich neue Freunde?«, fragt das Mädchen und zupft an ihrem Schlafanzug. Sie ist neun Jahre alt und sehr traurig. Sie ist so traurig, dass sie sich vor zwei Monaten im Badezimmer ihrer Eltern die Pulsadern eröffnet hat, um in den Himmel zu kommen.

»Du musst nur warten. Hab Geduld, ja?« Eine Sekunde lang ist er geneigt, ihr übers Haar zu streicheln, macht es aber nicht.

»Auf die Gespenster, nicht wahr?« Sie flüstert.

Jetzt kannst du alles richtigstellen, jetzt kannst du alles ins Lot bringen. Sag ihr, dass das nur eine Geschichte ist – eine dumme Geschichte, die man Kindern eben erzählt, wenn sie traurig sind.

»Ja, es sind dreizehn. Sie machen dich zu einem glücklichen Mädchen«, sagt Kroll stattdessen, während er durch das vergitterte Fenster nach draußen sieht. Der Himmel nah, Vögel zerschneiden sein Stahlblau. Singend tänzelt das traurige Mädchen davon.

Michael Kroll jedoch bleibt stehen und blickt den langen Flur entlang. Kinder- und Jugendpsychiatrie. Immerhin der offene Trakt und nicht die geschlossene Station ein Stockwerk darüber. Noch dieses Jahr sollen sie verlegt werden in einen Neubau, weit weg von hier.

»Herr Doktor Kroll?« Jemand tippt auf seine Schulter. Er dreht sich um, es ist Martha, die Stationsleitung. Vor ihrer Brust einen Berg Akten, aus denen Papierfetzen ragen wie leblose Scherenschnittarme.

»Visite?« Er knöpft sich den Kittel zu.

»Visite, ja. Wir sind spät dran. Es gibt viel zu tun.«

Das sagt Martha immer, und so wie immer lächelt sie danach. Kroll allerdings lächelt diesmal nicht.

Er denkt an die Katzen.

An ihr Schreien.

An die toten Körper.

Und auch daran, dass aus ihnen nie auch nur ein einziges Gespenst erwachsen war.

KAPITEL 14

Die Hitze macht Cordes zu schaffen. Die Luft über dem Asphalt flimmert, und selbst die Sperlinge sind viel zu müde, um von einem Baum zum nächsten zu hüpfen. Schon am frühen Morgen hat er das winzige Fenster auf der Rückseite des Büros und außerdem die Tür aufgerissen, aber es hilft alles nichts. Das Budget hat nie für einen Ventilator gereicht, es reicht ja nicht einmal für die wichtigen Sachen, wie etwa für einen neuen Dienstwagen. Vor der Tür, ungeschickt geparkt, der uralte Audi mit den Rostflecken und der zeitweise klappernden Stoßstange. Andererseits würde er vermutlich gar kein anderes Auto mögen, es passt zu ihm. Es klappert, es lahmt, es hat Dellen und Kratzer.

Schon vor sieben Uhr in der Früh ist er vom Pensionisten Grimm geweckt worden, obwohl Cordes eigentlich noch ein, zwei Stunden hatte schlafen wollen. Gott sei Dank steht Moritz seit einigen Jahren selbst auf, um sich für die Busfahrt und die Werkstatt fertigzumachen. Feste Bürozeiten hat Cordes ja sowieso nicht, die Leute wissen, dass sie jederzeit bei ihm zu Hause, in der Wohnung darüber, läuten können. Grimm allerdings leidet seit vier, fünf oder vielleicht auch schon sechs Jahren an Demenz. Wenn die Hitze kommt und Grimm nur eine Tasse Tee zum Frühstück trinkt statt drei davon, fängt er an, seinen Hund zu suchen. Sobald er sich auf den Weg macht, um alles abzusuchen, hat er keine Zeit mehr, etwas zu trinken – und das Unglück nimmt seinen Lauf.

Grimms Sommermärchen nennen es die Leute inzwischen. Vergangenen Sommer, als die Demenz einen weiteren Schub erlangt hatte, hatte er zeitweilig sogar geglaubt, nie einen Hund besessen zu haben, sondern nur eine Katze, die so aussah. Nach einigen Krankenhausaufenthalten hat sich die Sache etwas gebessert, aber heute früh ist es dann wieder einmal so weit gewesen.

Ziemlich große Kieselsteine hat Grimm an die Scheibe von Cordes' Schlafzimmer geworfen. Wie es böse Kinder tun, um Leute zu erschrecken. Ein Wunder, dass die Scheibe dabei nicht zu Bruch gegangen ist. Deshalb ist Cordes noch ziemlich müde und nickt ab und zu immer mal wieder ein. Obwohl er acht Tassen Kaffee getrunken hat, mehr aus Versehen denn aus Vorhaben. Eine nach der anderen, um das Gähnen zu vertreiben.

Ein kurzer Schlaf, von dem er hofft, er würde traumlos bleiben. Stattdessen: ein ganzes Sammelsurium an Bildern, tonlos zwar, dafür aber mit Blutschlieren befleckt.

Drei Tote sind es inzwischen.

Cordes hat von ihnen geträumt. Sie liegen auf einem Roggenfeld, eng beieinander, die Augen aufgerissen und im Mund schlafende Bienen. Mit einem Lidschlag werden aus ihnen die aufgeschnittenen Kinder mit den Herzhälften in den geöffneten Händen.

Drei Tote. Eine siebenundvierzigjährige Frau, die erst seit einem Jahr hier lebte. Ein achtundfünfzigjähriger Busfahrer, den jeder im Ort kannte. Und das jüngste Opfer, ein neununddreißigjähriger Elektriker, der auf dem Weg zur Arbeit war. Soweit Cordes herausgefunden hat (das hat nicht sonderlich lange gedauert), gibt es keinerlei Verbindung zwischen diesen drei Personen. Sie wurden weder beraubt, noch wurde irgendeine sexuelle Handlung an ihnen vorgenommen. In allen drei Leichen steckte je ein Messer – ein Solingen-Küchenmesser, wie es sie zuhauf zu kaufen gibt –, darüber hinaus existiert kein sichtbarer Zusammenhang.

Der Mörder muss seine Opfer überrascht haben. Vielleicht hat er sie nach der Uhrzeit gefragt oder nach einer Straße, vielleicht hat er ihnen ein Bild gezeigt, um sie abzulenken. Jemanden umzubringen, das hat Cordes schon sehr früh auf der Polizeischule gelernt, ist gar nicht so einfach. Es ist sogar ziemlich schwierig. Außer man wird erschossen – und selbst dann kann eine Menge in die Hose gehen. Es ist ja nicht einmal ratsam, sich selbst zu erschießen, wenn man seinem Leben ein Ende setzen möchte. Einige Selbstmörder schießen sich nur die Schädeldecke ab und laufen weiter durch die Gegend, als wäre nichts gewesen. Erdrosseln oder erwürgen dauert eine Ewigkeit, das verheimlichen sie in schlechten, aber auch in guten Filmen immerzu. So ist jede Tötungsabsicht mit vielen Risiken verbunden. Mal mehr, mal weniger. Aber erstechen?

Cordes denkt nach. Würde er jemanden umbringen wollen, würde er sich kaum für einen Stich ins Herz entscheiden. Auch weil er immer erst nachdenken muss, auf welcher Seite es sich eigentlich befindet. Jedenfalls nicht auf dem rechten Fleck. Im Eifer des Gefechts würde er dies allerdings vielleicht vergessen und prompt danebenstechen. Eine ziemliche Sauerei, möglichenfalls nicht einmal tödlich.

Gift, ja, das würde er vermutlich nehmen. In seinen Anfangsjahren brachten sich vor allem auf dem Land und in den kleinen Provinzkäffern eine Menge Leute mit E 605 um, einem Pflanzenschutzmittel. Immer wenn die Leute von der guten alten Zeit reden, muss er daran denken. Dass diese gute alte Zeit voll war mit hässlichen Giftleichen.

Weshalb sind die Opfer nicht weggelaufen oder haben geschrien? Kann ein einziger Stich ins Herz tatsächlich tödlich sein – und wenn ja, so schnell? Das fragt sich Cordes nicht erst seit heute. Bei Fröbe war es klar gewesen: Sein

Rasiermesser hatte jeden Schrei zerschnitten. Die Luftröhre eröffnet und diese mit heißem Blut gefüllt.

Aber hier liegt die Sache anders. Wie damals hat kein Mensch etwas gehört, weder einen Schrei noch einen Hilferuf. Als wären alle taub und blind und stumm gewesen, alles zur gleichen Zeit am selben Ort.

Dr. Broder fragen! Cordes notiert es sich auf einem seiner Zettel, die kreuz und quer über den Schreibtisch verteilt liegen. Zwar ist der betagte Broder längst nicht mehr als praktischer Arzt tätig, aber er lebt noch, und was viel wichtiger ist, er sucht keine Hunde, die er für Katzen hält. Am wichtigsten aber: Cordes vertraut dem Doktor, und der Doktor hält Cordes nicht für einen Einfaltspinsel. Wie die lieben Kollegen aus München, die ihm wenn überhaupt nur Dokumentenauszüge faxen, damit er nicht ganz dumm dasteht.

»Hallo, Herr Kommissar!«, ruft Janus Faber plötzlich in das Büro hinein, ohne von seinem Fahrrad abzusteigen. Janus ist zwölf oder dreizehn Jahre alt und möchte später auch mal Kommissar werden, obwohl ihm Cordes schon hundertmal erklärt hat, dass er keiner ist. Inzwischen macht sich der Junge wohl einen Spaß daraus.

»Ich gehe immer noch nicht in Rente, vergiss es!«, ruft Cordes hinaus und lächelt. Er mag den Jungen, er ist clever, und vermutlich würde er sogar einen guten Polizisten abgeben.

»Kein Ding, Herr Kommissar. Eilt nicht. Deshalb bin ich auch nicht hier.« Janus blickt sich um und winkt jemanden herbei. Im ersten Moment glaubt Cordes, er ruft nach einem Hund, aber dann fällt ihm ein, dass der Junge eine ziemlich ausgeprägte Tierhaarallergie hat.

Janus ruft nach Moritz. Noch bevor Cordes seinen Jungen sieht, spürt er, dass ihm etwas zugestoßen ist.

»Willst du noch?« Cordes bewegt sein Kinn in Richtung Eistee, aber Janus lehnt ab. Die Wellensittiche zwischen Küchenschrank und Regal zwitschern müde.

»Ich muss wieder. Die Schule ruft.«

»Ich dachte, es sind schon Ferien.« Cordes trinkt seine neunte Tasse Kaffee und will eigentlich eine Zigarette rauchen, lässt es aber bleiben.

»In einer Woche erst. Bis dahin noch Algebra.« Der Junge steht auf und klopft Moritz auf die Schulter.

»Augen auf …«, sagt Cordes, wie schon so oft, und Janus ergänzt: »… im Straßenverkehr, ich weiß!«

Moritz schaut ihm nach und drückt den Eisbeutel an seine geschwollene Unterlippe.

»Bist du dir sicher, dass noch alle Zähne da sind?« Cordes will nachsehen, aber Moritz zuckt zurück.

»Für die Zahnfee bist du nämlich zu alt.«

Cordes steht auf, geht zum Fenster und zündet sich nun doch eine Zigarette an. Im Hinterhof fauchen sich zwei Katzen an, während eine Frau aus dem Nachbarhaus ihren Teppich ausklopft. Staubflirren tanzen im Sonnenlicht wie tote Mücken.

Er sieht das alles, und doch sieht er nichts davon. Viel zu beschäftigt sind sein Kopf und vor allem sein Bauch mit den Ereignissen. Die Dinge kommen zurück – alle Dinge kommen zurück.

Im Bus hatte es scheinbar harmlos angefangen: »Du, du, du – hast wieder die Leute kaputtgemacht, sag?«

Dann in der Werkstatt weitere Sticheleien, auf die Cordes irgendwie schon gewartet hat. Trotz seiner Hoffnung, sie alle hätten aus der Vergangenheit gelernt. Aber der Mensch an sich ist und bleibt vermutlich für alle Zeit und Ewigkeit dumm.

»Du hättest einfach weghören sollen«, murmelt Cordes und weiß doch, dass es Unsinn ist. Manchmal sagt er Sachen, die er, sobald er sie ausgesprochen hat, am liebsten wieder auffressen würde. Wie ein Frosch die Fliegen, die ihm aus dem Maul geschlüpft sind.

Moritz sagt etwas, aber Cordes versteht kein Wort. Dennoch nickt er. Die Frau mit dem unglaublich hässlichen Teppich geht wieder ins Haus zurück, die größere der beiden Katzen springt auf die Hinterhofmauer.

Sie brauchen einen Verdächtigen, das ist alles. Erst einen Verdächtigen, dann einen Schuldigen. Egal, ob an der Sache was dran ist oder nicht. Davon kann er ein Lied singen, von dieser Eigendynamik von Schuld und Sühne. Allesamt projizieren sie ihren hilflosen Zorn auf einen, der sich nicht wehren kann. Das hat es immer schon gegeben, und es wird auch nie aussterben.

Er muss es dieses Mal besser machen, es klüger anstellen. Hatte er Fröbe damals überhaupt verdächtigt, oder war er ihm völlig durch die Finger gerutscht? Natürlich hatte er ihn befragt, mehrfach sogar. Zu den Kindern, um eine Verbindung zu finden, die noch niemand hatte sehen können.

Du bist dem Ungeheuer gegenübergesessen und hast es nicht mal gemerkt. Sagt der deutlich jüngere Cordes in ihm.

»Ich weiß, ich weiß«, murmelt Cordes zum Fenster hinaus. Allmählich nimmt das Sonnenlicht jene Färbung an, die einen lauen Abend prophezeit. Moritz jammert leise.

Aber so ganz stimmt das natürlich nicht: Irgendwie hatte er damals schon so ein merkwürdiges Gefühl, so ein Kribbeln in den Fingerspitzen gespürt, als er sich mit dem Rektor unterhalten hatte. Auch weil seine Antworten viel zu schnell und viel zu glatt gekommen waren, als hätte er sie auswendig gelernt. Aber so sind halt Lehrer, hatte sich Cordes gedacht und an seine eigene Schulzeit erinnert. Lehrer sind irgendwie immer Ungeheuer, dieses Unwohlsein hatte alles andere übermalt.

Schon oft hat er sich gefragt, was wohl geschehen wäre, wäre Lisbeth an diesem einen Abend nicht dort gewesen, sondern vielleicht krank in ihrem Bett. Wäre das Schlachten dann weitergegangen, oder hätte Fröbe eines Tages einfach damit aufgehört, wie es manche Serientäter tun?

Ungeschickt schnippt Cordes den Zigarettenstummel in den Hinterhof und wischt sich über die unrasierte Wange.

Er muss.

Er muss es dieses Mal schaffen, um es allen zu zeigen. Um das Blatt zu wenden, um das Böse ein für alle Mal von hier zu vertreiben. Vielleicht kann er es schaffen, mit viel Glück und ein wenig Hoffnung. Entschlossen rückt er seinen Gürtel zurecht und legt seine Hand auf die Heckler & Koch, wie er es eigentlich nie tut, weil es sich ziemlich dumm anfühlt.

Aber diesmal fühlt es sich richtig an. Obwohl er beinahe im selben Moment überlegt, ob er sie überhaupt geladen hat.

Kurz bevor Moritz auf der Wohnzimmercouch eingeschlafen ist, zur Beruhigung eine Staffel Golden Girls, hat Cordes ihm versprechen müssen, gleich morgen früh in der Werkstätte anzurufen, um ihn krankzumelden. Auf unbestimmte Zeit, und wenn es nach Moritz ginge, am besten für immer. Einerseits gefällt es Cordes, dass sich Moritz zu Hause sehr wohl fühlt, andererseits weiß er nur zu gut, wie wichtig der Kontakt zur Außenwelt für seinen Jungen ist. Trotzdem wird er anrufen, natürlich. Nicht noch einmal wird er den Fehler begehen, Moritz einer Gefahr auszusetzen. Seinetwegen kann er sich getrost die nächsten zehn Jahre über die vier alten Damen im Fernsehen amüsieren.

Auf eine Serviette schreibt Cordes eine kurze Nachricht, falls Moritz doch aufwacht und Angst bekommt.

Komme gleich wieder, gehe nur spazieren.
Ich liebe dich.

Vermutlich wird sich Moritz wundern, weshalb er mitten in der Nacht, es ist inzwischen kurz vor elf, spazieren gehen will. Vor allem, weil Cordes seit dem Zusammenstoß mit der Straßenbahn vor etlichen Jahren nie gern zu Fuß gegangen ist. Aber die Wohnung ist sicher, Moritz muss keine Angst haben, und das weiß er auch. Und falls ihm doch mulmig werden sollte, ahnt Cordes auch, wo Moritz sich versteckt: in seinem Kleiderschrank, um für alle unsichtbar zu werden.

Außerdem ist er extra noch einmal zurückgekommen, um sein altes Nokia zu holen und dabei die Telefonnummer unter die zwei Zeilen zu kritzeln. Moritz telefoniert zwar nicht gern, aber sicher ist sicher.

»Ich gehe spazieren«, wiederholt Cordes sein Geschriebenes, weil es sich so unglaubwürdig anhört. Ebenso gut hätte er schreiben können: Fliege zum Mond, bis gleich. Er lächelt und verbietet sich eine weitere Zigarette auf dem Weg zu seinem Auto. Im Kofferraum liegt etwas, was er vermutlich brauchen wird, aber noch nie benutzt hat. Zwischen Wagenheber, Schutzweste und einem völlig desolaten Ersatzreifen findet er seine Unterarmgehstütze. Hundert Meter, vielleicht sogar ein wenig weiter, kann er problemlos gehen, aber dann wird es schon zäh, und das Humpeln fällt immer mehr auf. Und bei Gott: Das Letzte, was er will, ist, dass jemand die Rettung ruft oder womöglich die Polizeileitstelle, weil mitten in der Nacht ein hilfloser alter Mann keinen Schritt mehr vor den anderen setzen kann.

Seufzend holt er die Krücke aus dem Kofferraum, findet dabei zufällig seine Taschenlampe (er hat die Suche danach längst aufgegeben, aber sie funktioniert noch) und schaut zum Nachthimmel hinauf. Eine klare, laue Sommernacht mit einem zunehmenden Mond. Als Kind hat er sich manchmal in den Garten gelegt, um auf Sternschnuppen zu warten, auf den großen Perseidenschauer des Mittsommers. Doch in dieser Nacht zeigt sich nichts davon. Alles still, nur ab und zu ein Windstoß, der den Staub des Tages vor sich hertreibt, und von dem auch er sich treiben lässt, ohne zu wissen, weshalb er sich eigentlich auf den Weg macht. Zwar haben die Leute im Radio ein Gewitter vorhergesagt, aber davon ist weit und breit nichts zu sehen.

Von da nach dort. Die neuen Reihenhäuser mit den Zugezogenen zwischen den Altbauten, in denen die Einheimischen, die Alten, schlafen, während das blaue Flimmern der Fernsehapparate auf die Gehsteige fällt. Vielleicht hätte er diesen Vorort sogar lieben können, wäre das alles nicht geschehen. Wäre in den Asphaltritzen nicht noch immer das getrocknete Blut der Kinder zu vermuten. So aber ist dieser Ort immer wie ein dunkler Traum geblieben, nie ganz erkundbar, nie sonderlich zugewandt, immerzu ein weiteres Geheimnis in sich tragend. Wenngleich sonst hier kaum etwas passiert. Keine Gewalttaten, die man hätte erwähnen müssen. Keine einzige Vergewaltigung in all seinen Dienstjahren. Nur ab und zu ein missglückter Einbruch von Leuten, die vermutlich sogar zu ungeschickt waren, die eigene Haustüre aufzusperren.

Ein dunkler, fast schon mysteriöser Jahrmarktsort mit unbeholfenen Menschen, von denen beinahe alle in die nächstgrößere Stadt oder gleich nach München zur Arbeit fahren. Hier gibt es nichts zu tun, die einzige Gärtnerei hat vor mehr als fünfzehn Jahren zugemacht. Hier wohnt man, und nur ab und zu lebt man hier auch. Wer weiß, vielleicht wartet man auf diesem Fleck nur auf eine bessere Zeit an einem besseren Ort.

Das erste Stück geht Cordes, ohne die Gehhilfe zu benutzen, er trägt sie einfach so in der rechten Hand und touchiert manchmal damit eine der Straßenlaternen. Sicherheitshalber hat er in einer Hosentasche ausreichend Oxycodon verstaut, in der anderen sogar ein wenig Gras.

Wenn du jetzt tot umfällst, werden sie noch in fünfzig Jahren über dich reden, denkt er sich und geht langsamer, bis er schließlich stehen bleibt. Ohne es zu wissen und zu wollen, ist er einen Halbkreis gelaufen, weiter, als er gedacht hat. Sein Hemd klebt an ihm, und er öffnet den Kragenknopf. Wenigstens ist er klug genug gewesen, seine Krawatte und die Polizeimütze zu Hause zu lassen.

»O je!« Jetzt fällt ihm allerdings auch wieder ein, dass er immer noch nicht nachgesehen hat, ob seine Pistole überhaupt geladen ist oder nicht. Sonderlich wichtig ist es nicht, aber Cordes ärgert sich über seine Nachlässigkeit. Kein Wunder, dass sie ihn für einen Trottel halten!

»Dann wollen wir mal«, flüstert er und schiebt sich die Gehstütze unter den rechten Arm. Besser als erhofft geht er weiter, geht um die Schatten der Nacht herum, streift um Büsche, schaut hinter Bäume und ahnt langsam, wohin er eigentlich will.

Lisbeths Haus ist noch ein gutes Stück weit entfernt. Aber er kann es schaffen. Möchte es sehen und vor allem spüren. Wie damals, als sie im Garten gestanden war und ihm damit Angst gemacht hatte.

»Stell dich nicht so an, meine Güte!« Vor dreißig Jahren war er mit dem Mädchen zu Fuß zu den Abwasserrohren gegangen, beharrlich einige Schritte hinter ihm, aber immerhin. Sein Bauch war noch nicht so mächtig gewesen wie jetzt, und geraucht hatte er damals auch viel weniger.

»Du musst mehr auf dich aufpassen, mein Junge! Sonst kriegt er dich, und dafür braucht er sich nicht einmal sonderlich anzustrengen.«

Cordes hebt den Kopf, atmet tief ein und setzt seinen Weg fort. Von hier aus meint er Lisbeths Haus bereits zu sehen.

Und die Bäume.

Und die Gespenster, die sich darin verstecken.

KAPITEL 15

Dann fällt es ihm wieder ein, diese Sache mit den Mondhunden, die aus den Schattenrissen bellen und schnappen. Vom Mondlicht langgezogene Scherenschnitte auf hohem Gras, die sich flatternd davonmachen, sobald man sich umdreht. Kein Wunder, dass Moritz Angst davor hat.

Das Leben, denkt sich Cordes gerade, besteht eigentlich nur aus eingefärbten Erinnerungen. Lisbeths Haus hat sich nicht verändert, nur die Bäume sind höher geworden. Herzstolpern, weil er glaubt, das Mädchen, bleich und dünn, dort stehen zu sehen. Stumm auf ihn wartend, um seinen Sohn zu finden.

Aber da ist nichts.

Ein Rascheln der Blätter. Hungrige Mäuse, die sich auf den Weg über die Felder machen, während er selbst versucht, in den dunklen Flecken unsichtbar zu bleiben. Im Haus daneben wohnt jemand, das weiß er. Früher ist es leer gestanden, eine ganze Zeit lang sogar. Niemand hat sich so recht getraut, dort zu wohnen – das sehende Mädchen hat ihnen Angst gemacht.

Ihm selbst hat es natürlich auch Angst gemacht, so ist es ja nicht! Mit ganz kleinen Schritten bewegt sich Cordes durch den Vorgarten. Wann hat er Lisbeth zum letzten Mal gesprochen? Es muss tatsächlich schon sehr lange her sein, zwanzig Jahre vielleicht. Ihre Wege sind nicht dieselben, und sie kommt selten in die Stadt. Das Krankenhaus liegt ein wenig abseits, und er selbst verlässt sein Büro ja nur, wenn er etwas zu erledigen hat. Lisbeths Tochter Marlene, die sieht er ab und zu, wenn sie mit ihren Freundinnen durch die Stadt streift. Ungläubig, dass eine Ansammlung von Häusern nicht mehr zu bieten hat als eine ganzjährige Sonntagsruhe. Spätestens in ein paar Jahren wird Marlene weggehen, wie sie alle weggehen, um diesem Mief zu entfliehen. Irgendwann werden hier nur noch alte Leute herumgeistern.

Cordes lehnt seine Gehhilfe an einen der Bäume, lehnt sie so daran, dass man sie von den Häusern aus nicht sehen kann. Schleicht näher an das Gebäude und hört Musik aus einem der Zimmer. Musik, die er noch nie im Leben verstanden hat: Jazz. Für ihn klingt es so, als würden alle Musiker zur selben Zeit ein anderes Stück spielen wollen, völlig verrückt. Sämtliche Fenster sind beleuchtet, auch das Hoflicht brennt. Mücken und Motten umschwirren die Helligkeit.

Sehr nahe kann er deshalb nicht kommen, und er bleibt stehen. Da ist die Küche, er sieht Schränke und eine Lampe, jemand geht von Zimmer zu Zimmer, jemand spricht, jemand lacht.

Zwischen zwei Obstbäumen wartet Cordes, und für einen Augenblick glaubt er, sie kann ihn spüren kraft ihrer Hellsichtigkeit. Tatsächlich tritt Lisbeth ans Küchenfenster, blickt in die Nacht hinaus. Erschrocken drückt sich Cordes an den Baum und hält den Atem an. Ihre Haare sind offen und immer noch so dunkel wie damals. Dreißig Jahre älter geworden, das ja, aber doch versteckt in ihr das Mädchen von damals. Die Augen, der Mund ein schmaler Schlitz, sie sieht müde aus.

Du bist eine Heldin, denkt sich Cordes, und das ist sie ja auch. Aber als Heldin wird sie nicht wahrgenommen. Immer wieder hört er zwar, dass einige Leute zu ihr gehen. Um Dinge zu finden, verloren geglaubte Sachen. Katzen, die bereits seit drei Wochen nicht mehr nach Hause kommen. Aber man belächelt das alles, glaubt schon lange nicht mehr an das zweite Gesicht, hält sie für ein absonderliches Geschöpf mit ein wenig Glück in den Taschen.

Marlene legt ihre Hand auf Lisbeths Schulter, und beide sehen für einige Sekunden zu ihm hinüber, ohne ihn zu wahrzunehmen. Ein Schattenspiel der Nacht, mehr nicht, bevor beide vom Fenster verschwinden und Cordes hörbar ausatmet. Jetzt eine Zigarette rauchen, nur ein paar Züge, um das Unwohlsein zu verdauen.

Jemand spielt Saxofon, ein verrücktes Schlagzeug trommelt.

Aus dem Dickicht der wilden Sträucher blicken ihn zwei Augen an, sie glänzen und funkeln, und obwohl er weiß, dass es nur eine Katze sein kann, schlägt sein Herz noch einmal schneller.

Hör auf damit, es ist kein totes Kind, das seine Augen öffnet und dich anstarrt. Es ist nur eine Katze.

Warum hast du uns nicht geholfen, Polizist?

Er muss wegsehen, um jetzt ja keinen Fehler zu machen. Wie in aller Welt sollte er erklären, was er inmitten der Nacht hier zu suchen hat? Seine Blase drückt unangenehm, obwohl er gar nicht auf die Toilette muss – es ist vor allem der Drang, von hier zu verschwinden. Tassen klappern, weit weg hört er Grillen zirpen. Es klingt wie das Summen toter Kinder in ihren Gräbern.

Hör auf damit!

Cordes schließt seine Augen und denkt an die Zeit, als er selbst noch ein Kind war. Mit seinem Bruder in dem vergessenen Zimmer mit den Büchern, den Comics und der Blechdose mit den halb gerauchten Zigaretten, weil ihnen immer gleich übel geworden ist. Gute Gedanken können schlechte so klein machen, dass sie unwirklich werden. Er wird jetzt einfach wieder nach Hause gehen, noch ein Bier trinken und sich dann ins Bett legen. Vielleicht wird er einfach mal am helllichten Tag zu Lisbeth kommen, auf einen Kaffee und ein Stück Kuchen, um über alte Zeiten zu reden.

Ja.

Und Cordes hätte es auch getan, wäre nicht Utrecht in diesem Moment aus dem Haus gekommen. Jetzt fällt ihm auch sein Name wieder ein, merkwürdig genug ist er ja. Utrecht, sonst nichts. Kein Vorname, jedenfalls kommt er ihm nicht in den Sinn. Freilich muss er einen Vornamen haben, ein Geburtsdatum, eine Biografie. Nur kennt Cordes sie nicht, und das ärgert ihn schon wieder. Utrecht ist einer von der Sorte, die nie die Polizei brauchen und deshalb nie auffallen.

Weshalb nur hat er Leute wie ihn nicht näher unter die Lupe genommen? Die verfluchte Zeit ist ihm durch die Finger geglitten, und später hat sich ja alles von selbst gefügt. Beim Gedanken daran, dass ein kleines Mädchen den größten Fall der Gegend löst, einfach so, befällt ihn noch immer eine Art Scham. Auch weil er zu spüren glaubt, dass die ganze Geschichte noch lange nicht auserzählt ist. Winterschlaf, vielleicht ist es das gewesen – er hat einen dreißigjährigen Winterschlaf gehalten, um sich darüber klar zu werden. Das Tragische dabei: Sehr viel weiter ist er immer noch nicht gekommen.

Utrecht schleicht aus dem Haus, er geht leise und langsam, beinahe so wie Cordes. Blickt um das Haus herum, bewegt sich ebenfalls in den Schattenskulpturen und weiß scheinbar nicht so recht, was er tun soll. Vermutlich hat er damit gerechnet, dass Lisbeth längst schläft.

So benehmen sich Leute, die einbrechen wollen. Ausbaldowernd und wartend, bis das Licht ausgeht.

Cordes, das ist doch Quatsch, sagt eine Stimme in seinem Kopf, und das ist es auch. Weshalb sollte jemand bei seinem

Nachbarn einbrechen wollen, er kann schließlich auch warten, bis keiner daheim ist.

Nervös zündet sich Utrecht eine Zigarette an, Cordes sieht den Glutpunkt und riecht den Rauch. Unentschlossen bewegt sich Utrecht hin und her und geht schließlich in die Garage, obwohl sein Auto direkt davorsteht.

Das Licht in Lisbeths Küche verlischt, die Musik verklingt. Hinter den hohen Sträuchern schleicht gemächlich eine ziemlich stattliche Katze herum, sieht ihn abermals neugierig an, kommt näher und schmiegt sich um seine Beine, laut miauend. Cordes versucht sie wegzuscheuchen, es gelingt nur mäßig. Schließlich gibt sie auf und legt sich neben ihn ins Gras. Ein Auge offen, das andere geschlossen.

Utrecht kommt aus der Garage, er schiebt ein Fahrrad und ist sichtlich genervt. Auf dem Gepäckträger eingeklemmt eine Rolle Papier. Noch einmal blickt er zu Lisbeths Haus, schüttelt den Kopf, steigt auf das Fahrrad und fährt davon.

Unbefugt eingedrungen ist Cordes noch nie irgendwo, es ist auch nie nötig gewesen. Aber er könnte ja vielleicht einfach mal nachschauen, ob alle Türen und Fenster gut genug verschlossen sind, damit keiner einbrechen kann? Redet sich Cordes ein und bewegt sich mit zunehmenden Schmerzen in der Hüfte um Utrechts Haus herum. Das Anwesen ist alt und heruntergekommen, in den Mauern fingerdicke Risse, das Dach sitzt schief. Bei solchen Häusern, das weiß Cordes, reicht es meist schon, wenn man sich fest genug an die Tür lehnt, um sie aufzubrechen. Umso überraschter ist er, dass sämtliche Türen scheinbar mehrfach verriegelt sind, als hätte der Besitzer etwas zu verbergen. Oder Angst.

Auch die Fenster sind, soweit er es beurteilen kann, einbruchsicher. Allein im hinteren Teil hat Utrecht eine Lampe brennen lassen. Vielleicht vergessen, vermutlich aber, um die Nachtwesen in ihren Verstecken schlafen zu lassen. In einer der üblichen Polizeibroschüren wird dazu ja auch geraten: Täuschen Sie Einbrechern vor, Sie seien zu Hause.

Durch den Schlitz der Vorhänge fällt Licht, doch egal, wie sehr Cordes sich auch streckt, er kann nicht über das Fensterbrett blicken. Allein einen Teil der fleckigen Zimmerdecke sieht er. Die Katze – oder ist es ein Kater? – ist ihm gefolgt und beäugt ihn.

»Verschwinde!«, brummt Cordes, aber das Tier gähnt nur herzhaft. Hinter dem Haus eine Brachlandschaft mit hohen Brennnesselstauden, trockenen Maulwurfshügeln und verdorrten Bäumen. An der Dachrinne kann und will Cordes sich nicht emporhangeln, dafür ist er zu alt und zu müde. Außerdem würde das seine Hüfte auf keinen Fall mitmachen.

Jetzt hört er sie wieder, die Jazzsongs, die dem Ganzen hier so eine merkwürdige Aura verleihen, und alles wirkt wie einer dieser seltsamen französischen Filme im ARTE-Nachtprogramm, die immer schlecht ausgehen. Das Licht, der Ton, einfach alles. Mit einem Mal jedoch ist es still. Spätestens jetzt ist sich Cordes ganz sicher: Hierher zu kommen ist die dümmste Idee seit Langem gewesen! Fahrig hin und her gerissen zündet er sich nun doch eine Zigarette an, nimmt allerdings nur zwei, drei Züge und drückt sie dann an der Hauswand aus.

Denk nach!

Erst mal muss er verhindern, dass die Schmerzen zu einem unbeherrschbaren Inferno werden, das bis zu den Zehen wandert und das ganze Bein steif macht, sodass er bestenfalls noch die paar Schritte zu Lisbeth schafft, um ihr eine Lügengeschichte aufzutischen.

Hallo, Lisbeth, du wirst es nicht glauben, aber ich habe schon wieder mal nach Moritz gesucht.

Nein, das würde sie ihm nicht glauben, nie im Leben!

Mit schweißnassen Händen fischt er eine der Schmerzkapseln aus der Hosentasche, legt sie auf die Zunge und bemerkt erst jetzt, dass er gar nichts zum Runterspülen dabei hat.

»Dummer Dummkopf!« Die Kapsel einfach so zu schlucken gelingt erst nach einigem Würgen, und er verwirft das Vorhaben, zur Sicherheit gleich noch eine zweite Oxycodon nachzulegen. In zwanzig Minuten werden die Schmerzen nachlassen, aber er bezweifelt, so viel Zeit zu haben. Um hier einfach zu warten, während sich die Katze das Fell leckt und der Mond alles viel zu bleich färbt.

»Gib mir einen Rat, na, los, komm schon!« Doch die Katze schweigt beharrlich, und Cordes zuckt mit den Schultern. Hier hinten ist es unheimlich und irgendwie kühl, langsam fängt er an zu frieren. Mit einem dieser neumodischen Smartphones könnte er sicher ein Foto des Zimmers machen, ohne sich groß strecken zu müssen, aber leider hat sein altes Handy keine Kamera.

Wieder eine Zigarette; ohne sie anzuzünden, steckt er sie zwischen die Lippen und denkt nach. Von der Wirkung des Analgetikums ist noch nichts zu spüren, im Gegenteil. Seine Zehen werden langsam, aber sicher taub, und sein Genick verspannt sich. Ganz und gar kein gutes Zeichen. Diese Nacht wird er ziemlich schlecht schlafen.

Eine Leiter wäre gut. Vielleicht auch nur ein Klapptritt, den die Leute hier gern hinter dem Haus deponieren, weil diese Dinge immer im Weg umgehen. Zum Glück hat er ja zumindest die Taschenlampe im Kofferraum gefunden. Zitternd leuchtet Cordes den Hinterhof ab und findet tatsächlich in einem wilden Erdbeerbusch einen rostigen Blecheimer.

Weiter weg bellt ein Hund. Eine Tür fällt zu.

Hört er Schritte?

Oder klopft nur sein Herz so laut, weil das Medikament sein Blut flutet?

Nein, es sind tatsächlich Schritte, so leise wie Katzenbewegungen auf knarrenden Dielenbrettern.

Kommen die Geräusche von Lisbeths Haus herüber, oder hört er Gespenster, zum Leben erweckt von seinen Schmerzen und dem Oxycodon? Vielleicht ist sogar Utrecht zurückgekommen, aber das hätte er doch bemerkt.

Schau nach!

Schwerfällig schiebt Cordes den Eimer unter das Fenster und hievt sich hinauf, wackelnd an der Wand abgestützt, das Metall unter seinen Schuhen ächzend. So muss sich ein Elefant im Zirkus fühlen, der auf Teufel komm raus auf einem Hocker balancieren muss, denkt sich Cordes und schafft es doch.

Dann passieren in rascher Abfolge einige Dinge beinahe gleichzeitig: Ein Wind kommt auf, erste Gewitterwolken schieben sich vor den Mond, während in Cordes' Hosentasche das Nokia läutet. Er sieht das Display durch den Stoff leuchten, es kann nur Moritz sein, blickt aber zuerst auf, um durch den schmalen Vorhangschlitz zu lugen.

Dort hängen Bilder, so nahe beieinander, dass er für eine Sekunde glaubt, es wäre eine seltsame Tapete. Auf jedem Bild das Porträt eines Jungen. Schwarz-weiß, ohne Rahmen. Bevor Cordes überlegen kann, ob er das Kind auf der Fotografie kennt, und bevor er das Nokia aus der Hosentasche ziehen kann, um mit Moritz zu sprechen, noch bevor all das geschieht, geschieht etwas ganz anderes.

Ein Gesicht.

Eine Fratze.

Ein Monsterding.

Es taucht hinter der Fensterscheibe aus dem Nichts auf, in diesem schmalen Schlitz, und zwei Hände in weißen Baumwollhandschuhen reißen die Vorhänge mit einem Ruck auf, wie es verärgerte Mütter bei Pubertierenden tun. Licht fällt aus dem Fenster, das Glas ist ziemlich schmutzig. Alle Wände sind bedeckt von diesem einen Foto. Hundert Gesichter blicken zu ihm hinaus. Ihre Augen bewegen sich.

Ihre Münder offen.

Tot, tot, tot schreien sie alle.

Das Gesicht an der Fensterscheibe aber bleibt stumm.

Schneeweiß mit ausgeschnittenen Augenlöchern.

Einem ausgeschnittenen Mund, hinter dem Cordes einen echten erkennt.

Flackernd die schwarzen Krähenaugen hinter der Maske.

In einer Hand, zum Unterarm hingedrückt, ein ziemlich großes Messer. Das Licht der Zimmerlampe spiegelt sich in der Klinge.

Er ist aus dem Grab gekrochen, um es ihnen allen heimzuzahlen. Das dreißigjährige Schlafen mit offenen Augen.

Fröbe lebt.

Das ist Cordes' erster Gedanke, noch bevor er sich vor Schreck von der Wand abstößt, einen Windstoß lang taumelt und schließlich nach hinten stürzt, mit einem halben Schrei in der Kehle und einem halben Schrei in der Welt. Die Zigarette klebt an seiner Unterlippe. Von Osten her ein Donnergrollen, dann ein Blitzschlag.

Im Sturz nach hinten sehen sich beide unverwandt an.

Das Messer gleitet in einer Bewegung drohend aus seinem Versteck heraus.

Nein, es ist nicht Fröbe, und doch zieht sich ein Schauer über Cordes' Körper, wandert hinauf zu seiner Kopfhaut, und er hat das Gefühl, dass ihm die Haare zu Berge stehen. Nur eine Sekunde lang haben sich Fröbes Züge auf die weiße Maske gelegt wie ein billiger Theatertrick.

Ich schneid sie alle auseinander, bis sie verschwunden sind.

Singt ein Mädchen in Cordes' Eingeweiden, so schrill und laut, dass ihm die Ohren davon wehtun.

Fröbe hat nie eine Maske getragen.

Und weshalb sollte Utrecht es tun?

Das alles denkt sich Cordes, während er nach hinten kippt, die Arme rudernd. Aus der Gürtelschlaufe rutscht die Taschenlampe, fällt in eine der versteckten Grasmulden und verfehlt dabei nur knapp die Katze, die fauchend davonläuft.

Das Nokia läutet erneut.

Der Mann im Zimmer erkennt offenbar erst jetzt, dass der dicke Mann dort draußen ein Polizist ist, er bemerkt auch die Waffe an dessen Gürtel, während Cordes zwischen Brennnesseln und Disteln aufschlägt. Irgendwie hat es Cordes geschafft, sich wenigstens etwas zu drehen, gerade weit genug, um nicht auf seine schmerzende Hüfte zu fallen. Sein Kopf schnellt vor und zurück, und ihm wird augenblicklich schwindlig. Als wäre der Himmel ein gigantisches Kaleidoskop, dazwischen der Mond wie ein tiefschwarzes Auge, ganze nahe. Er hört sein Herz schlagen, seinen Puls wie Meerwasser rauschen. Und das nächste Donnern, während die Katze zurückkehrt, um sein Gesicht zu beschnuppern. Das Licht vor seinen Augen schummrig. Geradeso, als würde er in eines der Abwasserrohre blinzeln, in denen Moritz sitzt.

»Komm raus, na, komm schon!«

»Ich hab nix getan. Heilig und hoch versprochen.«

»Das weiß ich doch!«

»Ist Lisbeth auch da?«

»Ja. Hier ist sie. Siehst du sie? Hier ist Lisbeth.«

Cordes schlüpft in das Betonrohr, zwängt sich hinein, weil Moritz nicht herauskommen will. Es ist dunkel, nur ganz hinten glänzt ein Mondstreifen.

»Wo bist du, Moritz?«

Aber Moritz antwortet nicht mehr. Er muss zu ihm. Immer tiefer und tiefer gleitet Cordes in den Bauch der Erde hinein.

Und dann absolute Finsternis.

Erst ein Blitz erhellt alles für den Bruchteil einer Sekunde. Er sieht sich selbst über Moritz knien, in einer Hand ein Schlachtermesser.

In der anderen ein Herz, das ein letztes Mal pulsiert. Bevor es für immer still ist.

KAPITEL 16

Die Tür. Die Tür steht offen. Nicht sehr weit, aber doch weit genug, dass er es im Mondlicht sehen kann.

Wie das Auge eines Toten, halb geöffnet, halb geschlossen. Das Licht aus seinem Arbeitszimmer malt einen winzigen Streifen auf den Fußabtreter.

Er hat zugesperrt gehabt, gar keine Frage! Den Schlüssel dreimal herumgedreht, er ist ja auch nicht wahnsinnig. In seiner linken Hosentasche der Haustürschlüssel, er umfasst ihn so fest, dass es wehtut.

Langsam und fast lautlos legt Utrecht das Fahrrad auf die Erde, ohne dabei die Tür aus den Augen zu lassen.

Ich hab doch alles getan, was du wolltest. Denkt sich Utrecht, und diese Gedanken hören sich flehend an, nicht erklärend.

Du kannst mich nicht dafür bestrafen.

Geh weg!

Bitte!

Plötzlich fühlt sich Utrecht wieder wie der kleine Junge, der nicht in das Leichenschauhaus gehen kann, in dem sein toter Bruder liegt. In dem kleinen Sarg mit den Herbstblumenstrauß darauf. Mit dem Weihwassergestank und dem leidenden Jesus aus Gips an einem schiefen Holzkreuz.

(Da bist du nicht drin, Fritz. Nie und nimmer! Also, wo versteckst du dich?)

Mit der rechten Hand greift er in die andere Hosentasche und findet auch dort nichts, womit er sich wehren könnte. Nur die leere Schachtel, in der hundert Reißzwecken gewesen sind. Utrecht hätte in die Garage gehen können, aber die Garage ist finster. Womöglich lauert genau dort jemand in einer Ecke, weil dieser Jemand ja nicht dumm ist.

Schlüssel, Plastikschachtel, eine Packung Zigaretten, ein Feuerzeug. Du bist so gut wie tot. Ein winziger Schritt zurück, eine unmerkliche Bewegung, aber er tut nicht, was ihm naheliegend erscheint: auf das Fahrrad steigen und verschwinden. Mit Schwung weit über alle Berge, verschnaufend in den Tälern, sich verbergend in den Wäldern.

Lisbeth.

Marlene.

Sie sind in Gefahr, würde er jetzt einfach das Weite suchen und nie mehr wiederkommen. Das spürt Utrecht. Als er weggefahren ist, sind sie noch wach gewesen. Sonst wäre er ja auch mit dem Auto gefahren. Jetzt allerdings ist es in ihrem Haus dunkel. Vielleicht ist der Mann – oder sind es gar mehrere Männer? – jetzt dort drüben, mit dunklen Augen, sitzend auf zwei Leichen, die Leiber aufgeschnitten, um sich an ihrem Blut zu wärmen.

Das darfst du nicht einmal denken! Denk an etwas anderes!

Nahe den Wäldern fährt ein Blitz in die Bäume, Sekunden später entlädt sich ein lauter Donnerknall. Utrecht glaubt eine dunkle Gestalt mit einem Kalkgesicht in der Tür stehen zu sehen. Einem Gesicht, wie es Tote haben, nach jahrelangem Regenwasser im Sarg. Aufgeweicht und wächsern, wie Haut wird, wenn man zu lange im Wasser liegt.

O mein Gott! Utrecht stolpert einen Schritt zurück, fällt zu Boden. Er strampelt sich mit den Füßen nach hinten, kommt aber nicht vom Fleck.

Als sich seine Augen von den Blitzfunken erholt haben, sieht er niemanden mehr. Nur das warme Licht seiner Bürolampe, das auf den Fußabtreter scheint. Samson, Lisbeths Kater, trottet aus einem seiner Mäuseverstecke hervor und miaut ihn leise an. Auf seinem Gesicht spürt er die ersten eiskalten Wassertropfen, es fängt an zu regnen. Immer wieder verdeckt von den schweren Unwetterwolken: der Mond, ein Feuerschein der Nacht.

Nicht einmal das Hoflicht ist bei Lisbeth noch an. Das ist so gar nicht ihre Art, es muss ihr etwas zugestoßen sein.

Samson schmiegt sich an seine Beine und miaut weiter. Der nächste Blitz fotografiert Utrechts Angst. Ungeschickt und mit aufgeschürften Händen rappelt er sich empor und geht mit langsamen Schritten rückwärts, ohne die Tür seines Hauses aus den Augen zu lassen. Er muss nachsehen, zur Not wird er sie aus dem Schlaf läuten – aber immerhin wären sie dann am Leben. Verärgert und verwundert zwar, aber das ist momentan seine geringste Sorge.

Er wird einfach sagen: »Ich hab mir Sorgen gemacht, du weißt schon.« Und Lisbeth wird wissen, was er meint. Nachdem er sie in dem Abwasserrohr gefunden hat, hat sich ihr Verhältnis ohnehin wieder gebessert. Die dumme Sache mit der Fotografie ist vergessen, sie scheint ihm nicht mehr zu misstrauen.

Außerdem liebt er sie.

Liebt sie, wie er noch nie eine Frau geliebt hat.

Jetzt einen Schluck Schnaps, um sich Mut anzutrinken, alles wegzusaufen, was in seinem Herzen poltert. Geradeso, wie er es lange Jahre getan hat, um Fritz aus dem Grab zu trinken, auf sein Wohl anzustoßen, ihn wiederzubeleben.

»Gehen wir«, sagt er entschlossen zu Samson, hebt ihn empor und drückt ihn so fest vor seine Brust, dass der Kater protestiert.

Hab ihn unter dem Auto gefunden, er hat Angst. Ja, das wird er sagen, wenn Lisbeth müde die Tür aufschließt. Hoffentlich.

Utrecht nickt und wiederholt das Gedachte laut, Schritt für Schritt, während das Unwetter sich entleert und Windböen die Äste der Bäume knacken lassen.

Doch da sieht er etwas. An einem der Obstbäume lehnend. Eine Krücke, wie sie Leute im Krankenhaus benutzen, wenn sie einen Gipsverband bekommen. In seinem Kopf jedoch gehen die Dinge nicht zusammen. Vermutlich hat Lisbeth sie dort hingestellt, vielleicht hat sie die Krücke versehentlich aus der Arbeit mitgenommen. So wird es sein, denkt sich Utrecht und blendet jegliche logische Fortführung aus. Weil er Angst hat, die sein Herz lähmt und es gleichzeitig so schnell schlagen lässt, dass er es überall im Körper spürt.

Jemand flüstert: »Fritz. Fritz, wo bist du? Komm heraus!« Ein unheimliches Summen, ein Bitten um eine Antwort. Leise, aber doch laut genug, dass er es hören kann.

»Komm schon, Fritz. Komm heraus.«

Ohne es zu bemerken, lässt Utrecht den Kater fallen. Seine Hände zittern, als hätte er sie in Eiswasser getaucht.

»Ja, ja, Lisbeth ist hier. Komm raus, Fritz!«

»Er ist tot. Mein Fritz ist tot«, murmelt Utrecht. Das fremde, das hässliche Flüstern kommt nicht aus dem Haus. Es hört sich an wie die Stimme eines Ertrinkenden, sieben Meter unter Wasser.

»Ja, ja, Fritz. Natürlich, Fritz.«

Utrecht geht zu den Obstbäumen, in denen manchmal Hornissen schlafen, und nimmt die Krücke an sich. Er dreht sie um, die Griffschale liegt jetzt wie ein merkwürdiger, gefährlicher Schlagstock in seiner Hand.

»Dir zeig ich, was mit Fritz ist!«, presst Utrecht hervor, und seine ganze Angst ballt sich zur Wut, die in seinem Bauch Feuer fängt. Niemand soll sich über Fritz lustig machen. Niemand!

Die Kirchturmuhr schlägt nach Mitternacht, der Regenschauer nimmt zu und füllt die kleinen Asphaltmulden mit kaltem Wasser, auf dem sich alles widerspiegelt.

Hinter dem Haus, von dort her kommen das Gurren und Flüstern, das Murmeln und Krächzen.

»Fritz?« Die Stimme klingt ängstlich, aber noch lange nicht so ängstlich, wie sie es gleich tun wird! Denkt sich Utrecht und stapft mit großen Schritten über den Rasen, den er eigentlich heute hat mähen wollen.

Es singen keine Grillen mehr.

Es miauen keine Katzen mehr.

Nur noch das Ungeheuer atmet gegen die Wolken an.

Utrecht sieht es, sieht einen Mann im hohen Gras, zwischen Brennnesseln und Disteln, mit dem Rücken zu ihm sitzend. Seine Haare stehen wild vom Kopf weg. Kalkgesicht, da bist du ja!

Utrecht fällt gar nicht auf, dass viel zu viel Licht aus seinem Büro fällt, weil die Vorhänge nun ganz aufgezogen sind.

»Keiner, keiner, keiner spricht ohne meine Erlaubnis von Fritz!«, schreit Utrecht und schwingt die Krücke weit über seinem Kopf.

»Moritz, bist du das?«

Verdammt, er sagt gar nicht Fritz, er sagt Moritz! Diese Erkenntnis kommt jedoch zu spät, Utrecht kann den Schlag nicht mehr aufhalten. Ganz, ganz leise glaubt er, Musik zu hören, während die Unterarmgehhilfe Cordes' Schläfe trifft. In seinem Kopf, in seinem Bauch mischt sich die Melodie mit dem singenden Wind. Und mit dem Rauschen der hohen Gräser hinter den Häusern.

»Was war das?« Lisbeth stockt und hält den Atem an.

»Sicher die Katze«, sagt Marlene und schaut aus dem

Fenster. Zwischen der Auffahrt und den Obstbäumen sieht sie ein Fahrrad liegen. Wie es Kinder liegen lassen, wenn sie das Interesse verlieren an einer Sommerreise.

Seit wann fährt Utrecht Fahrrad, will sie fragen, tut es aber nicht. Am Horizont ein Wetterleuchten, der Ausläufer des Gewitters. Vermutlich ist sein Auto nicht mehr angesprungen, und er hat Zigaretten gebraucht, ist mit dem Fahrrad runtergefahren zu einem der Automaten, um sich ein, zwei Päckchen zu holen. Auf dem Rückweg, das stellt sich Marlene gerade vor, hat er sicherlich schon zehn, elf Zigaretten weggeraucht.

»Siehst du ihn?« Lisbeth streckt sich und trinkt das Glas Wein leer.

»Utrecht?«

»Samson.«

»Nicht zu sehen. Liegt bestimmt vor der Tür und schnarcht.« Marlene lächelt und fühlt sich ein wenig beschwipst nach einem halben Glas Rotwein. Müde lässt sie sich auf die Couch neben Lisbeth fallen.

»Und?«

Marlene streift über das Plattencover von Moondog, diesem seltsamen Mann mit Wikingerhelm auf dem Kopf. Ihre Lider sind schwer, und das blaue Jazz-Zimmer wogt wie ein Meer, das sich unvermittelt über ihnen teilt.

Lisbeth schüttelt den Kopf. Die Luft anhalten und so tief tauchen, bis man die Wunder sieht. So ähnlich hat es Marlene gemeint. Die Zwischentöne suchen, die Pausen, den Atemzug in jeder Vinylrille. Im Knistern ein Geheimnis versteckt oder vielleicht auch nur eine Erinnerung.

Wenn du mal nicht nach Hause findest, dann musst du nur der Musik folgen, ja?

Hatte Großmutter das damals gesagt oder ihre Mutter?

»Nichts gefunden?« Marlene legt ihren Kopf an Lisbeths Schulter und gähnt. Die Sommerferien und Lisbeths großer Urlaub liegen schon in der Luft. Vielleicht werden sie einfach mal wegfahren, die Katzen Utrecht anvertrauen und wie neugeboren zurückkommen. Nach London oder Paris oder einfach nur in die nächstgrößere Stadt, um für kurze Zeit jemand anderes sein zu können.

Lisbeth legt ihren Arm um Marlene und drückt sie an sich. Manchmal spürt sie sich selbst in ihrer Tochter, sie hat ihren Herzschlag, ihre Träume, vielleicht sogar ihre Albträume inhaliert.

Licht aus.

Legen wir uns auf den Boden, ja?

Schau die Zimmerdecke an, sie ist wie ein Ozean.

Da liegen sie, und um alles andere still zu machen, haben sie sich Kopfhörer aufgezogen. Lisbeth ist kein sonderlicher Freund von diesen Dingern, sie hat dabei immer Angst, jemand könne sich unbemerkt ins Zimmer schleichen. Aber sie hat sich überreden lassen, um die Musik anders hören zu können. So nah an der Seele, als lägen sie beide in einem dunklen Walfischbauch.

Utrecht passt auf, hat Marlene gesagt, und tatsächlich hat Lisbeth das etwas beruhigt. Sämtliche Türen abgesperrt, sogar das Hoflicht hat Marlene ausgeschaltet. Damit jeder Blitzschlag das gleißende Licht eines Vergangenheitsfotografen sein könnte. Wir müssen uns dem stellen, was uns am meisten Angst macht, sagt sie – und vor der Finsternis haben beide nach wie vor Angst, jede auf ihre Weise.

Rabenschwarz.

Wie die Dunkelheit, wenn man die Augen ganz fest zukneift. Und den Gürtel hört, der auf einen Rücken herniedersaust.

Während Mutter.

Er steht da, die Hose heruntergelassen.

Und in dieser Schwärze das Beten, das Fluchen, das Stöhnen. Das Weinen.

Lisbeth hat damals nicht von Jazzmusik geträumt, sicherlich nicht. Vielleicht von Kinderliedern, ins Unkenntliche verzerrt. Wie eine Schallplatte, die man mit verkehrter Geschwindigkeit laufen lässt. Würde sie sich nur daran erinnern können, wann sie zum ersten Mal die Teufelsmusik des Nachbarn gehört hat!

Rabenschwarzer Engel, tanz mit mir.

Sie hören »Ko Ko« von Charlie Parker. »Birds Lament« von Moondog. »Bitches Brew« von Miles Davis. So laut, dass es kaum auszuhalten ist. So laut, dass jeder Knochen vibriert.

Doch, Lisbeth hat sich an etwas erinnert, kann es aber nicht formulieren. Es ist nur ein loses Gefühl, eines jener Puzzleteile, die man beim Aufräumen wiederfindet, obwohl man das Spiel längst weggeworfen hat.

Ich sing für dich, ja?

Aber sie hat nie gut gesungen, und sie kann es bis heute nicht. Wenn sie für Marlene eines der Schlaflieder angestimmt hat, hat die sofort angefangen zu weinen.

Ich sing für dich, ja?

Und gern gesungen hat sie auch als Kind nie, weder in der Schule noch daheim. Alles nur stumm und still und schweigsam. Lediglich ihre Träume waren laut gewesen.

Das Gewitter verzieht sich gen Westen, durch die Fensterritzen dringt kühle Nachtluft, Regen klopft an die Scheiben. Hungrige Nachtgestalten. Dann war in das Nachbarhaus dieser Radiomann gezogen, und auch das spürt Lisbeth: Sie hat mit ihm gehofft, dass die Verandamusik etwas Verlorenes zurückbringt. Marlene ist eingeschlafen, Lisbeth lauscht ihrem ruhigen Atem. Lächelnd küsst sie ihren Haaransatz. Draußen hört sie Utrecht. Scheinbar will er noch wegfahren.

Utrecht hat Angst.

Angst, den Polizisten totgeschlagen zu haben.

Angst, er könne wieder aufwachen.

Cordes, Johann. Oder Josef? So heißt der Mann mit den deutlich zu vielen Kilos auf den Rippen, der hinter dem Haus von Moritz gesprochen hat und nicht von Fritz. Notdürftig hat Utrecht die Platzwunde zwischen Schläfe und Stirn mit Mullkompressen aus dem Erste-Hilfe-Kasten seines Autos versorgt. Ungeschickt ein Dreieckstuch um seinen Kopf gewickelt, und jetzt sieht Cordes aus wie eine Jahrmarktsattraktion mit Turban.

Kaum schafft es Utrecht, den dicken Mann zum Auto zu schleifen, er muss mehrmals absetzen und nach Luft schnappen. Auf dem Verband wächst ein roter Fleck, und dieser rote Fleck nimmt die Form eines Auges an, das Utrecht zusieht.

Cordes jammert leise, ohne wirklich wach zu werden.

Utrecht flucht leise, ohne seine Lippen zu bewegen – Bauchrednerflüche, die nur er selbst hören kann. Zwischen den Flüchen allerdings ein Flehen, dass ihm niemand dabei sieht, vor allem nicht der unbekannte Briefeschreiber. Sein Vergangenheitsschatten, der alles über Fritz und Lisbeth und die Zeit damals weiß. Würde er Utrecht hier zusammen mit einem Polizisten sehen, sie wären augenblicklich allesamt tot. Aufgeschnitten und entbeint, wie es Metzger tun. Bereits bei der Vorstellung des Geräusches von schabenden Messern auf blanken Knochen fängt Utrecht innerlich an zu beten. Während der Nachtregen sein Gesicht nass und kalt macht.

Was in aller Welt hat der Polizist auch hier zu suchen? Utrecht hat sich nichts, gar nichts zuschulden kommen lassen. Er ist nicht einmal zu schnell gefahren. Anscheinend ist diese Witzfigur in seinem Haus gewesen, sonst wäre ja auch nicht die Tür aufgestanden. Und dann ist er um das Haus gegangen, um …

Utrecht bleibt stehen, holt tief Luft und ist erleichtert, dass bei Lisbeth immer noch alles dunkel ist.

Um herumzuschnüffeln, ob vielleicht hinter dem Haus vergrabene Leichen liegen. Das wird's gewesen sein!

»Hättest beinahe dein eigenes Grab gefunden, Fettsack!« Utrecht packt ihn wieder unter den Armen und hievt ihn auf den Rücksitz.

»Der Bus kommt, Moritz!«, stammelt Cordes, und Utrecht versucht ihm gut zuzureden. Während er zurückläuft, um die Krücke zu holen, ärgert er sich, nicht die Pistole aus dem Halfter gezogen zu haben. Womöglich schießt der Kerl noch auf ihn, sobald er zurückkommt! Aber Cordes schießt nicht, er schläft und murmelt im Schlaf ein unverständliches Kauderwelsch, während Utrecht das Auto in die Nacht rollen lässt.

Utrecht ist so gefangen von seinen Gedanken, dass er das Kalkgesicht gar nicht bemerkt hat, das ihm aus dem Küchenfenster heraus zugesehen hat.

»Lisbeth, Lisbeth. Du bist eine gottverdammte Lügnerin!«, raunt es und lacht. Es könnte jetzt rübergehen und sie töten. Einfach so.

Aber so einfach ist das Leben ja nie. Denn die Geschichten wollen ans Licht, wollen ausgegraben und nicht beerdigt werden.

Von wegen: zweites Gesicht und Hellsichtigkeit. Und Dinge voraussehen. Nichts davon kann sie, und nichts davon hat sie je gekonnt. Sie ist nur ein dummes Stück, das für seine Lügen bestraft werden muss.

Es muss sein.

Für die Wahrheit.

Für den Herzkönig.

Und auch für die dreizehn Gespenster.

Der Fremde zieht die Maske von seinem Gesicht und steckt sie in die Jackentasche. Summend verlässt er das Haus, zieht die Tür zu und schaut zum Himmel hinauf.

Dann geht er.

Geht über die Felder, bis ihn die Dunkelheit verschluckt.

KAPITEL 17

Die Dunkelheit.

Sie umschließt die Verlorenen, sie zu trösten. Mitternachtssehnsüchte und ein Mond wie ein Herz, nur so riesig, dass alle daran gesunden können.

Kroll hat das Gefühl dafür verloren, wie viele Tage seit seinem Besuch bei Utrecht verstrichen sind. Das ist immer so, wenn er nicht zur Arbeit muss. Diese verfluchten Überstunden, die er jetzt zu Hause absitzen darf! Mit einem Kopf, in dem es spukt. Und einem Herzen, in dem es still ist, weil die Gespenster den Atem anhalten.

Nur die Dunkelheit gibt ihm Zuversicht. Doch der Tag ist viel zu hell und viel zu grell. Zwar hat Kroll die Fensterscheiben mit schwarzer Pappe zugeklebt, aber allein zu wissen, dass da draußen fröhliche Menschen mit Sonnenbrand im Gesicht die Straßen entlanglaufen – sie reden über ihn, sicher! –, macht ihn verrückt.

Du bist anders.

Ja, Vater.

Aus der Küche hört Kroll die Tauben, sie kratzen und schaben auf dem Tisch. Von hier, aus dem Wohnzimmer, kann er sie sogar denken hören. Und ihre Herzen schlagen. Sie schlagen beinahe so schnell wie sein eigenes.

Wäre er nur hinübergegangen zu Lisbeth. Ganz, ganz leise, um sie zu überraschen.

Kannst du dich noch an mich erinnern, hätte er sie gefragt.

Nein, nein, nein! Der Herzkönig hat nichts falsch gemacht, gar nichts, auch das hätte er ihr gesagt. Kroll schlägt sich mit der Faust auf den Oberschenkel, noch einmal und dann noch einmal. Schlägt so lange zu, bis sein Bein derart schmerzt, dass er es nicht mehr bewegen kann. Morgen, spätestens morgen wird da ein Fleck sein, blau wie ein Himmel vor Sonnenuntergang, und diese Vorstellung gefällt ihm.

Blau.

Reimt sich auf Nachtgrau.

Und tote Frau.

Kroll kichert. In der Küche die Tauben auf dem Tisch, sie stolzieren herum und picken das Futter auf, das er ihnen hingestreut hat. Ihr Gurren reizt und beruhigt ihn gleichermaßen.

»Ich komme gleich!«, ruft er und zündet sich eine Zigarette an. Neben ihm auf dem Sofa liegt ein Messer. Nicht zu groß, nicht zu klein. Um Herzen zu verstehen, muss man sie ansehen. Ganz genau betrachten.

Hätte der Herzkönig doch nur seine Arbeit verrichten, seine Mission zu Ende bringen können! Ja, dann hätten sie alle es erst verstanden, welch großer Mann er doch gewesen ist.

Ein Held sogar.

Noch heute würden sie von ihm sprechen. Nicht so, wie sie es vielleicht sogar tun, hinter vorgehaltener Hand und mit angewidertem Gesicht. Als wäre er ein Ungeheuer.

»Dummköpfe, Dummköpfe, Dummköpfe!«

Dreizehn Freunde hätte er selbst gehabt und ein ewiges Leben, und er müsste jetzt nicht den Sommer verachten, weil nämlich er der Sommer wäre. Nicht der Herbst mit seinem kalten Regen und dem Sturm und den ersten Hagelschauern.

»Wann kommen sie?«, flüstert Kroll.

»Warte nur ein Weilchen«, antwortet er sich selbst mit der Stimme seines Vaters.

»Ich kann nicht mehr warten.« Kroll hebt die Stimme, damit sie so klingt wie seine Kinderstimme.

»Du bist undankbar!«

»Nein!«

»Doch. Still jetzt!«

»Ich bin doch so allein.«

»Du kannst nur jammern. Reiß dich zusammen!«

»Versprochen ist versprochen. Und wird auch nicht gebrochen.«

Auf seiner Schulter spürt Kroll die Hand seines Vaters liegen, die viel schwerer ist, als sie aussieht. Er ist auch viel, viel größer, beinahe ein Riese, wenn er so vor den Kindern steht. Groß bis zum Himmel hinauf.

»Du darfst es nie erzählen. Versprich es mir! Sonst kommen sie nie, deine dreizehn Gespenster! Nie!«

Kroll zündet sich nervös eine weitere Zigarette an, obwohl im Aschenbecher noch eine unbeachtet vor sich hin glimmt. Er hat es doch nur den Vögeln erzählt, weil er geglaubt hat, sonst wegen der vielen Geheimnisse in seinem Kopf irgendwann platzen zu müssen.

Strafe muss sein. Und wer frech ist, der braucht einen Hieb. Oder zwei oder sogar drei. Kroll klatscht mit der offenen Hand auf die schmerzende Stelle. So muss sich das anhören! Plötzlich hält er ein und schaut zur Zimmerdecke empor. Sie hat einen Riss, der sich von ganz hinten bis nach ganz vorn zieht. In der Wohnung darüber läuft ein Kind umher. Kleine Tippelschritte, ein Lachen, ein Juchzen und ein Schreien. Vielleicht darf es gleich nach draußen laufen, das Kind, ganz sicher sogar. Ein Glutfetzen fällt auf Krolls Haut, aber er bemerkt den Schmerz gar nicht.

Lauf, lauf, lauf davon! Der Sonne, dem Horizont entgegen, um nachzusehen. Ob es das alles wirklich gibt: die Regenwälder, die Ozeane und die Augen der Stürme.

»Lauf!«, krächzt Kroll in seiner Kinderstimme. Speichel tropft von seinem Mundwinkel auf den Bauch.

Und er spürt ihn, diesen Wind, den man nur als Kind spüren kann. Wenn man so schnell läuft, dass alles verschwimmt und undeutlich wird.

»Lauf!«, ruft auch noch ein anderes Kind ihm zu. Das Kind hat Angst um ihn, das glaubt er zu spüren.

»Wer, wer, wer soll denn das gewesen sein!«, brummt Kroll mit der Stimme seines Vaters. Er weiß es nicht.

Aber er weiß, dass er laufen muss. Über den Gartenzaun springend, Staub aufwirbelnd, über die Hügel und durch die Täler. Viel schneller als Hunde und Katzen laufen – und vielleicht sogar schneller, als Vögel fliegen. Als könne er mit dem Wind davonreiten, unbemerkt von allen. Fort, weit fort.

So weit fort, wie er es noch nie gewesen ist. Durch alle Gassen und Straßen, die dort längst keinen Namen mehr tragen, im Zickzack über den Friedhof, die Kieselsteine unter seinen nackten Füßen spürend.

»Lauf davon!«, klappern die Skelette in den Gräbern drohend, ehe sie aus ihren lippenlosen Mündern zu singen beginnen. Kommt ein Vogel geflogen; er kann es aus den Regenwurmlöchern hören.

Von der Mutter.

Der Mutter einen Gruß.

Vogel.

Geflogen.

Nein, sie singen es gar nicht. Sie schreien es so laut, dass die Grabsteine wackeln und die verwelkten Blumen ihre Blüten verlieren. Sie rufen es ihm nach, als wäre er taub. Aber das ist er nicht, er kann alles hören, und er sieht sich nicht um. Weil er fest davon überzeugt ist, dass ihm die

Toten nachlaufen. Mit verfaulten Schuhen an den Füßen und wurmzerfressenen Anzügen am Leib.

Kroll entreißt sich dieser Erinnerung und schüttelt sie ab. In seinem Mund ein Batzen heißer Speichel, den er in hohem Bogen an die Wand spuckt.

Wer bist du?

Ich?

Ja, du.

Dein Vater, erkennst du mich nicht?

Kroll lässt die Zigarette einfach fallen, sie brennt ein weiteres Loch in den schäbigen Teppichboden. Er nimmt das Messer in die Hand, erst liebevoll, dann umschließt er es, so fest er nur kann.

Auf der Straße vor dem Haus spazieren Menschen, sie reden und lachen. Wie die Leute aus seiner Kindheit auf den Asphaltstrichen, die für ihn immer viel zu weit weg gewesen waren, um dazuzugehören. Wie die Kinder auf den Fußballfeldern, die er einst von seinem Zimmer aus beobachtet und von denen er geträumt hatte.

Krolls Kopf pocht, er kann sich nicht vernünftig konzentrieren. Es ist diese verdammte Hitze in seinem Blut, überhaupt dieser verdammte Sommer.

Kühl.

So schön kühl war es in dem Keller gewesen. In dem Keller mit den aufgemalten Fenstern. Und den Schulbänken, auf denen Raureif gewachsen war. Jedenfalls glaubt er sich daran zu erinnern, an die Schneeflocken und die Eiszapfen inmitten eines Jahrhundertsommers.

Hier, setz das auf.

Was ist das, Vater?

Das ist ein neues Gesicht, du wirst es brauchen.

Warum, Vater?

Damit du wiedergeboren wirst, mein Sohn.

Sie war viel zu groß gewesen, die Maske. Die er immer noch hat. In dem Kinderheim, in das er später gekommen ist, hat er sie gut verstecken können. Unter dem Kopfkissen oder unter der Matratze.

Es ist das Gesicht deiner Mutter, mein Sohn. Halte es in Ehren.

Wo ist Mutter?

Seltsam ist das schon gewesen, auch daran muss Kroll jetzt denken. Dass er so gar keine Erinnerung hat an seine Mutter. Er kennt sie nur von den Fotografien.

Mutter hat der liebe Gott geholt. Sie hat dich ausgetragen. Und ist daran gestorben.

Oh, das tut mir leid, Vater.

Dafür bist du gesegnet.

Manchmal ist alles sehr verwirrend und entrückt – ähnlich den Geschichten seiner Patienten in der Psychiatrie. Wahrheit und Lüge verwoben zu einem undurchschaubaren Leben, in dem Engel tanzen. Und Teufel sowieso.

Es hilft ihm, wenn er die Maske über sein Gesicht zieht und alles einatmet. Den vermeintlichen Geruch seiner Mutter, die Tage seiner Kindheit und die Finsternis, die nach Schweiß und Puder riecht.

Ich hab meine Eltern nicht mehr gefunden.

Nein, das ist ja auch nicht richtig.

Er ist weggelaufen, und dann hat er plötzlich seinen Vater wiedergetroffen. Der irgendwie ganz anders ausgesehen hat. Viel kleiner und schmächtiger. Und nicht betrunken, sondern mit einem Strohhut auf dem Kopf im Garten stehend, als hätte er dort schon eine Ewigkeit auf ihn gewartet. Nur auf ihn.

Und tatsächlich: Nach ein, zwei Wochen war ihm Vater gar nicht mehr fremd vorgekommen, beinahe vertraut. Auch nachts, wenn er heimlich aufgestanden ist, um nachzusehen, ob er das alles kennt: die Türen und die Fenster, das Haus mit seinen Fluren und den Hinterhof.

Vielleicht wäre er auch von dort weggelaufen, hätte sein Vater nicht diese Geschichte erzählt von den dreizehn Gespenstern. O wie wunderbar ist sie gewesen! Endlich eine Gute-Nacht-Geschichte, die ihm gute, helle Träume bescherte.

Er muss sein Vater gewesen sein.

Der Herzkönig.

Kroll atmet schwer hinter dem Kalkgesicht. Sie hat ihm alles genommen, worauf er gehofft hat. Alles.

Sie ist schuld. Lisbeth.

»Du hast nicht gesungen. Nichts habe ich gehört, du verdammte Lügnerin!«, flucht Kroll und versteht es eigentlich nicht. Schweiß tropft aus den Hautfalten seines Halses. Trotzdem muss es ausgesprochen werden, jede Silbe, um nicht daran zu ersticken.

Mit leisen Schritten geht Kroll in die Küche und bleibt im Türrahmen stehen. Drei Tauben schauen ihn an, ihr Gurren ist leise. Er hat alles durchdacht, damit nichts schiefgehen kann. Ruckartig zieht er an dem Bindfaden, den er ans Fenster geknotet hat. Es fällt zu, und mit dem Knall tritt er in die Küche, verschließt die Tür hinter sich. Panisch flattern die Tauben zur Zimmerdecke empor.

Als Junge hat er ihnen davon erzählt, es in ihre kleinen Köpfe hineingeflüstert. Jenen Vögeln auf den Bäumen vor dem Haus. Mit einer Stimme, die nur er hatte hören können, weil er jedes Wort in seinen Bauch schickte.

»Mach sie tot, Vater! Mach sie kaputt! Dann werden sie zu Gespenstern. Zu meinen Gespenstern. Mach sie tot!

Dreizehn Stück«, flüstert Kroll, und ihm wird schwindlig davon. In ihm das weggelaufene, das wiedergeborene Kind, alles so schmerzend, dass er den klebrigen kalten Schweiß nicht einmal bemerkt, der sich als Film über seine Stirn legt. Eine der Tauben streift sein Haar, eine Hand im Raum schneidet nach ihr.

Übung macht den Meister.

Er hat die Herzen nicht wegmachen können, und es hätte ja auch sowieso nichts genutzt. In den Erwachsenen sind alle Gespenster längst tot, das ahnt Kroll. In den Kindern wohnen sie. In Marlene wohnen sie.

Oh. Marlene. Wunderschönes Mädchen.

Wenn er Glück hat, wohnen in ihr sogar so viele Gespenster, wie er nur braucht. Er hat sie beobachtet, und sie kann ihn retten. Kann alles wenden. Es wird keinen verwundern, dass es Lisbeth getan hat. Sie hat ja auch all die anderen umgebracht. Nicht Vater, o nein! Sie werden Lisbeth verstoßen, und sie werden erkennen, dass sie eine Mörderin als Heilige verehrt haben.

Die Mutter bringt die Tochter um. Weil sie verrückt ist. Das zweite Gesicht nur eine Täuschung, eine Lüge, um alles zu überdecken. Sie ist raffiniert.

Ihre Schnitte.

Das Messer erwischt eine der Tauben am Flügel. Helles Blut spritzt an die Wand.

Nichts hat Lisbeth damals gefunden. Und bald hat sie alles verloren.

Die Taube rutscht hinter den Küchenschrank, ihr Kreischen ist laut.

Ich sing für dich, damit du zurückfindest.

Kroll packt die Taube, sie pickt nach ihm, aber es macht ihm nichts aus.

Der Mann dort schlägt eine Frau mit dem Gürtel und macht komische Sachen.

Kroll drückt die Taube auf den Küchentisch. Er fühlt ihr Herz millionenfach schlagen.

Dann ist alles stumm. Auf der Fensterscheibe winzige Spritzer Taubenrot, Sommerlicht fällt darauf. Kroll hat ganz vorn stehen dürfen, vorn neben der Tafel. Die Hände schön brav an der Hosennaht, die bleiche Maske über den Kopf gezogen, ein Doublefacegewebe, das ihn abschirmt. Mit ausgeschnittenen Augenlöchern, durch die er die anderen Kinder sieht. Einige Jungen, einige Mädchen. Sie haben Angst, das kann er spüren. So viel Angst wie die Taube in seinen Händen. Blinzelnd erkennt Kroll sich selbst in den dunklen Pupillen des Vogels, sieht alles. Die Vergangenheit und sogar die Zukunft, sieht Frühling und Herbst.

Dann setzt er das Messer vor dem Kopf der Taube an, die Spitze bohrt sich in das schmutzige Holz. Ein letztes Mal öffnet sie ihren Schnabel.

Mit einem Ruck drückt Kroll das Messer hinunter, trennt den Kopf vom Rumpf. Um dann, kaum eine Minute später, das Herz zu finden.

Klein, warm und still.

KAPITEL 18

»Hier bin ich«, ruft Cordes aus dem versteckten Zimmer neben seinem Büro. Noch nie hat er jemandem diesen Raum gezeigt. Bei Lisbeth allerdings muss er eine Ausnahme machen. Schließlich hat sie ihn irgendwie gerettet. Zaghaft berührt er jene Stelle an seiner Schläfe, an der die Haut neulich eingerissen ist wie uraltes Papier.

»Wo?«, ruft Lisbeth zurück.

Cordes streckt seinen Kopf hinter dem vorgeschobenen Schrank hervor und lächelt sie an.

»Kannst du absperren? Der Schlüssel steckt.«

»Das klingt ja beinahe wie ein Geheimtreffen.«

Lisbeth lacht und dreht den Schlüssel herum. Vermutlich ist es das auch, denkt sich Cordes, lässt es aber unausgesprochen. Auf der Straße vor dem Büro ist kein Mensch zu sehen, und er ist beruhigt. Manche Leute sind neugieriger, als es ihnen guttut. Manche Leute sind sogar dumm genug, mit einer kaputten Hüfte auf einen rostigen Eimer zu klettern, nur um ein Mitternachtsschauer-Spektakel zu erleben.

»Heute befreie ich dich von den Dingern. Sonst wachsen sie noch ein. Und glaub mir, das willst du nicht.« Verwundert drückt sie sich am Aktenschrank vorbei und schlüpft in den deutlich kühleren Raum. Eigentlich ist sie nur gekommen, um die Steri-Strips von der Platzwunde zu entfernen, die Narbe zu begutachten und vielleicht zur Sicherheit noch ein Pflaster darauf zu kleben. Im ersten Moment glaubt sie sich in einem Hinterzimmer, vielleicht in einem Magazin zu befinden.

»Riecht es hier etwa nach Gras?« Lisbeth schnuppert in der Luft wie eine ihrer Katzen, wenn sie Mäuse wittern.

»Möglich.«

»Möglich?« Sie sieht sich um und schüttelt den Kopf. So viel Unordnung hat sie schon lange nicht mehr gesehen. Nicht einmal Marlenes Zimmer sieht in den schlimmsten Zeiten so aus. Zahlreiche Pappkartons, lose Blätter und umherliegende Aktenorder, wie überdimensionale Insekten mit ausgebreiteten Flügeln. Zwei, drei Aschenbecher, einige leere Flaschen Bier und dazwischen eine Tüte mit genügend Marihuana, um so richtig Ärger zu bekommen. Vom Rest ganz zu schweigen: leere Schmerzmittelpackungen, zusammengeknüllte Notizzettel und in der hinteren Ecke ein kleiner Berg Schmutzwäsche. Hier hat offenbar jemand bereits einige Nächte zugebracht.

Cordes zuckt mit den Schultern und kommt sich ziemlich dumm vor. Er hätte doch noch ausgiebig lüften und vor allem ein bisschen aufräumen sollen, ist aber viel zu sehr beschäftigt gewesen mit den Fotografien und dem ganzen anderen Kram. Vor allem mit den Fotografien. Und den Plakaten.

»Wie geht's deinem Kopf?«, fragt Lisbeth, sieht Cordes dabei jedoch nicht an, sondern geht direkt auf die Wand mit den alten Polaroidaufnahmen zu. Zwar sind die toten Kinder darauf nicht sonderlich gut zu erkennen, das muss aber auch nicht sein. Sie hat ihre ganz eigenen Skizzen im Gedächtnis, fest verankert im Traumgeäst.

Cordes ertappt sich dabei, wie er erneut die Stelle an seiner Schläfe betastet. Sie juckt und brennt, und manchmal hat er das Gefühl, kleine, böse Würmer wollen sich dort herauswinden. Immer noch kann er das Geschehen jener Nacht nicht gut Revue passieren lassen. Grobe Bruchstücke fehlen gänzlich. Zwar weiß Cordes inzwischen, dass er wohl mit seiner eigenen Gehhilfe geschlagen worden ist, die Blutspritzer darauf legen das nahe, er hat aber keine Ahnung, von wem oder weshalb. Utrecht scheint ein ganz passabler Kandidat dafür zu sein – wenngleich Cordes die Motivation hierzu nach wie vor nicht recht einleuchten will. Mit ein bisschen mehr Pech hätte er tot sein können. Nur weil er ums Haus geschlichen ist?

Knappe zwei Wochen ist das nun her, es hätten aber auch nur zwei Tage oder gar zwei Stunden sein können. Allerdings auch zwanzig Jahre, weil alles so merkwürdig verzerrt ist. Die Fotografie in Utrechts Haus, hundertfach reproduziert. Der Fremde mit der Maske. Der hinterhältige Schlag mit der Krücke gegen seinen Kopf.

»Mit Moritz alles in Ordnung?«, fragt Lisbeth und berührt dabei die mit der Zeit ein wenig verfärbten Sofortbilder. Die ja viel mehr sind als lose Schnappschüsse, eine Rückschau in die Abgründe dieser Stadt mit ihren diabolischen Spuren und den welken Blättern eines blutigen Herbstes; die unvollständige Chronik einer Kindermordserie.

Während Lisbeth glaubt, nasses Laub riechen zu können, und sich zurückgeschleudert fühlt in diese dunkelgraue Zeit, bleibt Cordes still. Er raucht viel zu viel, und nachts atmet er schwer. Immer dann, wenn er aus einem dieser Träume erwacht, die gar keine Träume sind, sondern Blitzeinschläge, immer dann atmet er so schwer, dass er sich an den Bettrand setzen muss, um nicht zu ersticken. Trotzdem zündet er sich erneut eine an und schämt sich dafür.

»Alles gut«, antwortet Cordes, ohne darüber nachzudenken. Er fragt sich vielmehr, wie Lisbeth und dieser Utrecht zueinander stehen. Sie hat ihn nicht erwähnt, das ist ihm aufgefallen. Aber was heißt das schon? Nichts.

Jede vernünftige Dienststelle hätte jetzt natürlich eine Personenabfrage gemacht, was ja heutzutage kein Problem mehr ist. Früher hat es gefühlt Jahrzehnte gedauert, bis man endlich ein paar grundlegende Dinge herausfinden konnte. Die große Zeit der Volkszählungen und der Ostermärsche, verbunden mit einer riesigen Skepsis der Leute, die ja oftmals nicht mal ihren Namen nennen wollten, weil sie der Regierung, dem System oder sonst wem misstrauten.

Heute dagegen sind die Leute ja vollkommen verrückt geworden, auch das weiß Cordes. Er hat darüber gelesen, dass man inzwischen im Netz über beinahe jeden alles finden kann. Vermutlich sogar über ihn selbst. Diese Einsicht, die spät kommt, aber immerhin, stellt ihn vor ein Problem: Schickt er eine Anfrage über den Polizeiserver, muss er sich eine Erklärung dafür einfallen lassen. Denn soweit er sich erinnern kann, hat er das noch nie gemacht. Die Leute hier kennt Cordes, das Aufrufen irgendwelcher Daten ist nie nötig gewesen. Sämtliche Dinge hat er immer persönlich geregelt, auch weil ihm der ganze bürokratische Kram ziemlich auf die Nerven geht. Wenn er jetzt plötzlich anfängt, so zu handeln wie ein normaler Polizist, wird das vermutlich ziemlich schnell auffallen. Außerdem hat er das Passwort vergessen und den Umschlag mit den Rücksetzungsdaten verlegt.

Deshalb wird er heute Nachmittag auch auf einen Kaffee zu Rosa Franke gehen. Die zwar schon an die achtzig Jahre alt ist, aber immer noch über alles und jeden hier Bescheid weiß. Rosa wohnt zwischen der Kirche und dem Neubaugebiet und hat einen ziemlich engen Terminkalender. Ganz früher war sie Postbotin gewesen, eine der resoluten Art, die mit jedem Hund und mit jedem boshaften Nachbarn fertigwurde. Es hält sie vermutlich am Leben, aufgestützt auf einem Samtkissen am Fenster zu stehen, um die Welt zu beobachten. Offiziell sieht sie den brütenden Vögeln zu, aber Cordes weiß, dass das nicht stimmt. Er hat sogar gehört, dass Rosa eine umfangreiche Kartei über Leute führt, die ihr verdächtig vorkommen. Vor dreißig Jahren hat sie das sicher noch nicht gemacht – er hat sie jedoch nie danach gefragt –, aber sie macht es gewiss seit ihrer Pensionierung. Kann gut sein, dass sie über Utrecht etwas zu erzählen hat. Er hofft es jedenfalls.

Lisbeth wiederholt ihre Frage, dieses Mal sieht sie Cordes allerdings an.

»Moritz? Es geht ihm gut. Den Umständen entsprechend. Er wartet.«

»Bis es aufhört?«

»Bis es aufhört, ja. Es muss aufhören, sonst … Ach, ich weiß nicht. Sonst überleben wir es alle nicht, vermutlich.« Cordes sieht sich Lisbeth an. In ihr steckt tatsächlich immer noch das kleine Mädchen von damals. Er bietet ihr eine Zigarette an.

»Du hast Glück gehabt.« Sie berührt die verkrustete Narbe, er zuckt zurück. Einen Augenblick lang ist er versucht, ihre Hand zu nehmen, sie zu umschließen. Als könne sie allein durch eine Berührung alles versöhnen. Sie bemerkt seine ins Stocken geratene Bewegung allerdings nicht, und letztlich ist er froh darüber. Er wäre sich albern vorgekommen.

»Hatte Glück, dass du so schnell hier warst.«

»Du weißt immer noch nicht, wer es war, oder?« Lisbeth verschränkt ihre Arme vor der Brust. Glaubt sie, Utrecht hat etwas damit zu tun? Er ist nicht sicher, kann das Funkeln in ihren Augen nicht deuten.

»Fehlanzeige.«

»Du solltest trotzdem noch zu einem Arzt gehen. Ich habe keine Röntgenaugen, egal, was sie hier alle sagen.« Sie lächelt und macht sich doch Sorgen.

»Verrückte Geschichte, das alles«, sagt Cordes und wäre jetzt eigentlich gern nach draußen gegangen, um sich zusammen mit Lisbeth von der Sonne wärmen zu lassen. Um alles auszubleichen, was an ihnen haftet wie zähes Pech. Dass ausgerechnet Moritz ihn da raushaut, hätte er ihm niemals zugetraut, und das beschäftigt ihn bereits seit Tagen. Die vergangenen Jahrzehnte sind einfach so an ihnen vorübergezogen und mit ihnen unbemerkt die wirklichen Wunder, die es ja auch gegeben hat, schlechte Zeiten hin oder her. Als Moritz ihn nicht auf dem Handy erreicht hat, hat er sich nicht etwa wie sonst im Kleiderschrank versteckt, sondern nachgedacht, wohin sein Vater um diese Zeit wohl noch freiwillig gehen würde. Ich hab einfach eins und eins zusammengezählt, hat Moritz später stolz gesagt. Und dann hat er Lisbeth angerufen, deren Telefonnummer sich über all die Jahre nie geändert hat. In seiner Brieftasche bewahrt er einen Zettel mit den wichtigsten Nummern auf, der inzwischen die Farbe von Elfenbein angenommen hat und an den Knickstellen so brüchig ist, dass man ihn wie eine wertvolle Schatzkarte behandeln muss. Cordes war völlig entfallen, dass Moritz als Kind manchmal Lisbeth angerufen hat. In einer Zeit, in der er noch der merkwürdige Junge und sic das merkwürdige Mädchen gewesen ist.

»Ich finde Papa nicht mehr, er ist verloren gegangen. Wie eine große, dicke Schildkröte, weißt du?«, hat Moritz am Telefon gesagt, ohne große Umschweife. Ohne Weinen, ohne Schreien, nur ein leises Schniefen.

»Als wären wir irgendwie wieder die Kinder von damals gewesen«, sagt Lisbeth, und Cordes spürt eine Gänsehaut über seine Arme laufen.

Doch noch bevor sich Lisbeth und Marlene auf den Weg machen konnten, rief Moritz ein zweites Mal an, dieses

Mal weinend. So sehr, dass sie ihn erst nach fünf Minuten verstand. Jemand hatte Cordes unten am Eingang abgegeben wie ein Paket. Den Verletzten zwischen Fahrradständer und erster Treppenstufe abgesetzt und geklingelt. Mit einem blutdurchtränkten Turban auf dem Kopf, die Krücke wie den Stab eines Heiligen zwischen Bauch und Beine geklemmt.

»Gott sei Dank hat Moritz nachgesehen. Er macht sonst nie die Tür auf, jedenfalls nicht mitten in der Nacht.« Cordes schüttelt eine fast leere Flasche Bier auf und trinkt den letzten Schluck aus.

»Wir alle haben Vorahnungen. Ob du es glaubst oder nicht. Vielleicht hat Moritz einige mehr, als du denkst.«

»Wie meinst du das?«

»Traurige Menschen haben ein Gespür für die Dinge. Sie sind viel allein, vielleicht ist es das. Man hat Zeit, die Leute zu beobachten. Sie zu verstehen. Irgendwie lebt man andere Leben mit, und deshalb durchschaut man so einiges. Glaube ich zumindest. Jedenfalls war es bei mir so. Hast du noch so ein Bier? Ist ziemlich staubig hier.«

Cordes sucht zwischen den Kartons und findet tatsächlich noch eine ungeöffnete Flasche. Wortlos reicht er sie ihr.

»Wäre spannend, weshalb man dich erst niederschlägt und dann so nett ist, dich auch noch heimzubringen. Passt nicht zusammen.« Lisbeth trinkt einen Schluck und verzieht das Gesicht, weil sie eigentlich kein Bier mag, schon gar kein warmes.

»Nimmt Moritz es dir noch übel?«

»Ich hab ihm versprechen müssen, ihn das nächste Mal mitzunehmen. Hoch und heilig, sonst würde er vermutlich heute noch nicht mit mir reden. Er kann verdammt stur sein«, antwortet Cordes lächelnd. Moritz ist ziemlich sauer gewesen, das stimmt, jedenfalls nachdem sich der erste Schreck gelegt hat.

»Ein Sturkopf und ein Dickschädel, was soll man da noch sagen?«

Das allerdings weiß Cordes auch nicht.

Durch das Zeitungspapier an Schaufenster und Ladentür fällt eigentlich genügend Licht, um die anderen Fotografien gut erkennen zu können, aber Cordes knipst zusätzlich noch eine Nachttischlampe an, die er sich von Moritz ausgeliehen hat. Auf dem Schirm Winnie Puuh und Tigger.

»Meine Güte, wo hast du denn die ganzen Abzüge her?« Dort, wo früher einmal eine Ablage für die Postpakete angebracht war, ist von der alten grünlichen Wandfarbe nichts mehr zu erkennen. Drei Stunden lang hat Cordes Bild an Bild geklebt, hat Kinder wieder zum Leben erweckt und die Zeit schwarz-weiß gefärbt – jedenfalls den größten Teil.

»Hab so meine Kontakte. Bin schließlich Polizist, schon vergessen?«

»Ach, komm. Raus damit!«

»Zachau.«

»Der alte Fotograf? Lebt der noch? Der muss an die hundert sein!«

Ernst Zachau ist tatsächlich über neunzig Jahre alt und ziemlich müde. Es hat eine Weile gedauert, bis Cordes ihn davon überzeugen konnte, ihm einen kleinen Teil seines Archivs auszuleihen. Es hat sogar viel länger gedauert, als die ganzen Dinger dann aufzuhängen.

»Fünf Jahre vor den Morden und fünf Jahre danach. Schulklassen, Familienfeiern, Kommunionsfotografien, die Einweihung der Schule oder irgendein Jubiläum. Alles da. Jedenfalls genug, um vielleicht ein wenig Licht in die

Sache zu bringen.« Cordes schnappt sich die Plastiktüte mit dem Gras und fängt an, sich einen Joint zu drehen. Weil er dann vielleicht, die Gedanken langsamer und doch konzentrierter, einen Zusammenhang erkennen kann. Zumindest solange er nicht zu müde wird, um noch vernünftig reden zu können.

»Das hier bin ich.« Lisbeth berührt vorsichtig eine der Erinnerungen, ein Klassenfoto aus der Ersten. Sie steht in der zweiten Reihe neben einem Mädchen, dessen Name ihr nicht mehr einfallen will. Auf der einen Seite die alte Hexe von Lehrerin, auf der anderen das Ungeheuer. Sie flüstert seinen Namen.

»Ja, Fröbe. Ist oft auf den Bildern. Er lächelt immer.« Cordes zittert und verteilt unnötig viel Marihuana über den Boden.

»Wen erkennst du noch?«

»Die toten Kinder. Hier sind sie noch am Leben. Hätten wir das alles doch gewusst, wir hätten sie retten können.« Lisbeth berührt ihre Gesichter, streichelt sanft über Augen, Münder und Haare von jenen, die jetzt tief in der Erde schlafen. Cordes sucht nach einem Taschentuch, findet allerdings keines. Im Trösten ist er nie sonderlich gut gewesen. Lisbeth wischt ihr Gesicht mit den Ärmeln ihres Shirts trocken.

»Was ist mit dem hier?« Cordes benutzt den Joint, um auf einen Jungen zu zeigen, der mit weit aufgerissenen Augen in die Kamera blickt. Das Mädchen in der ersten Reihe hält ein Schild, auf dem steht: Klasse 3 b.

»Ich war in der 3 a, glaube ich. Ja, sicher sogar. Wer soll das sein?« Lisbeth geht näher an die Kodak-Fotografie, blinzelt und dreht ihren Kopf ein wenig zur Seite, um das Licht Schatten malen zu lassen. Zwischen der Vergangenheit und dem Jetzt, Glück und Unglück vereinend.

»Utrecht?« Sie ist sich nicht sicher, aber es könnte sein. Die Augen, der Mund. Utrecht schaut manchmal so, wenn ihn etwas überrascht.

»Könnte sein, ja. Es gibt leider keine Namenslisten dazu. Hab extra gefragt.« Cordes inhaliert den herben Rauch.

»Nein, unmöglich. Das hätte er mir ja wohl gesagt, oder? Ich meine, so was erzählt man doch!«

»Ich glaub auch nicht, dass er wirklich Utrecht heißt.« Eigentlich will Cordes das gar nicht sagen, aber es rutscht ihm heraus.

»Du denkst …?«

»Ich denke erst mal gar nichts. Es ist nur alles sehr sonderbar, nicht wahr?«

Lisbeth nickt und nimmt wortlos den Joint, um ebenfalls daran zu ziehen. Das letzte Mal Gras geraucht hat sie in der Ausbildung.

»Aber das hier, das hier ist eigentlich noch viel interessanter. Schau dir den mal an!«

Cordes sucht die Abzüge ab, findet erst mal nicht, was er sucht, und flucht leise.

»Hier. Eine Klasse über dir. Vierte Klasse, ja.« Cordes hebt die Nachttischlampe an, um die Kindergesichter hell zu beleuchten, sie aufzuwecken aus ihrem langen, tiefen Schlaf.

Lisbeth schreckt zurück.

Lässt die Flasche Bier und den Joint fallen, und aus ihrem Mund kommt ein Geräusch, das Cordes Angst macht. Es ist ein ähnliches Geräusch, wie es Moritz manchmal macht, wenn er aus einem Albtraum aufwacht und laut um Hilfe ruft.

Zunächst einmal ist es Cordes gar nicht aufgefallen, eigentlich ist er nur aus Zufall darauf gestoßen. Weil er nach erschreckten Gesichtern gesucht hat, die vielleicht geahnt hatten, wer Fröbe tatsächlich war. Der Junge ist wie eine der optischen Illusionen, die man anschaut und sich nichts dabei denkt. Wenn man allerdings genauer hinsieht, scheint der Junge auf der Fotografie das außergewöhnlichste Kind von allen zu sein.

Lisbeth hat es auf den ersten Blick erkannt. Diese unglaubliche Ähnlichkeit. Vielleicht auch, weil der Junge die Haare ein wenig zu lang trägt.

Der Junge sieht aus wie Lisbeth.

Und Lisbeth sieht aus wie der Junge.

Der schmale Mund, die dunklen Augen.

Sie wankt und taumelt, aber aus ihrem Mund kommen nur mehr zerbrochene Wörter.

»Setz dich, komm schon!« Cordes zieht sie zu sich heran, und für einen Augenblick sieht es aus, als würden sie ungeschickt miteinander tanzen. Lisbeth stößt sich ab und stolpert dabei über eine Papierrolle. Die umfällt und sich wie eine riesige Zunge ausbreitet, auf der böse Dinge geschrieben stehen:

Lisbeth ist eine Lügnerin.
Lisbeth ist eine Mörderin.
Lisbeth ist ein Ungeheuer.

Drei Zeilen, ziemlich groß gedruckt, damit sie auch ja jeder von Weitem lesen kann. Dreiundzwanzig Stück davon hat Cordes eingesammelt, nachdem er einen anonymen Anruf deshalb erhalten hat. Gott sei Dank hat der Plakatverteiler die Dinger fast allesamt in einer Gegend aufgehängt, die kaum aufgesucht wird.

Unten bei den Abwasserrohren.

Geradeso, als hätte er gar nicht gewollt, dass sie jemand liest.

Doch bevor Cordes das alles erklären kann, läuft Lisbeth davon. Bleich wie eine frisch getünchte Wand, zitternd und verängstigt.

Sie rennt so schnell, dass er gar nicht erst versucht, ihr nachzukommen. Stattdessen blickt er abermals zu dem Jungen auf der Fotografie.

»Wer bist du?«, fragt Cordes leise und ahnt, dass ihm die Antwort nicht gefallen wird.

VIERTE NOTE

DIE VÖGEL FANGEN AN ZU SINGEN

KAPITEL 19

Es ist nie so, wie man denkt.

Und es kommt nie so, wie man es sich erhofft. Das weiß Cordes nur zu gut. Trügerisch jene Windstille vor dem Losbrechen des nächsten Sturmes, die er aus den Anfängen seines Berufes noch allzu gut kennt. Die Schattenwürfe einer Monstrosität, deren fauliger Atem durch die Straßen der Kleinstadt weht, sie nicht zur Ruhe kommen lässt.

Auch Fröbe kann nicht vergraben werden. Einem Wiedergänger gleich steigt er in regelmäßigen Abständen aus seinem nassen Erdloch heraus, nur um sie alle daran zu erinnern. Wie ein Krebsgeschwür zerfrisst er die heile Welt, macht das Leben zu dem, was es tatsächlich ist: einem täglichen Wunder, noch da zu sein, allen Widrigkeiten zum Trotz.

Darüber denkt Cordes nach, während er zum ersten Mal in diesem Jahr die Heizung in seiner Dienststelle aufdreht und eine Weile stehen bleibt, um die steifen Knochen zu wärmen. Draußen ein viel zu kalter Nieselregen und das Licht hässlich dumpf. Nach diesem Sommer der Grausamkeiten fühlt er sich unglaublich alt und zermürbt. Jegliche Handlung nur ein verlangsamtes Einbiegen in eine erneute Sackgasse. Scheinbar besteht diese kleine Stadt nur aus toten Winkeln und vergessenen Enden, ein Weiterkommen schier unmöglich. Als hätte er nie hier gelebt, sondern wäre eines Tages plötzlich hier aufgewacht, in einem fremden Bett, verwundert, dass ein Zurechtrücken der schiefen Realität nicht mehr möglich ist.

Fröbe spukt, und Cordes kann ihn nicht einfangen, sein Gespenst hat tausend Arme und unzählige Finger. Die einfach abreißen, sobald er nach ihnen greift. Ziemlich müde wischt sich Cordes über das Gesicht, und schon wieder einmal hat er das Rasieren völlig vergessen. Auch weil oben in der Wohnung inzwischen alles eine ganz eigene Dynamik angenommen hat. Seit diesem Vorfall im Omnibus ist Moritz nicht mehr zur Arbeit gegangen, hat sich einfach verweigert, und Cordes hat es zugelassen. Nun ein zermürbtes Sehnen nach Normalität, so abstrakt, dass nicht einmal er selbst es ganz überschauen kann.

Nach all dem Geschehenen hat er eigentlich gedacht, ein Orkan werde über sie alle hereinbrechen. Mit Hagelkörnern, so groß wie Herzen, die auf dem Asphalt zerplatzen.

Aber nichts davon war geschehen.

Das Ungeheuer hält seinen Atem an, stellt sich tot.

Vielleicht ist es das ja sogar, aber so ganz sicher ist Cordes da nicht. Möglicherweise sieht er einfach nur sämtliche Dinge völlig falsch, und der Mann mit dem schrecklichen Kalkgesicht ist längst weitergezogen. Von Stadt zu Stadt, um Leuten den Tod zu offenbaren, um Kinder in modrige Keller zu scheuchen. Um Fröbe ganz weit in die Welt hinauszutragen wie einen Virus.

Leise tuckert der Heizkörper, die muffige Luft des Jahres bläst sich durch alle Windungen und wärmt den Staub in den Mauerritzen. Später wird er Lisbeth anrufen, so wie es längst zur Gewohnheit geworden ist. Einmal am Tag, manchmal sogar öfter, hören sie sich – eine Annäherung, die Cordes guttut. Seitdem er hinter Utrechts Haus niedergeschlagen worden ist, hat sich für ihn eines offenbart: Zwischen ihnen beiden besteht eine deutliche Verbindung. Keine lose, wie er lange Zeit angenommen hat, sondern eine sehr starke Vertrautheit. Unwirklich die Erinnerung, jemals so etwas wie Angst vor diesem bleichen Mädchen mit den nachtschwarzen Haaren verspürt zu haben. Vielmehr das tiefe Wissen, dass es seit jeher eine abgrundtiefe Traurigkeit in sich trug, die er nur nicht erkennen wollte. Bis heute hat er sich nicht getraut, Lisbeth danach zu fragen, was sie damals so unendlich traurig gemacht hat. Er weiß von ihrem alkoholkranken Vater, der allerdings nie polizeilich in Erscheinung getreten war. Was aber nichts zu bedeuten hat, denn häusliche Gewalt wird ja selbst heutzutage kaum zur Anzeige gebracht. Erst wenn die Dinge derart eskalieren, dass man sie nicht mehr verheimlichen kann. Vage erinnert er sich auch an die Mutter, eine stille Frau mit wässrigen Augen, die leise sprach, wenn überhaupt. Und in den hintersten Ecken seines Hirns geistert auch die Großmutter herum, in einem alten Kleid, einen Rosenkranz betend, immer viel zu laut und viel zu grotesk. Eine lichtlose Zwangsgemeinschaft in einem knarzenden Haus mit Obstbäumen davor, die in seinen Rückblenden nie Früchte tragen, sondern immer nur leere Herzen.

Vielleicht wird er sie danach fragen, wenn die Gedanken passen und die Pausen dazwischen. Und er das Gefühl hat, sie will es ihm erzählen. So oder so – die Gespräche mit Lisbeth, die Nachfragen allein tun ihm gut. Sie erden ihn und lassen ihn daran zweifeln, dass er lange schon tot ist. Lisbeth ist die einzige echte Verbindung nach draußen in dieser herbstlichen Zeit.

Auch das wundert Cordes jeden Morgen: Der Sommer ist einfach so gegangen, ist verschwunden wie ein Wanderzirkus, ohne Abschied und viel zu schnell. Jetzt, Mitte Oktober, ist Allerheiligen zum Greifen nahe, die Straßenrinnen sind voll mit welkem Laub und alten Erinnerungen, mit unerledigten Taten und nicht erfüllten Vorhaben. Vieles ist nicht wahr geworden, obwohl er fest damit gerechnet hat. Keine weitere Leiche. Kein Herzstich. In den letzten Tagen der Hitze hat Cordes so ein Kribbeln in den Fingerspitzen gespürt, eine latente Übelkeit im Magen. Dass er vielleicht einfach nur einen Toten übersehen hat, der irgendwo liegend auf ihn wartet. Mit offenen Augen und den ersten Maden im Mund, mit schlafenden Fliegen in den Hautfalten, gesalbt vom Altweiberregen. Er ist herumgefahren und hat Plätze aufgesucht, vergessene Wiesenmulden und Ackerwege, und hat doch nichts gefunden.

Wo würdest du eine Leiche verstecken?

Das hat sich Cordes gefragt, ist sich dabei seltsam vorgekommen und noch seltsamer, als er eine Liste mit Verstecken angefertigt hat, die er selbst wählen würde. Das Geisterhaus ganz oben stehend, das ja eigentlich gar keines ist, nur ein unbewohntes Gebäude mit leeren Augen und toten Sperlingen in der Dachrinne. Alle fünf Jahre wird es neu gestrichen, so weiß wie Neuschnee – ein Kalendarium der Langsamkeit, an dem sich die Alten seufzend orientieren. Alle Fenster und Türen sind fest verschlossen gewesen. Kein Leichengeruch, keine Schleifspuren. Kein Dreck auf der Veranda, keine eingeschlagenen Scheiben. Ein verlassenes Haus, das irgendeinem katholischen Verein gehört und von diesem auch verwaltet wird. Jedenfalls haben das seine Nachforschungen im Grundbuchamt ergeben. Irgendwas mit Kinderschutzbund oder Kinderförderverein, er hat es vergessen. Vermutlich ein Überbleibsel aus den Siebzigern, eine ausgedorrte Immobilie, die beim nächsten Wirtschaftsboom abgestoßen werden wird, wenn es den Verein dann überhaupt noch gibt.

Auch die ehemalige Schule wäre so ein Ort gewesen, um Tote zu verstecken. Aber die Schule gibt es nicht mehr, heute steht da ein Wohnhaus für Pendler. Nach Fröbes Demaskierung hat man die Nabelschnur des Schreckens durchtrennt und die Einrichtung über Nacht geschlossen. Hat das Verderben schlicht amputiert, um nicht mehr daran erinnert zu werden, ohne zu ahnen, dass der Geruch von Wundfäule trotzdem und vielleicht sogar für alle Zeit in der Luft liegen wird.

Soweit sich Cordes entsinnt, wurde Fröbes Haus nach dem Fiasko damals im Pfarrsaal in Brand gesteckt, kurz nachdem die Kriminalbeamten, die Spurensicherer und die Zeitungsleute alles freigelegt hatten, wie Operateure einen aufgeschnittenen Bauch. Nur sehr vage sind die Erinnerungen daran, denn Cordes ist nicht dabei gewesen. Zusammen mit einem Polizeischüler hat er an diesem Tag sein Bestes gegeben, um den Verkehr schon auf der Einfahrtsstraße umzuleiten. Vor allem wegen der ganzen Journalisten und Schaulustigen. Immer nur Informationsfetzen, die er dabei zufällig aufschnappte: Jetzt haben sie die Messer gefunden. Und blutige Tücher. Und Kinderbücher. Und Stofftiere. Und eine Sammlung medizinischer Skalpelle, mit Rost an den Spitzen, der gar kein Rost war.

Und kaum hatten sie alle nicht aufgepasst, vermutlich während einer dieser ersten provisorischen Pressekonferenzen im Gemeindewirtshaus, hatte ein Einheimischer einen Brandsatz in Fröbes Fenster geworfen, um die Schlafstatt des Ungeheuers in Schutt und Asche zu legen. Die Träume des Monsters wegzubrennen. Mit einem angerissenen Streichholz den Ruß heraufzubeschwören, als könne man damit alles ungeschehen machen. Zwar konnte die Freiwillige Feuerwehr das Schlimmste verhindern, aber letztlich hatte man das zerstörte Haus mit den geplatzten Fenstern und den angesengten Wänden kaum ein halbes Jahr später abgerissen. Manchmal reden die Leute noch von Fröbes Haus, meinen aber eigentlich nur den Ausläufer der Straße mit den Wohneinheiten darauf und den schicken Vorgärten.

Holprig und mit Mühen hat Cordes die Vergangenheit zurückgeholt – die tatsächliche Vergangenheit, nicht jene zusammengesponnene. Beinahe ist es ja so wie mit einer alten Liebe, vielleicht sogar der ersten. In der Rückschau verändern sich die Dinge, werden schöner oder tragischer, werden unwirklicher oder konkreter. Nichts ähnelt der Wahrheit weniger als die Erinnerung. In seinen Vorstellungen hat er gegraben, hat sich seinen eigenen Friedhof der Hirngespinste zurechtgelegt, immer in der Hoffnung, deren Gebeine noch nicht ganz brüchig vorzufinden.

Schriftsteller fühlen sich vielleicht so, das denkt sich Cordes oft. Staub aufwirbelnd, hundert Jahre alte Erde in den Händen, nur um ein Quäntchen Wahrheit aus dem Dreck zu schürfen. Die alten Leute haben ihm dabei geholfen. Nicht alle, einige von ihnen sind inzwischen so dement, dass sie nicht einmal mehr sich selbst erkennen. Rosa Franke allerdings ist immer noch hellwach, trotz ihres hohen Alters und der rheumatischen Schübe in den Knochen.

Rosa ist unsterblich, so scheint es jedenfalls, und auch darüber grübelt Cordes ziemlich oft nach. Dass es vielleicht an diesem Ort liegt, der nie an eine neue Generation übergeben worden ist. Weil das Dunkle, das Tragische immer noch mit jedem Regen auf die Dächer niederfällt, eingeatmet wird und eines bedeutet: Stillstand. Allein das Krankenhaus zeigt eine Bewegung hin zum Fortschritt, aber das steht weit entfernt, gehört eigentlich schon fast nicht mehr dazu. Trotz Neubauten und teurer Grundstückspreise, hier ist alles zum Verdorren verdammt. Eine ewige Dürre ungeachtet übergelaufener Keller. Ob das nur an dieser Schockstarre liegt, die auch Cordes spürt, ist ungewiss, aber nicht unwahrscheinlich.

Sie alle haben nicht auf ihre Kinder achtgegeben. Neun Kinder, allesamt tot und dem beraubt, was den Menschen ausmacht. Herzblut und Herzschlag. Wer weiß, vielleicht haben ihre Eltern nicht zugehört, als sie hätten zuhören müssen. Und vielleicht oder sogar ganz sicher hätte er selbst nur die Augen aufmachen sollen, anstatt der Trägheit dieses Ortes zu verfallen.

»Es ist nie so, wie man denkt«, hat die ehemalige Postbotin Rosa Franke gesagt, als Cordes sie zum ersten Mal besucht hat. Im Sommer noch, nachdem Lisbeth kreidebleich aus seinem Versteck gelaufen war, weil der Junge auf der Fotografie ein Spiegelbild ihrer selbst war. Es ist nie so, wie man denkt, wiederholt Cordes stumm, flüstert es in Kopf und Bauch hinein und nickt. In der Gewissheit, dass es immerzu unzählige Wahrheiten gibt und die tatsächliche Wahrheit tief in einem Brunnenloch sitzt, um unerkannt zu bleiben.

Draußen geht ein Herbstregen hernieder, der Himmel bleigrau und so nah, dass er beinahe die Dächer berührt. In den Wolkenrissen Gesichter und Tote, die Cordes verfolgen und ihn ermahnen, nicht schläfrig zu werden. Seufzend setzt er sich an seinen Schreibtisch und betrachtet den Laptop, den er sich vor zwei Monaten gekauft hat, um ja keine Informationen mehr zu verlieren. Inzwischen hat er zehn Dateiordner angelegt, sie mithilfe von Janus verschlüsselt und auf einer externen Festplatte gesichert. Aus Angst, jemand könnte darauf zugreifen – man soll die Polizei nicht unterschätzen –, hat Janus jegliche Onlinefunktion ausgeschaltet. Eine reine Schreibmaschine, hat der Junge gesagt und ergänzt: eigentlich eine rein magische Schreibmaschine.

Cordes kommt damit inzwischen gut zurecht, obwohl er während seiner gesamten Dienstzeit sämtliche Formulare per Hand ausgefüllt hat – auch weil er seine alte Olympia-Schreibmaschine für ein Schreckensgerät mit Eigenleben hält.

Nach einem Schluck Kaffee öffnet er einen Ordner und ist wieder einmal überrascht. Janus hat er erzählt, er würde ein Buch über die Fröbe-Zeit schreiben, und im ersten Moment ist er sich dabei ziemlich albern vorgekommen. Jetzt allerdings denkt er tatsächlich immer häufiger darüber nach, es zu tun. Nicht gleich, aber irgendwann. Oben in der Wohnung hat er nur wenige Bücher, ein großer Leser ist er nie gewesen. Diejenigen Titel, die er indes gelesen hat, beschäftigen sich allesamt mit Tätern, Morden, Opfern und Motiven. Anrisse über den Kindermörder Bartsch, Haarmanns Fritz oder Rudolf Pfeil, den Totmacher. Wann er angefangen hat, sich damit auseinanderzusetzen, weiß Cordes nicht mehr, vermutlich aber nach Fröbes Serie nie endender Albträume.

»Hinter jedem Geheimnis liegt ein weiteres, so ist es doch«, murmelt Cordes. Diese Ahnung hat er immer schon gehabt. Eine Befürchtung, die er einfach so heruntergeschluckt, aber nie ganz verdaut hat. An die Erklärung, Fröbe habe an einer Psychose gelitten, hat er damals schon nicht recht geglaubt, noch weniger, als er sich näher damit beschäftigt hat. Hat so einer wie Fritz Honka einer Psychose wegen die Frauen wie Schlachtvieh zerlegt, oder steckte nicht doch viel mehr dahinter? Natürlich weiß Cordes, dass eine psychische Grundstörung das Morden erst ermöglicht, vor allem das Töten in Episoden. Doch das ist ja immer nicht alles; es braucht einen Auslöser, einen Startschuss, etwas, was die Seele so sehr zerfetzt, dass nur Blut sie wieder lebendig machen kann. Blut und Schrecken und Schreie.

Es liegt immer eine Geschichte hinter der Geschichte. Und erst darin versteckt, von Angst und Hass verfärbt, eine verklumpte Seele. Nichts geschieht aus Zufall, selbst wenn alles zunächst danach aussieht.

Während die Rinnsteine überlaufen, zündet er sich eine Zigarette an und lehnt sich zurück. Er denkt an Utrecht, auch weil er gerade das Gedächtnisprotokoll auf dem Bildschirm sieht. Zwar hat Cordes eine Weile mit einem Diktiergerät geliebäugelt, es aber dann doch nicht angeschafft. Weil die Leute dann sicherlich anders reden würden. Er selbst würde ja auch anders reden und vielleicht sogar gar nichts mehr sagen wollen.

Unter dem Vorwand, er würde im Auftrag der Münchner Kripo einige Informationen bestätigen müssen, hat er Utrecht gegen Ende des Sommers in die Dienststelle vorgeladen. Mit offiziellem Briefpapier (ein ganzer Stapel davon liegt noch immer in der untersten Schublade), Stempel, Unterschrift und Rechtsbelehrung. Nichts als eine harmlose Vorladung, und Cordes kann sich noch gut daran erinnern, was er in der Polizeischule gelernt hat: Vorladungen kann man auch mal ignorieren. Vermutlich hat sich bis heute nichts daran geändert. Für eine härtere Gangart hätte er dann schon einen Staatsanwalt gebraucht, vielleicht sogar einen Richter oder wenigstens einen Dienstvorgesetzten. Bestimmt wären die Anzugträger aus München neugierig geworden, hätten dumme Fragen gestellt. Wo haben Sie diese Narbe her, hätten sie gefragt. Alles viel zu riskant, glaubt Cordes und hält lieber den Mund. Dieses Mal wird er es auf seine eigene Art und Weise tun.

Nie und nimmer hat er geglaubt, dass Utrecht tatsächlich kommt. Aber er ist gekommen, vier Tage, nachdem Cordes das Schreiben in den einzigen noch vorhandenen Briefkasten der Stadt geworfen hat. Bereits ein paar Sekunden, nachdem Utrecht den Raum betreten hat, nervös rauchend, hat er zweierlei Dinge gewusst: Erstens schließt Utrecht seine Türen und Fenster nicht deshalb ab, weil er etwas verstecken will, sondern weil er Angst hat. Große Angst sogar. Und zweitens ist er es gewesen, der ihn niedergestreckt hat. Das spürt Cordes schon beim ersten Blickkontakt, den unsicheren Gesten bei der Begrüßung.

»Der hat schon als kleiner Junge geraucht, nachdem sein Fritz tot gewesen ist.« Hatte Rosa Franke gesagt, und daran musste er gleich denken, weil er noch nie jemanden getroffen hat, der noch mehr raucht als er selbst.

»Ja, nachdem sein Fritz tot gewesen ist.«

»Fritz und?«

»Und … und, ach, herrje!«

»Hermann?«

»Nein, nein. Nicht Hermann. Utrecht heißt der gar nicht. Also, heißt er schon. Weil er immer gesagt hat: Der Fritz ist jetzt in Utrecht, bei den Windmühlen. Weil Windmühlen hat der Fritz besonders gut zeichnen können. Hätte ebenso gut Bangladesch sein können, wenn es dort Windmühlen gegeben hätte. Mir fällt der Name nicht mehr ein. Vielleicht später, später sicher.«

Cordes nickt und nimmt den Geruch der Wohnung wahr, in der Rosa bereits seit fünfzig Jahren lebt. Mit ihren Sticktüchern und den Katzenbildern und den Kristallgläsern, aus denen keiner trinkt.

Natürlich hätte Cordes ihn fragen können, nach dem Namen und überhaupt, aber er hat es nicht getan. Einige Dinge im Leben funktionieren nur, wenn man einen Teil der Lüge bestehen lässt, weil diese längst zu einer ganz eigenen Wahrheit geworden ist. Utrecht und der Fritz, das hat reichen müssen, und es reicht auch.

Der ist nur traurig, Herr Wachtmeister, hat Rosa gesagt, und er hat es ihr aufs Wort geglaubt.

Und auch das: Wer so traurig ist, der tut keinem mehr was außer sich selbst.

Nie im Leben wird Cordes vergessen, was Utrecht als Erstes sagte. Noch bevor Cordes überhaupt den Mund aufmachen konnte.

»Sie … Sie haben doch alle Plakate wieder eingesammelt, oder? Alle, oder? Das müssen Sie mir versprechen. Sonst mag ich nicht mehr leben, und sagen tu ich auch nix mehr. Gar nix mehr.«

Zigarette aus, Zigarette an. Zitternd, die Finger gelb geraucht, die Augen wässrig. Cordes nickt, und Utrecht nickt.

Dann schweigen sie beide eine ganze Zeit lang, bevor Utrecht schließlich vom Kalkgesicht erzählt, von seinem Bruder, von Lisbeth und von den Gespenstern. Die nie schlafen.

Und auch nie träumen.

KAPITEL 20

Lisbeth steht am Küchenfenster und betrachtet den Herbsthimmel mit seinen rasch dahinziehenden Wolken, die so bleigrau sind, dass man allein von deren Anblick traurig werden kann. Immer wieder regnet es, die Kälte kommt, und sie kommt schneller. Vielleicht noch ein paar gute Wochen, dann wird der erste Schnee fallen. Und dieser erste Schnee wird sie wissen lassen, dass Zeit nichts bedeutet, eine Ansammlung von Stunden und Tagen, lose verknüpft, um sie alle dem Sterben näher zu bringen. Sieben Frühdienste hat Lisbeth hinter sich, und sie fühlt sich ausgelaugt, riecht noch immer das Desinfektionsmittel und das Erbrochene, das frische sowie das alte Blut an ihren Händen. Da kann sie sich waschen, sooft sie möchte, ein Hauch davon bleibt immer kleben.

Marlene ist in ihrem Zimmer und hört viel zu laut AC/DC, neben Jazz ihre zweite musikalische Liebe. Es geht Lisbeth auf den Geist, aber sie ist zu lethargisch, um hochzugehen und ihr zu sagen, sie soll die Musik endlich leiser drehen. Viel zu viele Gedanken kreisen in ihrem Kopf herum, surren wie böse Hornissen, und das macht sie müde und schlafwandlerisch wach zugleich.

Es ist keine weitere Leiche gefunden worden. Sie spricht es aus, weil sie nicht glauben kann, dass sie es auf eine sehr abstrakte Art bedauert. Zum ersten Mal versteht sie Tumorpatienten, die nach der Chemotherapie eigentlich immer nur warten. Auf eine schlechte Nachricht. Nicht etwa, weil sie alle lebensmüde Pessimisten wären, sondern weil der Krebs wie ein Tornado ist, und die Stille inmitten des Auges nur Unheil prophezeit. Genau dort befindet sie sich gerade, in so einem Zyklonauge, windstill und ruhig, aber dennoch verräterisch eisig, die ersten Böen bereits am ausgefransten Ende spürbar.

Dieses Gefühl hat Lisbeth, seitdem sie bei Cordes gewesen ist, eine latente Übelkeit und Nervosität. Zwar beruhigen sie die Telefonate mit ihm, aber kaum hat er aufgelegt, sieht und hört sie schon wieder überall Gespenster und weiß nicht mehr, wer sie wirklich ist. Als wäre sie aufgewacht aus einem künstlichen Koma, und niemand an ihrem Bett würde sprechen, sie erreichen können. Selbst Patienten erscheinen ihr neuerdings zwielichtig und missgünstig. Alle, nicht nur vereinzelte, als hätten sie sich abgesprochen. Erst gestern.

Erst gestern hat sie Utrecht angeblafft, als sie nach Hause gekommen ist. Grundlos, nur weil er seinen Hof gekehrt und arglos gefragt hat: »Na, Lisbeth, wie geht's heute?« Sie hat ihn nachgeäfft, wie Kinder es tun, doch es klang viel zu schrill, zu laut, zu affektiert. Utrecht ist so perplex gewesen, dass er sogar seinen Besen hat fallen lassen, den Mund sperrangelweit offen.

Das tut ihr wirklich leid, sehr sogar. Obwohl mit Utrecht auch etwas nicht stimmt, und das macht sie durchaus misstrauisch. Ständig blickt er sich um, wirkt fahrig, kehrt zwanzigmal dieselbe Stelle. Irgendetwas will er ihr sagen, aber er sagt nichts.

Gestern ist überhaupt ein ziemlich schlimmer Tag gewesen, angefangen mit einem Eisregen in aller Herrgottsfrühe, der schwachen Autobatterie und den fehlenden Zigaretten für die Fahrt zur Arbeit. Zu spät aufgewacht, mit einem dieser Albträume im Mund, die man den ganzen Tag noch schmecken kann, dafür ohne die erste versöhnende Tasse Kaffee. Nach so vielen Jahren Krankenhaus weiß Lisbeth, dass es Tage gibt, an denen einfach alles schiefgeht.

Verdammt, würde sie doch nicht ständig an den Jungen denken müssen!

Wer bist du?

Vor allem: Wo bist du?

Ohne diesen quälenden Gedanken wäre alles halb so schlimm. Cordes hat ihr einen Abzug der Fotografie überlassen, nachdem sie sich beruhigt hatte. Vielleicht ist das ein Fehler gewesen, er hat auch lange gezögert. An diesen Philosophen gedacht, dessen Name ihm nicht mehr einfallen mag, und an seine Warnung: dass der Abgrund irgendwann in einen hineinblickt, wenn man selbst zu lange in ihn hineingeblickt hat.

Lisbeth hat die Fotografie gescannt, das Gesicht auf DIN A4 vergrößert, seine Augen groß und so dunkel, als gäbe es keinen Mond, nur Finsternis, ein Leben lang. Sie hat so lange Kopien davon gemacht, bis das Papier im Druckerschacht aufgebraucht war. Zwanzig, dreißig, ein Gesicht nach dem anderen, ein abseitiger Kinematograf ohne Schreie und ohne Effekte. Nur Gesicht für Gesicht. Eine Kopie hat sie sich sogar in den Spind ihrer Umkleide gehängt. Das hat sie noch nie gemacht, nicht einmal die üblichen Kinderfotografien oder Muttertagszeichnungen mit Wachsmalkreide hängen dort. Immer wenn sie die Blechtüre öffnet, sieht er sie an. Sieht in sie hinein.

Utrecht würde das nur zu gut verstehen, aber Utrecht weiß nichts davon, hat nicht die geringste Ahnung. Er würde sagen: »Hör auf damit!«

Und: »Verbrenn sie, solange du noch kannst!«

Und auch: »Sieh dir Fritz an. Sieh ihn dir genau an, Lisbeth. Er beobachtet mich. Pass auf dich auf!«

Damit erreichte der schlimme gestrige Tag in der Arbeit dann auch seinen Höhepunkt. Wenn sie daran denkt, wie jetzt gerade, fühlt sie sich wie in Watte gepackt. Unwirklich. Wäre es nicht ausgerechnet ihr letzter Arbeitstag vor einer Woche frei gewesen, hätte sie sich heute Morgen krankgemeldet. Sicher.

Erst ein Mann mit einem Eisenspan im Auge, Arbeitsunfall. Notfallversorgung und dann Verlegung in die Augenklinik. Zwei Aufnahmen aus der ambulanten Seniorenbetreuung, Ikterus und Blut im Stuhl. Stationäre Aufnahme, keine große Sache. Überraschenderweise keine Unfälle aufgrund des Eisregens, scheinbar waren sie alle vorsichtig genug gefahren. Nach neun dann sogar eine derart ruhige Phase, dass sie sich alle im Röntgenraum zum Frühstücken zusammenfinden konnten. Das gelingt drei-, viermal im Jahr, wenn überhaupt. Doch jede ruhige Phase birgt ein nachfolgendes Chaos, und je länger die Stille anhält, desto größer und gewaltiger ist die Unruhe danach. Zu steuern ist so etwas nie, man kann nur damit leben und versuchen, darüber nicht die Nerven zu verlieren. Die Nerven in einer Notfallambulanz zu verlieren, ist wie eine Waffe im Kriegseinsatz zu verlegen. Und eigentlich hat Lisbeth immer gute Nerven gehabt, nichts und niemand hat sie aus der Ruhe bringen können. Kein plötzlicher Krampfanfall, kein Herz-Kreislauf-Stillstand, keine Wunde, die so groß ist, dass man bis auf die Knochen sieht.

Oh, erinnere dich nur an den Mann mit dem Messer im Herzen.

Wie könnte ich das vergessen?

Lisbeth nickt und kann gar nicht fassen, dass das schon so lange her sein soll. Der erste Tote mit Herzstich. Doch selbst in diesem Fall hat sie Haltung bewahrt, jedenfalls so gut es ging.

Aber gestern.

Lisbeth spürt eine Hand auf ihrem Rücken und erschrickt derart, dass sie einen kurzen, hellen Schrei ausstößt. Samson fällt ungeschickt vom Stuhl und verkriecht sich sofort unter dem Tisch. Abraham und Zarah, die den Regentag verschlafen wollten, schlittern übers Parkett davon. Auch Marlene erschrickt, vielleicht sogar mehr als ihre Mutter. Sie zittert in ihrem viel zu großen Pullover.

»Hey, das wollte ich nicht!«, flüstert Lisbeth und umschließt Marlene, drückt sie an sich.

»Ich hab Angst.« Marlene schnieft, vor Schreck steigen ihr die Tränen in die Augen. Wie ein kleines Mädchen umklammert sie ihre Mutter.

»Du brauchst keine Angst zu haben. Es hat ja aufgehört«, sagt Lisbeth und meint die Toten, obwohl sie nicht wirklich daran glaubt. Ein Windstoß schüttelt die Obstbäume, trägt die letzten Blätter davon.

»Das meine ich nicht. Ich meine. Ich meine uns. Ich habe Angst um uns. Um dich. Manchmal habe ich sogar Angst vor dir, das will ich nicht.« Marlene spricht leise, weil sie es eigentlich nicht sagen möchte. Aber sie kann es unmöglich noch länger für sich behalten, sie träumt schon davon, hässliche Träume voller Unglück.

Lisbeth denkt nach, denkt an den gestrigen Tag, ohne Marlene dabei aus der Umarmung zu entlassen. Samson kehrt neugierig zurück und legt sich unter die Heizung, ein Auge vorsichtshalber geöffnet.

Nach dieser unheimlichen Ruhe war wie erwartet der blanke Wahnsinn ausgebrochen. Drei Rettungswägen gleichzeitig, die ihre rostigen Münder aufgerissen und Schreiende ausgespuckt hatten. Mindestens ein Dutzend frischer Patienten im Warteraum, zwei davon mit akutem Abdomen. Von überall kommend Chirurgen und Internisten, sogar der Notarzt und zwei der Oberärzte, die eigentlich in der Endoskopie hätten sein sollen. Lisbeth, die Raum 1 und 2 betreut hatte, immer im Wechsel, um Leerlauf zu vermeiden. Die ersten Vitalzeichen, eine grobe Anamnese, die Zuordnung zu »einigermaßen krank« bis »intensivpflichtig«. Blutentnahme, Schmerzmittelgabe, Warten auf den Arzt.

Und dann, als wäre er aus dem Nichts gekommen, lag da plötzlich dieser Mann auf der Liege in Raum 2, als sie von der Frau mit der Gallenkolik nebenan zurückkam.

»In der Schule sagen sie, dass du damit etwas zu tun hast. Sag, dass das nicht stimmt, bitte!«, flüstert Marlene, doch Lisbeth hört es gar nicht. Sie hört nur das Pfeifen und Giemen des Fremden. Ein Asthmaanfall, ganz klassisch. Noch nicht sehr schlimm, aber ohne Kortison wird das wohl nichts mehr.

Lisbeth steht in ihrer Küche.

Und doch steht sie gerade auch wieder im Raum 2 und sieht, dass die Frau mit den Schmerzen einen peripheren Zugang bekommt. Der Arzt flucht, weil sie schlechte Venen hat, sie kann ihn von hier aus hantieren sehen.

»Schwester, helfen Sie mir!«, keucht der Mann, und sie blickt ihn an. Ungepflegt, die Haare fettig, seit Wochen unrasiert. Sie riecht seinen Schweiß und seinen Atem. Er trägt eine fleckige Hose, ein zerknittertes Hemd und eine Krawatte, die nicht zum Rest passt. Die Krawatte ist viel zu eng gebunden, als wolle er sich damit selbst strangulieren. Seine Halsschlagadern hervorgetreten, im linken Mundwinkel ein winziger Speichelsee. Beide Augen fest zugedrückt, wie es Menschen mit Schmerzen tun.

»Ich. Ersticke.«

»Keine Sorge. Das bekommen wir hin«, sagt Lisbeth ganz ruhig. Sie registriert den penetranten Geruch von Mottenkugeln, der Mann muss welche in seinen Taschen haben. Wie Großmutter damals in ihren Kleidern.

Registriert seinen abgestandenen Atem.

Durch ihre Gefäße schießt Adrenalin, und es ist ein gutes Gefühl, denn es überflutet sämtliche Unwichtigkeiten, das große Gezeitenspiel vom Notfall und seinen Handlungsabläufen.

Krawatte lösen. Hemd aufknöpfen.

Venen checken.

Kortison 250 mg, zweite Schublade, Kurzinfusion.

Den Patienten beruhigen.

»Waren Sie schon mal hier?« Lisbeths Stimme ist nicht laut und nicht leise. Sie klingt ein wenig bestimmt. Normalerweise befindet sich auf dem Infusionstisch der Aufnahmebogen mit sämtlichen wichtigen Daten. Aber da liegt nichts. Sie schaut unter dem Schutzbezug der Liege nach, aber auch dort findet sie nichts. Vermutlich hat ihn der Mann an der Aufnahme einfach vergessen. Das kommt selten vor, aber es passiert schon mal.

Der Fremde schüttelt den Kopf.

»Machen Sie bitte mal die Augen auf, ganz auf!« Lisbeth wird jetzt ein wenig lauter, weil sie das Benehmen des Mannes irritiert.

»Ich kann. Nicht. Ich. Bekomme keine. Luft.« Er japst und nestelt aufgeregt an seiner Krawatte herum.

In jedem Behandlungsraum gibt es drei Scheren, allesamt nicht steril. Natürlich gibt es in den chirurgischen Räumen eine Menge steriler Scheren, einzeln verpackt. Scheren und Pflaster sind vielleicht sogar das Wichtigste. Öffnen und Kleben.

Nebenan schreit die Frau mit der Gallenkolik erneut so laut auf, dass man es sogar im Schockraum noch hören kann, sie würgt, hustet, erbricht aber nicht. Der Internist zieht ein Opiat auf und summt dabei. Ohne sich umzudrehen, fragt er laut: »Alles gut in der 2?«

»Alles gut. Status Asthma. Keine gute Complience.«

»Wer hat die schon! Sättigung?«

Lisbeth schließt das Pulsoxymeter an und ärgert sich, dass sie das nicht schon längst getan hat.

»94.«

»Was will man mehr? Kortison und ab die Post!«

»Alles klar!« Lisbeth merkt, dass sie zu schwitzen beginnt, weil sie partout keine Schere findet. Nicht eine. Dabei sind sie zuvor noch da gewesen, aufgeklappt, gereinigt und an ihren Plätzen.

»Verdammt!« Lisbeth reißt eine Schublade auf, aber auch dort hat sich keine der Scheren versteckt, Glasampullen klirren aneinander. Draußen, das kann sie aus dem Augenwinkel sehen, regnet es.

Plan B, gar keine Frage! Lisbeth erinnert sich noch gut an die Unsicherheit der ersten Tage hier. Als Neuling mit wenig Erfahrung, immer die Angst vor dem ersten schrecklichen Notfall im Hinterkopf. Diese Zeit ist lange vorbei, jedenfalls hat sie das geglaubt. Jetzt gerade allerdings spürt sie wieder ein wenig davon, und sie mag das Gefühl überhaupt nicht. Plan B ist eines der Skalpelle, die wie Strohhalme in einem Becher stehen, nahe der Zellstoffrolle. Im internistischen Raum braucht man eigentlich so gut wie nie eines davon. Wofür hat man Chirurgen, die jeden Morgen mit Skalpellen, Knochensägen und Thoraxspreizern aufwachen?

Das Pulsoxymeter piept, der Herzschlag des Mannes ist beschleunigt, aber nicht so schnell, dass sich irgendwer Sorgen machen müsste. Vermutlich schlägt Lisbeths Herz gerade um einige Takte schneller. Denn der Patient sagt nichts mehr. Für einen winzigen Sekundenbruchteil ist alles ganz still.

Lisbeth hört ihr eigenes Herz, ihren Atem.

Hört auch den Regen auf das Metallfensterbrett klopfen, so leise wie Kindergetrappel, weit entfernt.

Und dann: alles wieder laut. Als Lisbeth das Skalpell aufreißt und es aus der Schutzhülle zieht, sind die Geräusche zurück.

»Jetzt!«, sagt sie und schneidet die Krawatte an der Seite auf. Der Stoff ist alt, Staubflirren tanzen davon.

Die Frau mit der Gallenkolik schreit erneut.

Anschwellend das Martinshorn eines sich nähernden Rettungswagens.

Ich kenne ihn, denkt sich Lisbeth, aber die Gedanken in ihrem Kopf fliegen einfach so davon. Fliegen davon wie junge Sperlinge am ersten Frühlingstag.

Mit einem Ruck löst sich die Krawatte.

Mit einem Ruck öffnet der Fremde die Augen. Er lächelt. Nein, er grinst. Umfasst gleichzeitig Lisbeths Hand, jene mit dem Skalpell. Wie eine tote Schlange fällt die Krawatte zur Seite, viel zu schnell setzt sich der Mann auf.

Es sind die Augen.

Tiefschwarz. Wie Krähengefieder.

Nun bricht ein Unwetter über sie alle herein, die Regentropfen wie Knallfrösche explodierend.

»Lisbeth, Lisbeth!«, flüstert der Mann; er grinst noch immer. In einer raschen Bewegung, der sie sich nicht entziehen kann, führt er ihre Hand zu seiner Brust. Das Skalpell dringt nicht sehr tief in seine Haut, aber sie kann das Blut sehen, das einen Fleck auf dem Hemd hinterlässt. Dann löst sich sein Griff, Lisbeth zieht ihre Hand zurück.

Versteht nichts. Versteht alles.

»Jetzt hast du den Schlamassel. Wolltest du nicht singen, damals? Lisbeth, Lisbeth.«

Seine Stimme ist leise, ein wenig hört er sich an wie ihr Vater, kurz bevor er richtig böse wurde.

»Ich …«, setzt Lisbeth an, aber mehr bringt sie nicht über die Lippen. Auch weil der Mann, der jetzt wieder ganz normal atmet, anfängt zu schreien.

»Sie! Sie wollte mich erstechen. Mit dem Ding da. Umbringen wollte sie mich! Wahrscheinlich hat sie auch die Kinder umgebracht! Eines nach dem anderen.«

Die Frau mit der Gallenkolik hört auf zu schreien, der Internist dreht sich herum. Eine Schwester, die gerade einen Patienten von der Sonografie zurückbringt, reißt die Tür auf.

Lisbeth blickt auf das Skalpell und sieht den winzigen Faden Blut von dort auf ihre Hand laufen.

»Ich habe nichts getan«, beteuert Lisbeth.

»Ich weiß«, antwortet Marlene und will die Hände ihrer Mutter greifen, doch die zieht sie zurück. Erst jetzt bemerkt Marlene, dass Lisbeth mit jemand anderem spricht. Sie ist furchtbar bleich, die Augen weit aufgerissen, der Mund steht offen.

»Mama?«

Aber Lisbeth hört ihr nicht zu, sie rennt die Treppe hinauf, stößt dabei Stühle und einen Beistelltisch um, stolpert und winselt verängstigt. Die Tür zu dem blauen Jazz-Zimmer fliegt auf. Auch dort hat sie ein Bild des Jungen aufgehängt, mitten an die Meerwasserwand; der Ertrunkene, den niemand finden konnte. Seemannsgarn eines lebendigen Toten.

»Scher dich zum Teufel!« Sie schreit es immer wieder, doch der Junge auf der Fotografie bleibt stumm. Mit einem Ruck reißt sie den ausgedruckten Abzug von der wellig gewordenen Tapete, spürt den heißen Schmerz unter ihren Fingernägeln. Die zerrissene Fotografie segelt zu Boden, an ihr klebend ein Fetzen der angemalten Raufaser, nicht viel größer als ein Geldschein, darunter altes Zeitungspapier.

Und darunter eine ganz andere Welt.

Vogelzeichnungen: fröhliche Sperlinge, große Amseln und wunderschöne Rotkehlchen.

Eine bunte Kindertapete.

Sie kommt ihr vertraut vor. Viel zu vertraut. Obwohl es nicht das Zimmer ist, in dem sie als Kind geschlafen hat. Aber die Tapete ist wie ein Traumbild, an das sie schon ewig nicht mehr hat denken müssen. Tief versteckt in den hintersten Schachteln ihrer Erinnerung. Jetzt allerdings katapultiert sie das farbenfrohe Muster augenblicklich zurück in die Kindheit.

Ein Gewitter überzieht die Gegend, die Glühbirnen flackern. Licht und Dunkelheit, sie beide wollen sich nicht geschlagen geben.

KAPITEL 21

Das Licht flackert auch bei Doktor Broder. Cordes sitzt mit ihm zusammen in einem Zimmer, das klein und niedrig ist. An jeder Seite übervolle Regale mit Büchern und seltsamen Exponaten in Einmachgläsern. Cordes hätte nie gedacht, dass es so etwas wirklich gibt. Broder, der gewiss über achtzig Jahre alt ist, stopft sich langsam und bedächtig eine Meerschaumpfeife. In der Küche klappert eine Haushaltshilfe, die nicht viel jünger sein mag als der Doktor selbst, mit dem Geschirr.

»Ich denke, er hat Chloroform genommen, ja.«

»Das würde einiges erklären. Die Stille vor allem.« Cordes trinkt einen Schluck von dem Kaffee, den die Haushaltshilfe gebracht hat.

»Ich bin mir nicht sicher, ob das Chloroform stark genug ist. Ein Stich ins Herz ist keine Urlaubsreise, ja? Er verursacht Schmerzen. Nicht sehr lange, aber immerhin. Vielleicht sind die Opfer kurz aufgewacht. Möglich. Aber schreien konnten sie nicht mehr, nehme ich mal an.«

Broder kaut auf dem Pfeifenmundstück herum. Cordes sucht nach Streichhölzern.

»Rauch schon ewig nicht mehr. Höllisch ungesund. So ein Mundbodenkarzinom, keine Urlaubsreise, ja? Sie sollten es lieber auch lassen, das Rauchen. Kaffee trinken Sie auch noch. Klingt nach lebensmüde.«

Cordes schüttelt den Kopf und verdrückt sich das Verlangen nach einer Zigarette.

»Im Blut nachweisbar?«

»Kaffee?«

»Chloroform.«

»Natürlich. Es ist so gut wie alles im Blut nachweisbar. Nur eine Frage der Zeit.«

»Oh.«

»Sind Sie eigentlich ein richtiger Polizist? Sie benehmen sich nicht so. Und zu dick sind Sie auch.« Die Haushaltshilfe in der Küche kichert.

»Wir kennen uns doch bereits seit ewigen Zeiten, schon vergessen?« Cordes zieht den Bauch ein wenig ein, hält es aber nicht lang aus.

»Ich vergesse nie etwas. Kann zwar den Urin nicht mehr so gut halten wie früher. Inkontinenz, nun gut, aber keine Demenz. Demenz ist keine Urlaubsreise, ja?«

Durch das einzige Fenster des Raumes fällt Cordes' Blick auf einen alten Baum. Ein knorriges Etwas, das vom Wind gequält wird. Es sieht nach einem schweren Unwetter aus. Mit Blitzeinschlägen und Stürmen und Stromausfällen. Seit mindestens zwanzig Jahren wollen sie hier schon die Überlandleitungen ersetzen, aber es kommt nie dazu, und immer wieder einmal wird es finster in den Straßen und Häusern.

Finster, wie die Augen des Mannes gewesen sein sollen, der in der Ambulanz des Krankenhauses aufgetaucht und dann mit einem Mal wieder verschwunden ist. Jenes Fremden, den Lisbeth zu töten versucht hat.

Angeblich.

Die Krankenschwester, die ihn angerufen hat, war aufgeregt genug gewesen, um nicht den Notruf zu wählen, sondern die eingespeicherte Kurzwahl seiner Dienststelle. Sie brauchen ihn nicht sehr oft, nur ab und zu, wenn Patienten verloren gehen, Betrunkene renitent werden oder Leute vom Dach springen wollen.

Cordes glaubt natürlich nicht, dass Lisbeth jemals jemanden umbringen wollte. Vielmehr glaubt er, dass das

Kalkgesicht in die Stadt zurückgekommen ist. Utrechts Erzählung von den Briefen, die Plakate und jetzt die Sache in der Notaufnahme. Das Kalkgesicht will scheinbar eines auf Teufel komm raus erreichen: Lisbeth soll für sämtliche Taten verantwortlich gemacht werden – für die frühen Kindermorde ebenso wie für die frischen Leichen. Nicht etwa durch ein neu aufgerolltes Verfahren, ein Buch oder eine reißerische Dokumentation für einen dieser Fernsehsender. Sondern durch die wohl effektivste Methode, die es nur geben kann: durch das Streuen infamer Gerüchte. Nichts behalten die Leute besser in Erinnerung als ein mulmiges Gefühl, einen vagen Verdacht. Wie dumm dieser auch sein mag, für eine klebrige kleine Angst reicht es allemal. Davor, sich damals ja vielleicht doch in Fröbe getäuscht zu haben, Beweise hin oder her.

Und das Vergessen.

Das kommt noch hinzu. Die Leute vergessen Dinge oder verändern sie so lange, bis sie ihnen gefallen. Was nicht ganz richtig ist, denn die Leute vergessen vor allem immer die Fakten, nie ihre Zweifel. Vermutlich oder sogar ganz sicher haben sie Lisbeth nie ganz vertraut, haben sie immer für ein wenig zu eigentümlich gehalten. Bis zu Fröbes Festnahme haben sicherlich die meisten geglaubt, das dünne Mädchen mit den schwarzen Haaren habe etwas mit der Sache zu schaffen. Warum und in welcher Form auch immer: völlig egal. Es reicht eine einzige kleine Missempfindung, damit die Menschen nicht mehr klar denken können. Das ist nichts Neues.

Trotzdem versteht Cordes eines überhaupt nicht: Weshalb Lisbeth? Sie geht mit ihrer vermeintlichen Gabe des zweiten Gesichtes nicht hausieren, nur noch wenige Leute kommen deshalb zu ihr. Das hat sie ihm selbst erzählt. Immer dieselben Alten, die Dinge verlegt haben, die sie auch allein wiederfinden würden. Ein ziemlich großer Aufwand, jemanden so in Verruf zu bringen, das hat sich Cordes schon während des Gespräches mit Utrecht gedacht, der ja nur aus diesem Grund im Haus neben Lisbeth wohnt. Er bekommt vom Maskenmann sogar Geld dafür – Cordes hat vergessen, wie viel –, nur damit der den richtigen Zeitpunkt abwarten kann. Als Kontaktperson, wie in einem schlechten Film. Wer konnte schon ahnen, dass sich Utrechts Hass eines Tages in Zuneigung, ja, Liebe verwandeln würde? Gemerkt hat es das Kalkgesicht wohl, sonst hätte es Utrecht keinen nächtlichen Besuch abgestattet. Und dass Utrecht wirklich nicht weiß, wer dieser Unbekannte ist, glaubt Cordes ihm sogar.

Weshalb also Lisbeth?

Schließlich ist sie es damals gewesen, die dem Spuk ein Ende gesetzt und Fröbe demaskiert hat. Erst neulich haben sie darüber am Telefon gesprochen, bis weit nach Mitternacht, eines der längeren Telefonate. Selbst Lisbeth glaubt nicht an eine Vision, an das jähe Aufleuchten einer Hellsichtigkeit. Eher an einen Krampfanfall des Verstandes, der alles manifestiert, wovor sie jemals Angst gehabt hat. Cordes hat sich ein paar Tage später ein Buch schicken lassen, das sich mit diesen Dingen beschäftigt. Poltergeistphänomene und das Auftreten von Spuk, meist in Familien mit traurigen Kindern. Vor allem Mädchen, die oftmals selbst nichts davon ahnen. Geplatzte Glühbirnen, wackelnde Bilderrahmen und Stühle, die sich bewegen. In Freiburg gibt es sogar ein Institut, das man im Notfall anrufen kann. Zwar glaubt Cordes nicht mal die Hälfte davon, eines aber glaubt er schon: Traurigkeit, abgrundtiefe, rabenschwarze Traurigkeit kann stark sein. Mächtig. Vielleicht sogar mächtig genug, um jemandem Dinge zu zeigen, die man normalerweise nicht sehen kann.

»Haben Sie einen Schlaganfall erlitten? Grinsen Sie mal. Wenn Sie nicht grinsen können, dann muss ich Ihnen was spritzen, ja?« Doktor Broder beugt sich neugierig vor und stupst mit seiner Pfeife Cordes' Knie an. Cordes erschrickt.

»Alles gut. Kein Schlaganfall.« Zur Sicherheit setzt Cordes ein kleines schiefes Grinsen auf.

»Dann schauen Sie doch nicht so! Ich bin ein alter Mann, beinahe wäre ich aufgestanden, um meine Tasche zu holen.«

»Das tut mir leid. Ich mache es nicht wieder, versprochen.« Cordes fischt eine Zigarette aus seiner Hemdtasche, lässt sie von einer Hand in die andere wandern.

»Essen gibt es erst in einer Stunde, wenn überhaupt. Sie ist nicht mehr die Schnellste. Also, erzählen Sie schon.« Das Geschirrklappern in der Küche wird für einen kurzen Moment leiser.

»Was soll ich Ihnen denn erzählen?«

»Verstockt. Wie die Kinder, meine Güte! Sie sitzen hier und denken nach. Also? Ich bin Arzt, ich sollte gut zuhören können.« Broder klopft den Tabak in seine Handfläche, betrachtet ihn und stopft die Pfeife neu. Ein leises Donnergrollen lässt die Fensterscheibe vibrieren, der tote Baum draußen ächzt.

»Glauben Sie, dass es Fröbe war? Damals? Hat er die Kinder umgebracht? Ihnen das Herz herausgeschnitten?« Cordes steckt sich die Zigarette zwischen die Lippen, zündet sie aber ebenso wenig an wie der Doktor seine Pfeife.

»Natürlich. Wer sonst? Das steht außer Frage. Fröbe war es. War bei mir in Behandlung, immer wieder mal. Nichts Großes. Hier ein Ziepen, da ein Wehwehchen. Mochte ihn nie sonderlich leiden.«

»Warum?«

»Hielt sich für den Nabel der Welt. Der Herr Rektor. Kinder mochte der gar nicht, hat sie nie gemocht. Ich denke, das wird es ihm leicht gemacht haben. Hätte es ihm aber dennoch nicht zugetraut.«

»Das Morden?«

»Das Blaubeerkuchen-Backen. Natürlich das Morden! Oder besser gesagt: das Entfernen der Herzen. Ist ja nicht so einfach, wie man sich das vorstellt. Muss man üben. Vielleicht erst mal an Tieren, schadet nie. War es immer gut gemacht? Ich würd alles drauf verwetten, dass die ersten toten Kinder übel zugerichtet waren. Mit der Zeit wird man besser, das ja.«

Die Haushaltshilfe bringt neuen Kaffee und Gebäck, das so alt ist wie die beiden zusammen. Cordes ärgert sich, dass er die Leichen nicht hat untersuchen dürfen.

»Ein Nachahmungstäter vielleicht? Gibt es ja immer mal wieder.« Cordes glaubt selbst nicht daran, aber er hat in den vergangenen Monaten so viel darüber nachgedacht, dass seine Gedanken nicht mehr klar sind, sondern trübe und ausgewaschen.

»Dreißig Jahre später? Das ist doch blanker Unsinn. Nein, unmöglich. Das eine hat mit dem anderen zu tun. War eine seltsame Zeit, damals. Die Gegend trostlos und die Leute irgendwie auch. Kann man sich heutzutage nicht mehr vorstellen. Wenig Bildung, wenig Geld und viel Arbeit. Gefährliches Milieu. Viel Bier, das auch. Die Leute haben es nicht sehr genau genommen mit der Gewalt, zu Hause meine ich. Hab eine Menge davon gesehen. Sehr unschön, das Ganze. Sogar der Pfarrer, eigentlich ein ganz heller Kopf, ist irgendwann auf und davon. Hat es anscheinend nicht mehr ausgehalten.«

Broder schlürft laut seinen Kaffee und zieht die Decke über den Beinen zurecht. In der Küche fängt die Haushaltshilfe an Kartoffeln zu kochen.

An den Pfarrer hat Cordes noch gar nicht gedacht, aber es stimmt. Zu seinen Anfangszeiten hier hat es noch einen gegeben, allerdings nicht mehr sehr lange. Danach kamen verschiedene Priester zu den Messen und Beerdigungen aus München. Heute findet nur noch einmal im Monat eine Sonntagsandacht statt. An diese eigenartige Stimmung allerdings kann er sich gut erinnern: an die Leute und ihre Bewegungen, ihren Aberglauben und ihren religiösen Fanatismus. Mit ihren Ängsten und Befürchtungen, die sich wie eine zweite Haut über ihr geheimes Leben gelegt haben. Jenes geheime Leben hinter den Hauswänden, mit den Schreien, den Schlägen. Dem Alkohol und den ganz eigenen Schreckbildern – von denen Cordes damals nicht einmal etwas geahnt hat.

»Kinder waren wie die Katzen, das kann man so sagen. Nicht wie heute, gar nicht wie heute. Sie wissen schon: Heutzutage werden Säuglinge tausendfach untersucht. Kinder werden in die Schule gefahren und wieder abgeholt. Alles kleine Prinzen und Prinzessinnen. Ich halte nichts davon. Aber damals – weiß Gott! –, damals waren Kinder wie Unkraut. Sie wuchsen, und manchmal wurden sie eben auch ausgezupft.«

»Ausgezupft?«

»Ausgezupft. Ja, wie man es mit Unkraut halt so macht. Haben Sie kein Unkraut im Garten? Sie sind ein seltsamer Mensch.« Doktor Broder schüttelt den Kopf, an die Fensterscheibe malen sich Regenschlieren.

»Wie meinen Sie das?«

»Heißt es nicht in der Bibel schon: Wenn dich ein Auge ärgert, reiß es heraus und wirf es von dir? Oder so ähnlich, war nie recht bibelfest. Die Leute hatten Kinder, weil sie eben gekommen sind. Ich glaube, die meisten waren tatsächlich überrascht. Deshalb waren sie auch froh, dass Fröbe die Dinge in die Hand nahm.«

»Sie waren froh, dass Fröbe die Kinder umgebracht hat?« Cordes spricht zu laut, weil er nicht glauben will, was er da hört. Wenngleich er durch die Behinderung seines Sohnes eigentlich nie viel Kontakt zu den anderen Eltern hatte. Moritz war von Anfang an nicht auf diese Schule gegangen, deshalb hat Cordes immer alles ein wenig anders gesehen, anders leben müssen.

»Sie müssen mir schon zuhören, mein Gott! Fröbe hat die Sache in die Hand genommen. Ich glaube nicht, dass die Leute froh waren über die Morde. Nein, das nicht. Aber er hat die unartigen Kinder artig gemacht. Das schon. Haben Sie sich denn gar nicht mit der ganzen Sache beschäftigt? Mein lieber Mann, Sie wissen ja noch weniger als der Papst!« Broder kichert, die Haushaltshilfe in der Küche sagt: »Amen.«

»Wovon reden Sie? Von Schlägen? Missbrauch?« Nichts lieber hätte Cordes jetzt getan, als sich seine Zigarette anzuzünden, aber er tut es nicht. Schon weil er Angst hat, der Doktor wird ihm dann einen langen Vortrag über Lungenkrebs halten – womöglich zeigt er ihm sogar eine Raucherlunge hinter Glas.

»Einige Jahre. Ich glaube, es waren einige Jahre, hat er Nachhilfe gegeben. In dem Gebäude, das die Leute heute Geisterhaus nennen. Sieht nicht aus wie eines, aber die Leute haben schon recht. Wenn es irgendwo spukt, dann sicherlich dort. Irgendein katholischer Verein wollte dort früher einmal ein Kinder- oder Jugendheim aufmachen, aber es kam nie dazu. Heute steht es ja leer. Aber damals.

Damals mussten die bösen Kinder dort hin. Vielmehr die Kinder, von denen Fröbe glaubte, sie wären böse. Und dazu brauchte es nicht arg viel bei ihm.«

Cordes riecht Fisch aus der Küche, und er hat Angst, die Mahlzeit wird ihr Gespräch zerreißen. Gerade jetzt, wo er ein wenig Dämmerlicht am Horizont erkennen kann. Eigentlich hat er ja nur wissen wollen, ob der Täter so etwas wie Chloroform benutzt haben könnte – wobei ihm diese Einsicht jetzt nicht allzu viel nutzt. Ein medizinischer Hintergrund kann zwar nicht ausgeschlossen werden, aber heutzutage kann sich vermutlich jeder das Zeug im Internet besorgen.

»Waren es die Kinder, die später dann ermordet wurden?«

»Das kann ich nicht sagen. Vielleicht. Hat das niemand untersucht? Die Polizei macht so etwas doch normalerweise.«

Cordes kann sich nicht erinnern, dass über das Gebäude jemals gesprochen worden war. Aber er hat früher auch nie gesehen, dass dort Kinder ein- und ausgegangen wären. Haben es die Eltern der toten Kinder vielleicht sogar absichtlich verschwiegen, weil sie sich im Nachhinein dafür schämten? In den Teilen der Polizeiakten, die er zu Gesicht bekommen hat, war jedenfalls nie von Fröbes Nachhilfestunden die Rede gewesen.

»Ich hab mir manchmal gedacht: Wenn das mal nicht schiefgeht! Das mit den Kindern in dem Haus. In der Schule waren ja noch andere Lehrer, aber dort? Völlig allein. Als er dann allerdings den Jungen bekam, ist alles besser geworden. Jedenfalls eine Zeit lang.«

»Er hat einen Jungen bekommen?« Cordes fällt die Zigarette aus der Hand, und als es beinahe gleichzeitig donnert, erschrickt er dermaßen, dass sein Herz einen Schlag lang aussetzt.

»Sie sind ziemlich bleich. Und Sie schwitzen. Sie werden mir doch nicht etwa hier vom Stuhl fallen, oder?«

»Es ist nur … Woher kam der Junge?«

»Ja, woher kam dieser Junge? Ich muss überlegen. Jedenfalls kam der Bub nicht lange, nachdem Fröbes Frau gestorben ist.«

Daran hat Cordes allerdings nie gedacht: an eine Ehefrau und an ein Kind. In allen Berichten und in jeder seiner Erinnerungen ist Fröbe immer allein gewesen. Ein typischer Junggeselle, der mit seinem Beruf verheiratet ist. Ein einsamer Psychopath, dem irgendwann einmal die Sicherungen durchgebrannt sind.

»Moment.« Cordes schließt die Augen und zählt bis zehn. Ihm ist ein wenig übel, auch weil die Luft in dem kleinen Zimmer abgestanden und schal ist, durchzogen vom sauren Geruch eines toten Fisches.

»Sie ist eines Tages tot im Bett gelegen. Damals dachte ich: plötzlicher Herztod. Ich habe sie nicht groß untersucht, das muss ich zugeben. Sie hatte immer schon Probleme damit – wer rechnet da mit Mord?«

»Hat er sie umgebracht?«

»Möglich. Vielleicht erstickt. Könnte man leicht feststellen, wenn man hinsieht. Habe ich aber nicht. Tote anschauen ist keine Urlaubsreise, ja? Außerdem gab es keinen Grund, misstrauisch zu sein.«

»Und der Junge?«

»Der kam bald darauf zu ihm. Ich habe es schon gesagt: Die Zeit war eine ganz andere. Die Leute waren mit ihren Kindern überfordert. Sie waren mit sich selbst überfordert.«

In Cordes' Kopf tanzen Hunderte Gedanken, die aus dem Nichts auftauchen. Als sei er jahrelang in einem dunklen Raum gesessen und hätte endlich den Lichtschalter gefunden.

Nicht auszumalen, wenn er den Doktor nicht aufgesucht hätte! Wenn er weitergeschlafen hätte, wie er es jahrzehntelang getan hat. Weshalb hat Rosa Franke das alles nicht mit einem Wort erwähnt? Er wird sie danach fragen müssen.

»Wie war sein Name? Der Name des Jungen? Können Sie sich daran erinnern?« Cordes rutscht unruhig auf dem Sessel herum. Broder kaut auf der Pfeife, die Augen zur Zimmerdecke gerichtet.

»Albert? Nein, Albert war es nicht. Michael? Michael vielleicht. Möglich, ja. Der kleine Michael. Wie alt wird der gewesen sein? Drei, vier Jahre vielleicht. Wie die Katzen, die zu weit von zu Hause weglaufen und dann nicht mehr heimfinden. Das war Michael. Vielleicht gefiel es ihm bei Fröbe auch besser, kann gut sein. Ich glaub, sein Vater, sein richtiger Vater, war einer von der ganz üblen Sorte. Sie wissen schon. Gut, Fröbe war ein Monster, das ist richtig – aber vielleicht hat das Monster zu diesem Zeitpunkt ja noch geschlafen. Kann sein. Michael. Ja, ich glaub, so hieß er.«

Cordes beugt sich weit nach vorn, so weit, dass er den Atem des alten Doktors riechen kann. Eine Mischung aus Eukalyptus und dem feuchten Geruch des Sterbens.

»Wie heißt er noch? Michael …?«

»Michael, der Bruder von diesem verrückten Mädchen auf der Anhöhe. Die alles finden kann. Ich glaub ja nicht an diesen Quatsch. Hab ich das nicht gesagt? Hab ich doch sicher gesagt. Lisbeth und Michael, ja, so heißen die. So viele haben wir hier ja auch wieder nicht. Zwillinge, mein ich. Deshalb bin ich mir sicher, dass ich es erwähnt habe. Sie müssen schon aufpassen!«

Ein Blitz züngelt in einen der nahen Bäume, der darauffolgende Donner ist laut. In der Küche verkocht der Fisch.

KAPITEL 22

Das Licht ist eigenartig gelb und dämmrig, Regen und dann Stille und dann wieder Regen. Kräftige Windstöße, die Häuser wackeln und Schornsteine davonfliegen lassen. Aber das alles bemerkt Lisbeth nicht, sie nimmt es nur entfernt wahr, und es würde sie auch gar nicht bekümmern, wäre die Welt dem Untergang geweiht.

Obwohl der Plattenspieler nicht läuft, lauschen sie und Marlene den Klängen von Miles Davis, Charlie Parker und Moondog, wilde Jazzfragmente, die der Wind hertreibt und wieder mit sich fortnimmt.

Beide stehen sie in einem nach Kleister und Farbe riechendem Berg abgerissener Tapeten, ihre Hände blau gefärbt vom Meerwasser. Alles ist gleichzeitig passiert, obwohl das Leben einen Herzstillstand erzwungen hat. Es sind Vögel. Ein Nest dazwischen. Die Tapete alt und elfenbeinfarbig, mit Flecken und Kindergekritzel. Kaum hat Lisbeth ein Stück Haut von der Wand abgerissen, um all das sichtbar zu machen, was jetzt gerade auf sie hereinbricht, haben zuerst die Geschäftsleitung und dann die Pflegedienstleitung des Krankenhauses angerufen. Bis zur Klärung des Geschehnisses im Behandlungsraum 2 ist sie beurlaubt und darf das Krankenhaus nicht betreten. Von der Staatsanwaltschaft hat der Geschäftsführer gesprochen und ihr empfohlen, sich einen Anwalt zu nehmen.

Obwohl Cordes doch alle beruhigt hatte, jedenfalls glaubt sie sich daran zu erinnern. Er hatte das Skalpell mitgenommen, mit den Leuten gesprochen, und alle hatten nervös gelacht, sie sogar getröstet und gesagt: »Lisbeth, das muss ein Verrückter gewesen sein. Wir glauben dir doch.« Sogar das Krankenhausgelände hatten sie noch gemeinsam abgesucht, und doch konnte der Mann mit den pechschwarzen Augen nicht gefunden werden.

Nein, nicht pechschwarz. Rabenschwarz waren sie gewesen. So schwarz wie das Kleid ihrer Mutter, die im Flur kniet. Und dabei aussieht, als würde sie beichten wollen.

Und jetzt?

Jetzt zerfällt alles zu Totenstaub, die Welt bricht auseinander, und sie weiß eigentlich nicht, was da gerade geschieht. Nur ein Taumeln, unbeholfen und in den Kleidern ihrer Kindheit, als alles noch viel schlimmer gewesen war.

Rabenschwarzer Engel.

Tanz für mich.

Sing für mich.

Lauf fort.

Lauf, so schnell du kannst.

Zu wem hat sie das gesagt? In welche Ohren hat sie das geflüstert, immer wieder? Sie selbst auf der obersten Treppenstufe sitzend, tausend Stimmen im Kopf, aber nie ihre eigene. Großmutters Litanei, herausgeraunt aus dem schäbigen Zimmer ganz hinten. Während Vater.

Während Vater seinen langen Gürtel auf Mutters Rücken niederfahren lässt, jeder Schlag hört sich an wie ein Revolverschuss, ohrenbetäubend.

Aus den Kellerfugen gerade eine viel zu langsame Version von »Satin Doll«. Ella Fitzgerald brummt und krächzt und stirbt.

Im Blitzgewitter sieht Lisbeth einen Jungen, der ihr fremd und gleichzeitig vertraut ist, dessen Geruch sie kennt wie ihren eigenen. Seine Haare kleben am Kopf, und er versucht zu lächeln, aber es gelingt ihm nicht. Es gelingt ihm ebenso wenig wie ihr. Lisbeth schluckt einen heißen Batzen

Vergangenheit hinunter, streicht schniefend über die Tapete und versucht einzelne Bilder einzufangen, die wie Kometen durch ihren Kopf schießen. Marlene setzt sich inmitten des Zimmers auf den Boden, versteht nichts von alledem und hat Angst, dass die Dinge nicht so sind, wie sie lange Zeit geglaubt hat. In der Schule reden sie von Mutter, davon, dass sie verrückt ist. Völlig verrückt, vielleicht sogar wahnsinnig. Wahnsinnig genug, um Menschen umzubringen. Ihr Herz pocht und schmerzt, es ist ihr heiß und kalt zugleich.

»Wir sind nie, wer wir zu sein glauben«, murmelt Lisbeth, und Marlene bekommt Angst.

»Mama?« Ein Flehen.

»Tot sind wir, bevor wir überhaupt leben. Und dann. Dann werden wir geboren und sind Gespenster.« Lisbeths Stimme ist zerrissen, ist brüchig, ist hässlich blechern. Lisbeth berührt einen der gemalten Vögel, streicht über sein verblichenes Gefieder. Die Tapete ist an manchen Stellen dunkler, an manchen heller. Vermutlich sind dort Möbel gestanden. Ein Bett, ein Schrank, alles so klein, dass es wehtut. Überklebt mit schneeweißem Sargpapier, um die Schatten verschwinden zu lassen. Um jemanden vergessen zu können.

Lisbeth geht an der Wand entlang. Ihre Finger blutig gerissen, malt sie eine schimmernde Spur der Verzweiflung.

»Mama?« Marlene erschrickt, der Wind rüttelt am Haus, als stünde ein ungebetener Gast vor der Tür.

»Mama? Wo ist er? Warum kommt er nicht heim?«, flüstert Lisbeth, und ihre Stimme ist einige Oktaven zu hoch, eine Kinderstimme. Sie bleibt unvermittelt stehen und spürt den kalten Herbstwind in ihren Knochen.

Sie ist noch sehr jung.

Vater tut mit Mutter etwas, was sich schrecklich anhört.

Und aus Mutter wird ein Engel.

Rabenschwarz ist der Engel. Und das Kleid ist schön, und das Kleid ist hässlich.

Lisbeth?

Ja, Michael?

Macht er Mama tot, tot, tot?

Ich weiß es nicht.

Macht er uns dann auch tot, Lisbeth?

Lisbeth öffnet ihre Hände, fügt sie zusammen wie eine Schale. Es ist nichts darin, aber dennoch sieht sie alles. Zwei Murmeln, ein Butterbrot, ein Taschentuch, das hat sie Michael damals mitgegeben.

»Und wenn. Wenn alles gut ist, dann sing ich das Lied. Kommt ein Vogel geflogen. Das kennst du doch. Und dann. Dann kommst du wieder heim, ja?« Lisbeth flüstert, und die Vögel auf der Tapete flattern, wirbeln den alten Staub empor, der auf ihren Augen liegt.

Rosa Franke steht am geschlossenen Fenster, als Cordes das Zimmer betritt. Sie schaut hinaus und nickt, ohne ein Wort gehört zu haben. Es riecht nach Zimt, nach jahrzehntealten Staubmäusen und nach altem, feuchtem Gemäuer. Aus dem Küchenradio berichtet ein Nachrichtensprecher vom schlechten Wetter, ganz leise. Die Kaffeemaschine gluckert.

»Sie haben es immer gewusst, nicht wahr?« Cordes überlegt einen Moment, setzt sich dann aber doch in einen der abgewetzten Sessel. Ein kräftiger Ostwind verscheucht die trägen Wolken am Himmel und bringt neue Unwetter.

»Wir alle haben es gewusst. Oder vielmehr geahnt. Ja, geahnt, das sicherlich.« Rosa dreht sich nicht um, atmet gegen das Glas.

»Was er in dem Haus mit ihnen macht?«

»Was er in dem Haus mit ihnen macht, ja. Und auch alles andere. Vielleicht liegt es an diesem Ort, wer weiß. Wenn einer mal damit anfängt, kann man die anderen nicht aufhalten.«

»Der Broussard-Junge …«, setzt Cordes an und weiß nicht, ob er Mitleid mit ihr haben soll.

»Ich hatte mal eine Tochter. Ein schönes Mädchen. Mein Gott, war sie hübsch! Eine Tochter, ja, aber keinen Mann. Keinen Ehemann. Vielleicht ist das heutzutage kein Problem mehr, aber damals! Damals schon. Ich musste arbeiten. Die Eltern weit weg, und sie hätten es auch nicht verstanden. Was hätte ich denn tun sollen?«

»Was haben Sie denn getan?«

Rosa schweigt einige Minuten, und Cordes glaubt, dass sie ein wenig weint. Er lockert seine Krawatte und zieht sie dann doch wieder enger. Aus seiner Hemdtasche angelt er das Nokia und blickt auf die Uhr. Es ist kurz vor vier Uhr nachmittags, und doch sieht es so aus, als würde die Nacht gleich hereinbrechen. Niemand hat angerufen, auch Moritz nicht. Der ja sicher gerade, ähnlich wie Rosa Franke, zu Hause aus dem Fenster schaut und sich melden wird, sobald er etwas Auffälliges sieht. Ein fremdes Auto vielleicht, aus dem ein Kalkgesicht schaut.

Nachdem er wankend und mit weichen Knien aus Broders Haus gestolpert ist, hat er ihn sogleich angerufen, damit er zu Hause auf das Telefon aufpasst und sämtliche Anrufe entgegennimmt, vor allem jene für Cordes' Büro. Moritz kennt sich mit Google und all diesen Internetsachen ziemlich gut aus. Allerdings hat die Onlinesuche nach einem Michael Broussard keinen vernünftigen Treffer ergeben. Es gibt zwar einen, aber der ist 74 Jahre alt und wohnt in Kanada. Am Münchner Standesamt muss er wohl selbst anrufen, um sich die Geburt des Jungen bestätigen zu lassen. Und dann – dann wird er es irgendwie Lisbeth sagen müssen. Aber alles der Reihe nach! Cordes räuspert sich, und Rosa Franke dreht sich um. Sie sieht nun viel älter aus als bei seinem ersten Besuch, und sie tut ihm doch irgendwie leid.

»Ich hab sie weggegeben. An eine Familie hier im Ort.«

»Zur Adoption freigegeben, nennt man das wohl.«

»Nein, das meine ich nicht. Ich habe sie eingepackt und weggebracht. Es hat keiner gefragt.« Sie setzt sich auf die Armlehne des Sofas und nestelt an ihrer verwaschenen Bluse herum.

»Wird so was denn nicht irgendwo gemeldet? Geburtsurkunde und solche Sachen? Rathaus, Standesamt, Einwohnermeldeamt – all das?«

»Mit Geld geht viel.«

»Mit Geld geht nicht alles«, widerspricht Cordes.

»Heute nicht mehr, kann schon sein. Aber damals? Damals ging alles nur mit Geld, so ändern sich die Dinge.« Rosa wischt sich mit dem leberfleckigen Handrücken über die Nase.

»Haben Sie Ihre Tochter je wiedergesehen?« Cordes steht auf, weil ihm die Hüfte langsam wieder wehtut. Er hat heute Morgen vergessen, seine erste Oxycodon zu nehmen.

»Ja, natürlich. Sie wohnt dort drüben. Sie weiß nichts davon, und das ist gut. Sie ist immer noch so hübsch wie damals.«

Vielleicht ist das ja auch der wirkliche Grund, weshalb Rosa den ganzen Tag lang aus dem Fenster späht, denkt sich Cordes, spricht es aber nicht aus.

»Und was ist aus Michael Broussard geworden?«

»Aus dem? Aus dem wurde Michael Fröbe. Über Nacht. Einfach so. Als wäre er nie jemand anderes gewesen.«

»Einfach so«, wiederholt Cordes, und natürlich hat er auch das überprüft. Allerdings gibt es auch keinen Michael Fröbe im fraglichen Alter, jedenfalls weiß Google nichts davon. Ein Junge wird geboren, verschwindet, wird wiedergeboren und ist jetzt vom Erdboden verschluckt, um als Geist durch die Straßen zu spuken.

»Was ist mit ihm geschehen, nachdem Fröbe sich umgebracht hat?« Cordes verlagert sein Gewicht auf die gesunde Hüfte und beißt sich dabei auf die Lippen. Spätestens im Auto werden die Schmerzen aufflammen wie ein Zunderbrand, und er wird sie spüren müssen bis zum Schlafengehen. Aber das alles ist jetzt gerade nicht sonderlich wichtig. Hätte er sich doch damals nur mehr um Fröbes Umfeld gekümmert, wäre er doch bloß ein wenig neugieriger gewesen! Viel zu verletzt war jedoch sein Stolz gewesen, dessen entsinnt er sich noch gut. Er, der dumme Dorfpolizist, dem man nicht einmal zugetraut hatte, die Tatorte vernünftig abzusperren, geschweige denn, sich um andere wichtige Dinge zu kümmern.

»Den wollte keiner haben. Keiner von hier. Als hätte er was Ansteckendes, und vielleicht war es ja auch so. Die Kinder werden wie die Eltern, heißt es doch. Wer will so was schon im Haus haben?«

»Vielleicht seine richtigen Eltern? Wäre eine Möglichkeit gewesen, nicht wahr?« Cordes kann das alles nicht verstehen. Hätte ihm jemand Moritz weggenommen, hätte er alles getan, um ihn wiederzubekommen. Alles.

»Was weggeschnitten ist, kann man nicht wieder annähen. Es stirbt ab, so oder so.« Rosa zuckt mit den Schultern, weil alles, was sie sagt, fern und unwirklich klingt.

»Keine Mutter gibt ihr Kind einfach so weg! Jedenfalls kein so kleines Kind. Wie alt ist er gewesen, damals? Vier, fünf Jahre?« Cordes denkt an seine eigene Frau, die nach jahrelangem Streiten aus seinem und auch aus Moritz' Leben verschwunden ist.

»Vier, fünf Jahre, ja. Nicht älter. Meine Tochter war noch jünger, das habe ich doch erzählt. Wenn man weiß, wo das Kind ist und dass es ihm dort vielleicht besser geht … Es ist schwer, aber nicht unmöglich. Ich habe für meine Tochter Geld bekommen. Es ist hässlich, so etwas zu sagen, nicht wahr?« Rosa blickt zu Boden.

»Ja, das ist es. Hat Fröbe auch bezahlt?«

»Davon gehe ich aus, ja. Schließlich hat er dafür ein Kind bekommen. Einen Sohn.«

»Ihr habt eure Kinder verkauft.« Cordes' Stimme ist nicht sehr laut, sie ist eher traurig.

»Ja, Gott steh uns bei! Wir haben sie verkauft. Und dann haben wir dabei zusehen müssen, wie sie eines nach dem anderen totgemacht wurden. Wir werden in der Hölle schmoren, nicht wahr?«

Cordes denkt ein wenig nach, beide sehen sich in die Augen.

Schließlich nickt er.

Während er noch ausparkt, meint Cordes unterm Auto die Regenströme entlangfließen und die Abflussrohre gluckern zu hören. Der Nebenweg eine Straße weiter ist überschwemmt. Eine der herumstreunenden Katzen sitzt in einem Blumenkasten und leckt sich das Fell.

Sonderlich weit ist er nicht gefahren, nur weit genug weg, um das Haus von Rosa Franke nicht mehr sehen zu müssen. Obwohl er ahnt, dass sie nur eine von vielen ist. Wie viele Kinder plötzlich andere Eltern bekommen haben oder sogar ganz verschwunden sind, kann er nicht abschätzen.

Nie im Leben wird er verstehen, dass so etwas hier geschehen konnte. Pechgefärbte Omen der schrecklichen Morde, der herausgeschnittenen Herzen. Es fängt immer an mit Gefühlskälte, mit dem Verlust von Empathie und Zuneigung, und endet immer mit der Geburt eines Ungeheuers. Immer und überall. Man sieht es ihnen nicht an, sie leben einfach so, sitzen in den Vorgärten, gehen zum Einkaufen. Kein Stigma auf ihrer Stirn verrät sie, keine bösen Insekten kriechen aus ihren Mündern, wenn sie sprechen.

Wie fremd muss einem das eigene Kind sein, um es einfach so gehen zu lassen, fort, über alle Abzweigungen? Die Ahnung im Bauch versteckt, es vielleicht nicht wiederzusehen, alles getüncht mit einer grausamen Gleichgültigkeit. Cordes kennt die Berichte von Eltern, die ihre Säuglinge verhungern und verdursten lassen oder sie einfach irgendwo vergessen, als wären sie ausrangierte Koffer. Es sind immer Einzelfälle, aber hier? Kein direkter Totschlag, nichts davon – jedoch ein Herztod, das gewiss, wenn sich die Geräusche verändern, die Schritte der Mutter auf der Treppe nicht mehr zu hören sind. Es mag sein, dass Rosa Franke glaubt, ihre Tochter sei völlig normal aufgewachsen; aber kennt sie deren Träume, die dunklen Mitternachtsepisoden?

Cordes öffnet das Fenster nur einen winzigen Spalt, weil es sonst hereinregnet, und saugt die kalte Luft in sich auf.

Aus Michael Broussard wird Michael Fröbe.

Aus Michael Fröbe wird ein Geist.

Doch das glaubt Cordes nicht einmal. Sicherlich hat er seinen Namen abermals verändert, dieses Mal allerdings freiwillig und ganz bewusst. Niemand möchte wie ein Kindermörder heißen – vor allem, wenn man tatsächlich sein Sohn sein könnte. Im Büro wird er letztendlich doch eine Personenabfrage machen. Vielleicht gelingt es ihm damit herauszufinden, welchen Namen Michael heute trägt und wo er sich aufhält. Hoffentlich wird ihm dann noch genügend Zeit bleiben, bevor die Altklugen aus München kommen, um ihm wieder mal alles wegzunehmen.

Dass er noch viel Zeit dafür hat, bezweifelt Cordes indes. Ein ungutes Gefühl rumort in seinem Magen. Sie werden Michael nicht lange suchen müssen, egal, wie er nun heißen mag. Er wird in die Stadt kommen, wenn er nicht längst hier ist. Sich in ihren Schatten schlafend stellen, ihre Namen tragen.

Zwischen den Sitzen findet er noch eine fast leere Dose Coca-Cola, er riecht daran und befindet den Schluck für trinkbar. Legt zwei Oxycodon auf seine Zunge und spült sie mit dem schal gewordenen und viel zu warmen Zuckerwasser hinunter. Angst, dass er davon zu müde wird, hat er nicht. Viel zu schnell pocht sein Herz gerade.

Denn auch wenn einiges von damals nun abgeschabt und freigelegt von ihm liegt, versteht er immer noch nicht, weshalb es zu neuen Toten kommen musste. Vermutlich handelt es sich bei diesem unheimlichen Kalkgesicht tatsächlich um Michael. Aber das alles nur, um Lisbeth zu belasten? Kaum. Gerüchte hin oder her, selbst für einen Indizienfall ist das alles viel zu dünn. Auf keinem der Messer finden sich ihre Fingerabdrücke; wie auch? Sie hat vermutlich meist sogar ein Alibi, kann alles lückenlos belegen.

Herzstiche.

Weshalb?

Cordes denkt an Broder zurück und an das, was er gesagt hat. Ein Herz zu entfernen ist gar nicht so einfach, das muss man üben. Hat Michael das getan? Eine Theaterprobe vor der großen Premiere auf der Freiluftbühne, vor ihrer aller Augen? Ein bizarrer Gedanke.

Auch hinter dieser Geschichte steckt also eine andere. Die vielleicht niemand jemals verstehen wird und die doch fortwirkt, weil Michaels Vergangenheit nicht fertig erzählt wurde.

Zittrig zündet sich Cordes eine Zigarette an, inhaliert tief und lange. Inhaliert sämtliche Schrecken in sich hinein, um sie verschlucken zu können. Rinnsale laufen über die Scheiben, ein Mann mit Regenschirm wechselt die Straßenseite und verschwindet wie ein Geist hinter Bäumen.

»Ja«, sagt Cordes und schnippt entschlossen die Zigarette aus dem Fenster. Er wird es sich wohl doch noch einmal näher ansehen müssen. Das Geisterhaus mit seinen Spukgestalten.

Ob er nun will oder nicht.

KAPITEL 23

Utrecht drückt die Zigarette im Aschenbecher aus und zündet sich sofort wieder die nächste an. Ihm ist speiübel, und er schluckt alles immer wieder hinunter.

Bei der ersten E-Mail, die er heute Morgen bekommen hat, hat er sich geweigert, es glauben zu wollen. Drei Stunden später dann eine weitere, die er gar nicht erst aufgemacht, sondern gleich gelöscht hat.

Und jetzt. Jetzt liegt ein Brief auf dem Tisch, er ist an den Ecken durchnässt, und er stinkt nach frischer Graberde, nach Verderben und einem gewaltsamen Ende. Mit Schreien und Blut, viel Blut.

Abermals hebt Utrecht den Telefonhörer ab und wählt die ersten Ziffern von Cordes' Polizeidienststelle, legt dann allerdings gleich wieder auf. Wischt sich über den Mund, hustet zähen Schleim und Galle herauf, spuckt alles neben sich auf den Fußboden.

Sie sind alle erledigt.

Tot.

Mausetot und bald irgendwo verscharrt.

Das Hinkebein kann sie nicht retten, nie und nimmer. Cordes ist ja vermutlich sogar mit sich selbst in dieser Hinsicht überfordert. Und wenn er den Notruf wählt, an Cordes vorbei, wird alles sowieso zu spät sein. Das Ungeheuer ist in der Stadt, wer sonst sollte den Brief eingeworfen haben? Vielleicht steht es gerade dort draußen und beobachtet ihn. Vielleicht sitzt es auf dem Dachboden und lauscht seinem Atem. Ängstlich tritt Utrecht einen Schritt zur Seite, weg vom Fenster.

Zwar würde dann die richtige Polizei aus München kommen. Aber Utrecht ahnt auch, dass ihnen das alles nicht helfen würde. Gegen einen Schatten hilft nichts. Entweder er wird sie alle totmachen, noch bevor die ersten Streifenwagen hier eintreffen. Oder er wird verschwinden, um irgendwann später wiederzukehren. Dreißig Jahre hat er gewartet, da kommt es nun auf ein paar Jahre mehr oder weniger auch nicht mehr an.

Sie ist schuld an Fritzchens Tod.

Das hat er gesagt, nein, eher geflüstert.

Die Hexe Lisbeth, die hat ihn auf dem Gewissen.

Hatte sich Utrecht jemals gefragt, wie ihn das Kalkgesicht überhaupt gefunden hat? Vermutlich nicht, es war ihm völlig egal gewesen, hatte es doch verstanden, seinen Hass, schon halb ersoffen im Alkohol, wieder auflodern zu lassen.

»Lisbeth ist nicht schuld«, sagt Utrecht. Das hatte er ja immer schon irgendwie gewusst, es aber doch nie verstanden. Lisbeth war halt noch am Leben gewesen, Fröbe dagegen lang schon vermodert in seinem Erdloch, der Hölle nah.

Der Kater Samson kratzt an der Tür, und Utrecht zuckt zusammen. Im Unwetteratem hört es sich beinahe an, wie Kinderhände, die an Sargdeckeln kratzen, um herausgelassen zu werden. Weil sie Angst haben vor der Dunkelheit. Weil sie ihre Herzen suchen.

Wieder flackert das Licht, bleibt für eine halbe Minute weg und kommt doch wieder.

Auf dem Tisch der Brief, jedes Wort ein lautloser Schrei. Er hat sich nicht mal mehr die Mühe gemacht, die Nachricht am Computer zu schreiben. Mit schwarzer Tinte, die an den Enden verläuft, die Buchstaben groß und krakelig.

Marlene.
Macht die Gespenster lebendig.
Ich brauche sie heute.

Bring sie mir.
Sonst sterben alle.

Das hatte auch in der E-Mail gestanden.

»Warum holst du sie dir nicht selbst?« Utrecht spricht es aus und schämt sich sogleich dafür. Es ist der Preis, den er jetzt bezahlen soll. Für die monatlichen Überweisungen und überhaupt, dafür, dass er sich darauf eingelassen hat, Lisbeth auszuspionieren. Sie soll ruhig ihre Lektion erhalten, vielleicht eine Abreibung, das hat sich Utrecht damals gedacht und sich hämisch darüber gefreut.

Utrecht beißt sich in die Mulde zwischen Zeigefinger und Daumen, beißt so fest zu, dass der Schmerz bis hinauf zur Schulter brennt. Wie dumm ist er nur gewesen zu glauben, dass man solche Sachen kontrollieren kann! Jetzt sind alle Gräber offen, jetzt tanzen alle Skelette klappernd Fandango, und er wird mitgerissen.

Bring sie mir.

Eine Opfergabe, und Utrecht sieht sich selbst in einem regennassen Trugbild, sieht sich Marlene hinter sich herziehen wie ein bockiges Kind, ihre Haare klatschnass, ihre Augen angsterfüllt.

Nein, das kann er nicht. Nie und nimmer.

Bring dich um!

Ein Irrlicht in seinem Bauch, er spielt mit dem Gedanken. Hinaufzugehen auf den Dachboden und sich so der ganzen Angelegenheit zu entziehen. Sich zu erhängen und im Todeskampf noch alles zu sehen, was kommen soll.

Dem Kalkgesicht würde es nichts ausmachen, vielleicht würde es sich sogar freuen. Marlene wäre dann allerdings verloren, es ist ein Leichtes, sie zu fangen. Wie einen schönen Schmetterling an einem Sommertag.

Beim Gedanken daran, dass das Kalkgesicht in der Nähe des Hauses war, um den Brief auf die Veranda zu legen, fängt Utrecht an zu zittern. Das Messer, das er beim letzten Mal hiergelassen hat, liegt immer noch in seinem Arbeitszimmer. Von der Wand aus sieht Fritz es mit tausend Augen an. Um ein Haar hätte er Cordes davon erzählt, hat es aber nicht getan, weil er doch sowieso schon zu viel erzählt hat. Geheimnisse werden zu Prophezeiungen, wenn man sie ausspricht – zu Hirngespinsten, an die man selbst nicht mehr glauben kann.

Ja.

Er muss Marlene retten, sie in Sicherheit bringen. Nicht in den Schlund des Ungeheuers werfen, nein. Weg von hier.

So schnell und so weit wie nur möglich.

»Wohin, Fritz, wohin nur?« Utrecht weint und schnieft und will sich zusammenreißen, aber in ihm tobt ein Sturm, so wie draußen ein Sturm tobt. Der die Bäume schüttelt, als wären sie unartige Kinder.

Der Sturm ist gut.

Und auch der Regen ist gut, denn er treibt die Leute zurück in die Häuser. Lässt sie stumm werden und behäbig, ihre Blicke trüb und alles schläfrig.

Regentage.

Wenn es Blut regnet und Eingeweide. Und geplatzte Augen.

Nichts als ein Traum, das ja, aber ein schöner. Ein gütiger Traum. Einer, den er als Kind oft geträumt hat, weit nach Mitternacht, wenn die Menschen schlafen und die Geister wachen, um Unwirklichkeiten zu fabulieren.

Kroll wischt sich übers Gesicht, spürt den kalten Wind auf der Haut und glaubt, dass der Himmel weiß, dass er in die

Stadt gekommen ist. Vermutlich hätte er sogar bis zu dem leeren Haus fahren können mit seinem Auto, aber er hat es am Stadtrand stehen lassen. Diese Gleichgültigkeit hier hat ihm früher Sorgen bereitet, heute aber, heute gefällt sie ihm.

Lächelnd schaut er zum Himmel hinauf, in das letzte Dämmerlicht. Rabenschwarz die Unwetterwolken, so viele davon, dass es wohl nie enden wird.

Rabenschwarze Wolken, wie die in seinen Augen, als er noch ein Kind gewesen war. Als er nicht hatte glauben können, dass ihn keiner vermisst.

»Komm herein, ich bin es. Erkennst du mich nicht?« Der fremde Mann hat gelächelt, und mit diesem Lächeln ist er sein Vater geworden. Der andere Mann in dem Haus mit der bissigen Schlange hat nie gelächelt.

Aber Mutter.

Sie ist tot.

»Nein«, sagt Kroll, und Regen tropft in seinen Mund. Seine wirkliche Mutter ist damals nicht tot gewesen, nur die andere Frau. Jahre später hat er sie manchmal gesehen, nahe der Schule. Aber er hat immer so getan, als würde er sie nicht mehr erkennen. Und wenn man lange genug so tut, dann wird es auch so. Die ganze Psychiatrie ist voll mit diesen Leuten, die sich ihre eigene Wirklichkeit zurechtgelogen haben.

Und Lisbeth?

»Hör auf!« Kroll will gar nicht schreien, aber es rutscht ihm heraus. Jetzt sieht er bereits das leere große Haus, in dem sein Vater damals den unartigen Kindern geholfen hat, artig zu werden. Kroll hat sich den Schlüssel beim Erzbistum besorgt, dem es immer noch gehört. Sonderlich schwer ist es nicht gewesen, so kinderleicht sogar, dass er es immer noch nicht glauben kann. Allein der Vorwand, er würde diese Woche einen Vortrag halten über häusliche Gewalt und deren psychologische Folgen, hat gereicht. Mehr oder weniger hält er ja auch einen Vortrag, irgendwie. Er lächelt, berührt die Maske in seiner Jackentasche und bleibt abrupt stehen, weil ein Auto heranfährt. Langsam und schlingernd, den großen Regenpfützen auf der Straße ausweichend.

Verdammt!

Es ist dieser einfältige Polizist, dessen Name ihm nicht mehr einfallen mag. Den er schon als Kind gekannt und nicht gemocht hat. Der nur dumm Strafzettel verteilt und sich ansonsten um nichts gekümmert hat. Cordes, ja, so heißt der Fettsack, der auch hinter Utrechts Haus herumgeschlichen ist. Hat er nicht einen Krüppelsohn? Kroll ist nicht sicher, glaubt sich aber daran erinnern zu können. Und auch daran, dass er Lisbeth manchmal mit ihm gesehen hat.

Mit ihm.

Nicht mit ihrem Bruder.

Nein, mit einem Krüppel, der nicht einmal bis zehn zählen kann, ohne zu stottern.

Ruckelnd bleibt der alte Polizei-Audi stehen, unweit des Geisterhauses. Die Leute nennen es so, das weiß Kroll längst. Weil sie Angst vor Gespenstern haben, die keineswegs erst um Mitternacht kommen, sondern immerzu in ihnen wohnen, wie verschluckte Harpunenjäger in Walfischbäuchen.

Das ist sehr ärgerlich! Kroll schlüpft hinter einen der Bäume, aber Cordes sieht sich ohnehin nicht um. Vermutlich ist es ein Leichtes, sich im Regen an ihn heranzuschleichen. Ein Stich, von hinten, die Lunge touchierend. Dann ein zweiter in den anderen Lungenflügel. Pneumothorax nennt man das, wenn die Luft aus einem herausströmt wie aus einem kaputten Fahrradreifen.

Nur um ihn zu sehen, auf den Knien im Regen, unfähig, auch nur noch ein Wort herauszubekommen.

Wie ein rabenschwarzer Engel kniend.

»Was machst du da?«, fragt Kroll, aber er spricht gar nicht. Das hinuntergeschluckte Kind in seinem Bauch redet mal wieder.

»Halt deinen Mund, oder willst du auch den Gürtel?« Sein Vater, sein richtiger Vater, dreht sich nicht einmal um, um ihn anzusehen. Er macht etwas mit seinem Ding und dem Mund von Mutter. Das Geräusch ist so hässlich, dass er sich die Ohren zuhalten muss. Aber er hört es trotzdem, weil es Geräusche gibt, die hört man sogar, wenn man stocktaub ist. Ganz nah spürt er Lisbeth an seinem rechten Ohr, weil sie neben ihm sitzt.

Hat er das etwa vergessen? Es kommt ihm so vor, kann aber eigentlich gar nicht sein. Er kann sich doch an alles erinnern.

Dennoch: Die Erinnerung ihrer Lippen an seinem Ohr fühlt sich so frisch an, als würde es gerade jetzt passieren. Sie kann nur ein Lied, und sie hat es gelernt, weil sie die Vögel an der Wand seines Zimmers so mag.

Kommt ein Vogel geflogen.

Lisbeth singt es gar nicht, sie schreit es in seinen Kopf hinein.

Kroll schiebt den Gedanken weg, wischt über sein tropfnasses Gesicht und greift in beide Jackentaschen. Die Maske in der linken Tasche fühlt sich warm an, die beiden Messer in der rechten kalt wie Eis.

Ein großes Messer.

»Ein großes Messer braucht man immer, für die großen Aufgaben«, flüstert Kroll und spricht seinem neuen Vater nach, dem Schulrektor. Dem mit den Augen wie Ozeanen, in denen längst kein Fisch mehr lebt.

»Und ein kleines Messer braucht man für die feinen Dinge, merk dir das.« Er nickt und bewegt seinen Zeigefinger über die Schneide. Ein heller, kurzer Schmerz, der alles rot macht.

Cordes steigt behäbig aus dem Auto aus. Mein Gott, ist der alte Mann langsam und wackelig auf den Beinen! Beinahe tut er ihm leid, aber nur beinahe. Ungeschickt hantiert er mit einem Regenschirm, schafft es aber nicht, ihn zu öffnen.

Ebenso wenig wie er selbst es geschafft hat, die Leiber zu öffnen. Knorrig und verwachsen die Körper und alles viel zu groß.

Vater hat an Mutter üben können.

Aber er? Katzen zu zerschneiden ist keine große Sache, wenn sie erst einmal aufgehört haben zu atmen.

Poch, poch, poch, das Herz, für immer still.

Jetzt im Nachhinein muss sich Kroll eingestehen, dass es sinnlos gewesen ist und viel zu viel Aufwand. Das Chloroform und die Schatten und das Verstecken. Er hätte ihnen einfach die Kehle durchschneiden sollen. Mit einem Schnitt, ruckzuck, um sich an das Blut zu gewöhnen.

In Katzen wohnen keine Gespenster.

In Menschen dagegen schon, allerdings hausen sie nicht zwischen den Herzkammern, das war ein Irrtum gewesen. Sie rumoren in den Bäuchen, haben sich eingenistet in den Knochenhöhlen.

»Marlene«, sagt Kroll und fühlt dabei, dass das Mädchen alles sühnen wird. In ihr leben sie alle, die dreizehn Gespenster. Die ihn endlich heimbringen und alles wiedergutmachen.

»O je!« Kroll schüttelt den Kopf, denn Cordes bricht die Tür einfach auf, nachdem er ein-, zweimal daran gerüttelt hat. Mit einem Brecheisen. Ganz leise kann er das Holz splittern hören. Das Erzbistum wird sich freuen! Mit hochgeklapptem Kragen und großen Schritten bewegt sich nun auch Kroll zum Haus der vergessenen Seelen.

Cordes hört den Regen aufs Dach prasseln. Noch nie im Leben hat er eine Tür aufgebrochen, aber es ist leichter gegangen, als er es sich vorgestellt hat. Gott sei Dank hat er das Brecheisen noch in seinem Auto gefunden, ein Überbleibsel von einem versuchten Einbruch vor fünf, sechs Jahren. Er legt es leise auf den Fußboden, schaltet das Neonlicht ein und sieht sich um. Ein großer Raum mit einigen Tischen und Stühlen, an den Seiten zahlreiche Pappkartons aufgestapelt. Neugierig klappt er einen davon auf: Bibelhefte für Vorschulkinder mit einem Jesus als Comicfigur. Jesus steht auf dem Wasser und trägt ein Fragezeichen über dem Kopf statt eines Heiligenscheins.

Ein lautes Donnergrollen lässt die Fensterscheiben vibrieren, es riecht nach Staub und verbrauchtem Atem. Dennoch ist es kein dunkler Ort, nichts, vor dem man sich fürchten müsste. Cordes hat etwas anderes erwartet, eine Räumlichkeit voller Spinnweben und Knochen etwa, einer riesigen Gruft gleich. Für ein, zwei Sekunden wackelt das Licht, aber selbst im Schattenspiel taugt das Geisterhaus nicht zum Albtraum.

Sicherheitshalber blickt er auf sein Nokia und ist beruhigt, auch hier Empfang zu haben. Moritz hat nicht angerufen, Cordes nimmt sich vor, gleich nach Hause zu fahren. Vielleicht wird er auf dem Weg zurück eine Pizza beim Supermarkt mitnehmen, um ihn damit zu überraschen. Er selbst wird keinen Bissen runterbekommen, das weiß Cordes, denn er muss noch zu Lisbeth, und das liegt im schwer im Magen. Er muss sie noch heute zu ihrem Bruder befragen.

Zu Michael, der einfach so, von einer Stunde zur nächsten, verschwunden war, um ein anderer zu werden.

Weit entfernt singt eine Feuerwehrsirene; entweder ein Blitzeinschlag oder ein vollgelaufener Keller. Was ja bei dem Wetter kein Wunder …

Der Keller!

Cordes schlägt sich vor den Kopf und ärgert sich. Beinahe wäre er wieder der einfältige Polizist von damals gewesen, der nur einen flüchtigen Blick riskiert und deshalb nichts sieht. Vielleicht gibt es ja auch hier einen Keller, einen Lagerraum, was auch immer.

Cordes durchschreitet den Saal, seine Schuhe quietschen auf dem Parkett. Hoffentlich hält der Strom durch, denn seine Taschenlampe hat er ja seit dem Vorfall hinter Utrechts Haus nicht mehr. Eigentlich hat er sie längst holen wollen, es dann aber immer wieder vergessen.

»Wird schon gutgehen!«, spricht er sich Mut zu und sucht die hinteren Wände ab. Nichts. Außer den Heiligen auf den Ölgemälden, die mit Pfeilen in den Rippen herunterschauen und stumm bleiben.

An der Ostseite ein kleines Kruzifix, ein Weihwasserkessel. Eine Vase mit vertrockneten Blumen, deren staubige Blütenblätter wie farbige Augen am Boden liegen. Hier reden sie also von der Auferstehung und vom Himmelreich, denkt sich Cordes und will eigentlich wieder kehrtmachen. Dann aber entdeckt er die Treppe nach unten, ein wenig versetzt und versteckt.

Für eine Sekunde bleibt er stehen und blickt hinter sich. Klappernd drückt der Sturm die aufgebrochene Tür gegen die Wand. Langsam bildet sich dort eine große Regenpfütze, aber es bekümmert ihn nicht sonderlich. Seine Hand legt sich auf die Pistole, sein Atem pfeift ungesund.

Im Augenwinkel glaubt er einen Schatten gesehen zu haben. Aber da ist nichts, keine Menschenseele weit und breit.

Draußen schlägt ein Blitz nahe der Kirche in einen Baum ein.

KAPITEL 24

Lisbeths Herz ist entzwei, jedenfalls fühlt es sich so an. Als würde ein Teil davon nicht ihr gehören, ein amputiertes Ding ohne Frequenz, ohne Blutfluss, ohne auch nur eine einzige Regung.

Wie in aller Welt hat sie das alles vergessen können? Verdrängen, wegstecken und vergraben?

»Ja?«, hört sie aus einem der Zimmer Mutter flüstern, wenngleich sie weiß, dass das alles ja gar nicht sein kann. Die Toten sind tot und bleiben es auch, Gespenster gibt es nicht.

Nur.

Nur in den Kinderträumen.

Vater, der in der Küche sitzt, halb schlafend, gekrümmt am Esstisch. Vor seinen abgestützten Armen ein kleiner Speichelsee, eine Flasche Bier und eine Flasche Korn als Leuchttürme dieses brachen Gewässers. Großmutters Beten und Flehen, ein Kauderwelsch, das alle Nerven abwetzt.

Und draußen der neue Nachbar, der keinen Namen hat, weil ihn niemand danach fragt. Er sitzt da und hört Radio. Jazzmusik, viel zu laut für diesen Ort, in dem alles leise ist, sogar die Liebe, wenn es sie hier überhaupt jemals gegeben hat.

Lisbeth geht aus dem Haus, hinein in das Unwetter, bleibt auf dem Hof stehen. In ihren Gedanken allerdings steht sie neben Mutter in Michaels Zimmer, Wochen, nachdem er weggelaufen ist.

Weil sie es gesagt hat.

Ungeschickt und schief klebt Mutter Zeitungspapier auf die Vogeltapete, die Hände voll mit Kleister, und sie weint.

Lisbeth, die inmitten des Zimmers sitzt und alles beobachtet. Herausoperiert das Bett, der Schrank und die Kommode, hastig entfernt, zertrümmert, zerlegt und weggebracht.

Michael kommt doch wieder. Wo soll er denn jetzt schlafen?

Sei still, sonst hört dich Vater.

Aber …

Wenn Michael wiederkommt, dann kaufen wir ein neues Bett. Alles neu. Damit er es schön hat, ja?

Hat Lisbeth das alles gehört oder nur dahingeträumt? Sie riecht den feuchten Kleister und die nassen Zeitungen, durch die hindurch die Tapetenvögel zwitschern, so lange, bis alles getrocknet ist, bis man sie weder hören noch sehen kann.

Lisbeth bleibt stehen und schaut zum tiefschwarzen Baldachinhimmel hinauf. Schwere, eiskalte Regentropfen benetzen ihr Gesicht und durchweichen Jeans und T-Shirt. An den nackten Füßen klebt Dreck.

Hier ist sie gestanden, vor über dreißig Jahren, und hat gesungen. Erst ganz leise, dann aber doch laut. Kommt ein Vogel geflogen, von der Mutter. Von der Mutter einen Gruß. Einige Zeilen vergessend, weil sie so aufgeregt war und so voller Sorge und Vorfreude. Dass Michael gleich hinter einem der Büsche hervorspringen wird, die Haare schmutzig und wild, völlig ausgehungert. Einer verschreckten Katze gleich, die wochenlang sehnsüchtig darauf gewartet hat, sich endlich wieder aufwärmen zu dürfen.

Nicht sehr weit entfernt ächzen die Äste an den hohen Bäumen, brechen ab und lassen sich vom Sturm davontragen. Sie blickt hinüber zu Utrechts Haus und meint den fremden Nachbarn zu sehen, der dort vor ihm gewohnt hat. Mit seinem Transistorradio, die Antennen lang und verbogen.

Aber halt!

Das stimmt ja gar nicht. Da war sie schon älter gewesen, um die sieben, acht Jahre. Zu jener Zeit von Michaels Verschwinden hat da noch niemand gewohnt. Und trotzdem hat sie sich damals gedacht: Die Musik ist so laut, die muss doch jemand hören!

Vielleicht Michael. Aber sein Name war bereits zerrissen, die Buchstaben verbrannt, verweht in alle Winde. Leer das Zimmer und ausgelöscht das Kind in den spärlichen Wortfetzen am Küchentisch, als hätte es ihn nie gegeben. Als wäre er nie atmend zur Welt gekommen, eine lebende Totgeburt.

Aber dann Charlie Parker, Moondog und Miles Davis, allesamt blechern und verzerrt, aus einem winzigen Lautsprecher, etwa zur selben Zeit, als das mit dem Suchen und Finden angefangen hat. Mit Moritz, flüsternd in den Abwasserrohren. Niemals Katzen oder Hunde oder Schlüssel gesucht, immer nur Michael. Es aber doch nicht gewusst, nur vage gespürt.

Marlene ruft nach ihr, laut und lange, aber Lisbeth dreht sich nicht um. Viel zu schrill die Gedanken in ihrem Kopf und die Herzschläge in ihrer Brust, viel zu bleiern die eingegrabenen Traumbruchstücke.

»Das wollte ich nicht. Hörst du? Ich wollte nicht, dass du für immer gehst!« Erst leise, dann schreit sie es gegen die Sturmböen an.

»Hilfe! Mama, hilf mir!«, schreit beinahe gleichzeitig Marlene, panisch. Lisbeth aber glaubt, sich selbst zu hören, aufgewacht nach einer bösen Nacht vor gefühlt hundert Jahren in einem viel zu kleinen Bett in einem viel zu großen Haus.

Zwei, drei Blitze schlagen beinahe gleichzeitig ein.

Und dann ist plötzlich alles dunkel.

So dunkel, dass Cordes sich den Kopf an einem der Holzbalken anschlägt. Im unteren Vorraum, der viel zu niedrig ist und so schmal, dass er sich kaum bewegen kann. Oben geht die kaputte Tür unablässig auf und zu, wie kleine Revolverschüsse zerreißt ihr Klappern die tonlose Finsternis. Jetzt könnte er die Taschenlampe verdammt gut gebrauchen. Stattdessen sucht er nach seinem Feuerzeug und stößt einen Seufzer der Erleichterung aus, weil er eine Sekunde lang fest davon überzeugt gewesen ist, es im Auto liegen gelassen zu haben. Er wird sich kurz umsehen und dann so schnell wie möglich wieder zu seinem Auto gehen. Dann wird er zwei, drei oder vier Zigaretten rauchen und vielleicht sogar ein wenig Gras. Enge Räume sind ihm schon immer zuwider gewesen, er hasst das. Und die züngelnde Flamme macht es nicht unbedingt besser, erweckt erst die Totengesichter an den Wänden, mit ihren Schatten, ihrer Angst.

Zwei Türme aufgereihter Plastikstühle, auf den beiden oberen eine fingerdicke Staubschicht. Ein abgenommenes Jesusbild, das an der Wand lehnt – der Sohn Gottes mit einem leuchtend roten Herzen auf seiner Tunika. An der Wand gegenüber ein Bücherregal, Cordes überfliegt die Titel. Religionsbücher für wankende Ungläubige, für jene Kinder, die während der Sonntagsmesse nur Unfug treiben, statt den Herrn zu lobpreisen. Alles kein sonderlicher Fund, wäre da nicht dieser Luftzug, den er auf seiner verschwitzten Stirn spürt. Ein eiskalter Hauch, der durch die Bücher strömt. Atemzüge aus einem verborgenen Ort, vielleicht einer Krypta, mit Gebeinen und Geheimnissen, die er eigentlich gar nicht kennen will.

»Ach, sieh mal einer an!«, flüstert Cordes, und würde er nicht selbst so einen heimlichen Raum sein Eigen nennen, wäre er vielleicht einfach so wieder nach oben gegangen, ohne sich viel dabei zu denken. Elend heiß ist das Feuerzeug inzwischen geworden, er legt es auf einen der Stuhlberge und fängt an, das Regal zu bewegen.

Nicht weit entfernt glaubt er einen Baum zu hören, der auf die Straße kracht. Glas splittert, eine dieser neumodischen Autoalarmanlagen fängt an zu wimmern. Sollte er diesen Tag überleben, wird er morgen einiges zu tun haben. Allerdings sind die Leute anscheinend schlau genug, um nicht ihn, sondern besser gleich die Feuerwehr anzurufen. Vielleicht trauen sie ihm auch nicht, durchaus möglich. Letztlich ist er froh, dass er sich gerade nicht auch noch um diese Dinge kümmern muss.

Mit erneut aufflammenden Schmerzen in der Hüfte stemmt er sich schließlich gegen das Regal, aber das Miststück ist offenbar schon lange nicht mehr bewegt worden. Erst als er es wütend nach vorn kippt, die Regalbretter nachgeben und ihre Andachtsbücher schwallartig erbrechen, kann er die Holzkonstruktion weit genug von der Wand wegschieben, um eine Tür dahinter zu erahnen. Ein verstörendes Déjà-vu, er sieht sich selbst in seinem eigenen Hinterzimmer, sieht sich durch lose Blätter waten, die Fotografien der toten Kinder an den Wänden. Lisbeths Traumgesichte unausgesprochen in der staubigen Luft flirrend.

Sollte abgeschlossen sein, wird er noch mal nach oben gehen, um das Brecheisen zu holen. Er zögert, schlüpft dann keuchend hinter das Regal und holt tief Luft. Leichengeruch kann er nicht ausmachen, nur Staub und Mäusedreck, den Duft von ewig langen Sommertagen und zu feuchten Herbstnächten. Vielleicht hat der Pfarrer dort auch nur die alten Gebetbücher gesammelt oder Sterbebildchen von Leuten, die keiner mehr kennt.

Obwohl er nicht glaubt, dass dort jemand auf ihn warten wird, öffnet Cordes den Riemen am Halfter seiner Pistole. Er hat Angst, spürt es in seinem Bauch und seiner Blase, fühlt sich nervös und ein wenig überfordert. Der Mund trocken, die Hände schweißnass. Natürlich hat er das Feuerzeug prompt auf dem Stuhl liegen gelassen, kann es nicht mehr erreichen. Zögernd fasst er zur Türklinke, drückt sie nach unten und hört das Schnappen eines sich öffnenden Schlosses. Sofort wird der penetrante Geruch abgestandener Luft stärker, weiter hinten glaubt er ein paar Mäuse davonhuschen zu hören.

Cordes schlüpft hinein, und obwohl es dunkel ist, ist er überrascht von der Größe des Raumes. Durch die zugewachsenen Lichtschächte dringt nur wenig Helligkeit, lediglich etwas Mondlicht, das dann und wann zwischen den Unwetterwolken hervorschimmert.

Es ist ein Klassenzimmer.

Mit niedrigen Holztischen, dahinter jeweils ein Stuhl. Die Stühle stehen nicht auf den Tischen wie in jeder Schule vor Ferienbeginn. Hier wollte jemand am nächsten Tag wiederkommen. Cordes geht langsam, macht winzige Schritte, um über nichts zu stolpern. Wenn es nur nicht so gottverdammt finster wäre! Er blickt zurück und spielt kurz mit dem Gedanken, doch noch das Feuerzeug zu holen.

Denk nach.

Er sucht seine Hosentaschen ab, findet aber nichts außer seine Schlüssel, Tabletten und den Beutel Gras. Sogar die Zigaretten hat er im Auto liegen gelassen. Fündig wird er allerdings in seiner Hemdtasche, er zieht das Nokia heraus und macht es an. Das Display leuchtet blau und kaum merklich, aber doch genug, um wenigstens ein bisschen zu sehen.

Tische.

Stühle.

Da sogar ein Paar Hausschuhe. Kindergröße, mit Elefanten darauf.

Ganz vorn, das kann er erahnen, eine Tafel. Sie ist zugeklappt. Als er näherkommt, sieht er auch ein Pult, das viel höher ist als die Stühle davor. An der Wand dahinter ein Kruzifix, flankiert von je zwei elfenbeinfarbigen Kirchenkerzen. Sie sehen nicht aus, als hätten sie immer gebrannt. Vielleicht nur, wenn ein ganz böses Kind vor Jesus beten musste. So stellt sich Cordes das vor, und ihm wird übel dabei. Als er selbst noch zur Schule gegangen war, hatte man ziemlich viel von Ohrfeigen und Kopfnüssen gehalten, umso weniger dafür von Lob und Zuversicht. Noch heute träumt er davon, wenn er zu viel oder zu wenig Oxycodon in seinem Blut hat – und manchmal glaubt er sogar, dass er genau aus diesem Grund Polizist hatte werden wollen. Wegen der Ungerechtigkeit und wegen seines Drangs, Menschen zu helfen, statt sie zu bestrafen.

Oben schlägt weiterhin die Tür an, und ganz nah ballt sich ein leises Mahlen zu einem mächtigen Donnern. Wahrscheinlich ist der Strom immer noch weg, denkt er und dabei fällt ihm ein, dass er ja gar nicht nach einem Lichtschalter gesucht hat.

Du musst dich konzentrieren!

»Ist ja gut, ist ja gut!«

Er sucht den Schreibtisch ab und findet tatsächlich in einer Schale Reißzwecken auch eine Schachtel Streichhölzer, die er unwillkürlich schüttelt. Wie winzige Knochen, Kinderknochen, in einem Sarg, der vom Sturm durchgerüttelt wird – so hört sich das an, und er lässt es deshalb sofort wieder sein.

Beide Kerzen zündet er an, eine nimmt er aus der Halterung. Das warme Licht malt Nuancen an die gekalkten Wände, Erinnerungsfetzen aus einer anderen Zeit. Mädchen mit Zöpfen und Buben mit abstehenden Ohren. Es zeichnet die verlorenen Kinder mit groben Strichen auf das dreckig gewordene Weiß, Schattenspiele einer Zeit, die es eigentlich nie hätte geben dürfen.

Waren sie hier unten gesessen, während er selbst oben in seinem Büro tatsächlich geglaubt hatte, diese kleine Stadt wäre ein guter Ort? Hatten sie Kind für Kind durch diese Tür schlüpfen müssen, den Blick gesenkt? Nicht um Addition und Subtraktion zu üben, nicht um Hauptwörter und Verben richtig schreiben zu lernen – nein, allein, um demütig zu verstehen, dass sich nach einem Abgrund ein weiterer auftun kann. Ein noch viel tieferes und noch viel schwärzeres Loch.

Ein Loch, so …

Plötzlich läutet das Nokia, das er auf den Schreibtisch gelegt hat, summt und brummt, und während Cordes sich fahrig danach umdreht, um den Anruf anzunehmen, tropft heißes Wachs auf seine Hand und seine Schuhe.

»Wo, wo bist du?«, fragt Moritz leise.

Er hat Angst, das kann Cordes hören.

»In dem Haus, du weißt schon.« Er will ihm jetzt nicht auch noch etwas von Geistern erzählen.

»Oh. Das G-Haus? Das ist gruselig. Wann kommst du?«

»Ich komme gleich, ja?«

»Kein. Kein Strom. Aber Telefon geht. Hab ich ausprobiert. Geht. Zaubertelefon.«

»Das hat eine andere Leitung und … ich erklär es dir zu Hause. Ich beeile mich, ja?« Cordes ist froh, sich nie so ein neumodisches Ding ohne Kabel angeschafft zu haben.

»Ich. Ich vermiss dich«, schnieft Moritz.

»Ich dich auch.« Cordes wartet, bis Moritz aufgelegt hat, dann lässt er Wachs auf die zerkratzte Schreibtischplatte laufen und drückt die Kerze darauf fest.

Äste der nahen Bäume rütteln an den oberen Fenstern, übergelaufenes Regenwasser rinnt die Außenmauern herunter. Und hat er nicht noch etwas gehört? Schritte, wie neulich hinter Utrechts Haus? Er hält den Atem an, kneift die Augen zusammen, aber er ist allein hier, das ist sicher. Trotzdem ergreift ihn eine gewaltige Angst – jene Angst, die er von Unfällen her kennt. Wenn er sich einem verunglückten Fahrzeug nähert und nicht weiß, was ihn dort erwartet. Ein abgerissener Arm vielleicht oder gar ein totes Kind.

Zähl bis zehn. Cordes macht es, und er macht es langsam. Zwar kann er damit die Angst nicht völlig vertreiben, sie lodert aber immerhin nicht mehr ganz so stark.

Sieh nach. Und auch das tut er. Zieht die Pistole aus dem Halfter, sie fühlt sich viel zu schwer an, und lässt das Magazin in die Handfläche fallen. Cordes ist sich sicher, dass er vergessen hat, sie zu laden, oder es vielleicht auch gar nicht vorhatte. Schusswaffen sind ihm immer schon nicht geheuer gewesen. Zu seiner Überraschung ist das Magazin allerdings voll, die Patronen schimmern matt. Zum ersten Mal seit langer Zeit lädt er die Waffe durch und lässt den Hahn gespannt. Vorsichtig legt er die Heckler & Koch neben die Kerze, den Lauf von sich gewandt.

Meine Güte, wie gern würde er jetzt eine Zigarette rauchen! Den Staub- und Regengeruch vertreibend, sich einfach so auf den Stuhl setzend und abwartend. Stattdessen zieht er die Schubladen des Schreibtisches auf – Fröbe hatte sich hier offenbar sehr sicher gefühlt, denn keine davon ist abgeschlossen. Es war sein ganz eigenes Totenreich, ein

Totenreich mit lebenden Kindern, die es allerdings ahnten: dass das Sterben unter jedem Stuhl saß wie ein bissiger Hund.

Erste Schublade: Büroklammern, Bleistifte, Reißzwecken. Ein Gürtel. Cordes mag ihn nicht anfassen.

Zweite Schublade: Schulhefte mit ausgeblichenen Namen darauf. Einige davon kennt er, es sind die Namen der toten Kinder auf den Polaroidfotografien. Andere sind ihm fremd, klingen wie unheimliche Zeugen einer tuscheschwarzen Zeit. Zögernd schlägt er das Heft von Anton auf – vom traurigen Anton, den sie unten beim Forellenweiher gefunden haben. Eine Kinderschrift, fahrig und ungenau, Zeile für Zeile:

Ein Engel kann in den Himmel hinauffliegen.

Ein Teufel kommt in die Hölle.

Cordes kann die Angst spüren, die Anton beim Schreiben gefühlt haben muss, und er schlägt das Heft wieder zu. Leise hört er Fröbe diktieren, vielleicht mit dem Gürtel in der Hand oder einem Rohrstock oder einem Messer. Er schwitzt und friert zugleich, wischt sich über Mund und Augen, muss auf dem schnellsten Wege hier raus. Dennoch wagt er sich an die dritte Schublade, jene ganz unten: Darin liegen nur Briefe. Es sind an die hundert Schreiben. Cordes fächert sie kurz auf, allesamt sind sie an Fröbe, den Herrn Rektor, adressiert.

Sucht.

Und findet schließlich auch ein paar Briefe von Lisbeths Mutter. Erst als er sich setzt, merkt Cordes, wie sehr ihm die Hüfte wehtut, der Schmerz zieht sich inzwischen hinauf bis in die Schulterblätter, aber er achtet nicht sehr darauf. Vor ihm ausgebreitet die Kuverts, er zieht die Papierbögen heraus, faltet sie auf.

Für meinen Buben, steht da immer als erste Zeile. Cordes liest die Briefe, sie sind nicht sehr lang. Es ist eine Art Märchen, vielleicht hat sie ihm jede Woche einen Teil davon geschickt, damit er sie nicht vergisst. Cordes allerdings bezweifelt, dass Fröbe je einen dieser Briefe tatsächlich ausgehändigt hat. Keinem der Kinder.

Es ist die Geschichte von den dreizehn Gespenstern. Die sich auf die Suche machen nach einem verlorenen Kind. Sie sind allesamt freundlich und gütig, sie sind warmherzig, und vor ihnen muss man keine Angst haben.

Sie passen auf dich auf, Michael, steht im letzten Brief, den Cordes soeben in Händen hält. Eingelegt in das dünne Papier ein Fünfzig-Mark-Schein, unberührt. Um Geld ist es Fröbe scheinbar nicht gegangen.

Nur um Macht.

Um die Herzen.

Cordes blickt auf, und im ersten Moment glaubt er, tatsächlich ein Gespenst zu sehen. Ein Trugbild, hervorgerufen durch das konzentrierte Abtasten der Buchstaben.

Aber es ist kein Gespenst.

Vor ihm stehen Michael Broussard und Michael Fröbe gleichzeitig. Von Michael Kroll weiß Cordes noch nichts.

Es ist das Kalkgesicht, aber diesmal trägt es keine Maske. Denn auch so schimmert seine Haut so weiß wie Porzellan.

Noch bevor Cordes etwas sagen, ja, sogar bevor seine Hand nach der Waffe auf dem Tisch greifen kann, sieht er zweierlei: Michael hat sich die Schuhe ausgezogen, weshalb er ihn nicht kommen gehört hat. Und: Michael hält das Brecheisen in der Rechten, hebt es an.

Es rast auf Cordes hernieder.

Zum zweiten Mal an diesem Tag wird alles um ihn herum stockfinster.

KAPITEL 25

Marlene ist verschwunden.

Sie ist nicht mehr im Haus, auch nicht im Garten. Nirgendwo zu finden. Lisbeth ruft nach ihr, bleibt aber ohne Antwort. Nur das Unwetter tobt über und in ihrem Kopf weiter.

Er hat sie geholt.

Sie ihr entrissen, einfach so.

Michael mit den pechschwarzen Augen.

Während sie den Himmel, die Engel und die Teufel angefleht hat, sich endlich ganz erinnern zu können. Sie hat nicht auf Marlene aufgepasst, und jetzt ist es zu spät. Er wird ihr wehtun wollen, das spürt Lisbeth, und sie taumelt und wankt. Weit weg eine Feuerwehrsirene, Hunde bellen. Die Tür ihres Hauses steht sperrangelweit offen, es regnet hinein. Obwohl es nicht sein kann, hört sie die Vögel der Kindertapete zwitschern – ihr Gesang gequält, sterbend.

Marlene.

Ein Rufen, ein Flüstern. Lisbeth läuft wieder hinein, rennt die Treppe hinauf, reißt Türen auf, sucht in den Schränken, unter dem Bett – aber es gibt keine Menschenseele mehr in diesem Haus. Von der Garderobe greift sie sich die Taschenlampe, die dort für Notfälle hängt, ihr heller Strahl zerreißt die Nacht.

Das darf nicht sein! Es kann nicht sein. Marlene wäre doch davongelaufen, hätte nach ihr gerufen. Sie gesucht.

Utrecht. Natürlich! Sie wird zu Utrecht gelaufen sein. Aus blanker Furcht vor den Gestalten im Schatten, die der Sturm von den Bäumen geschüttelt hat. Lisbeth ruft nach Utrecht, schreit nach ihm, aber alles bleibt stumm. Durchnässt und frierend stolpert sie über den Hof, überspringt metertiefe Pfützen, lässt sich vom Sturm tragen, atmet gegen den Wind und weicht den Blitzen aus, verborgen ihr Wehklagen in den Donnerschlägen.

Sie muss einfach dort sein.

Vielleicht versteckt sie sich zusammen mit Utrecht im Keller oder in den Mauerritzen, mit den Katzen, die ebenfalls nicht zu Hause sind. Aufgesprengt durch das Unheil des Himmels und das ihrer Seele, die viel zu viel und dennoch zu wenig herausgewürgt hat, um alles verstehen zu können. Sie hat ihr sicherlich Angst gemacht, das ahnt Lisbeth, und sie könnte sich selbst dafür ohrfeigen. Alles ist ihr entglitten, die Nerven blankgeschabt und das Herz aus dem Takt, als wäre es krank. Und vielleicht ist es das ja auch – schon seit sehr langer Zeit.

Die Tür zu Utrechts Haus steht offen, und Lisbeth deutet es als gutes Zeichen. Denn sonst hat er ja immer alles verschlossen, selbst wenn er nur zur Garage geht.

»Marlene! Utrecht!« Lisbeth fällt in den Flur hinein, atemlos, und sie bemerkt augenblicklich die unangenehme Stille. Der Geruch von altem Zigarettenrauch mischt sich mit dem von frisch gefallenem Regen. Die Küche ist verwaist, auf dem Tisch stehen ein voller Aschenbecher und eine leere Kaffeetasse, es liegt dort auch ein Schreiben, das sie aber nicht weiter beachtet – viel zu aufgeregt ist sie.

Weiter.

Auch das Wohnzimmer ist leer, egal, wie lange sie die Ecken ableuchtet. Nur ein altes Sofa und ein noch älterer Stuhl warten hier auf ihren Verfall. Ein hässlicher Tisch, auf dem ein Buch liegt. Ein Computer nahe dem Fenster.

Aber keine Marlene. Auch kein Utrecht. Erneut ruft sie ihre Namen, doch niemand antwortet. Hektisch senkt sie die Taschenlampe und schließt für eine Sekunde die Augen. Sie hat Angst, Blut zu entdecken. Doch es ist kein Blut zu sehen, nicht ein einziger Tropfen, auch an den Wänden nicht. Wenigstens sind sie nicht verletzt, denkt sich Lisbeth und stößt einen tiefen Seufzer der Erleichterung aus.

Hinten. Hinten ist noch ein Zimmer. Danach wird sie nach oben laufen, wo Utrecht vermutlich sein Schlafzimmer hat.

Es gibt auch noch den Dachboden.

Und den Keller, vergiss den Keller nicht.

Tausend Gedanken in ihrem Kopf. Würde sie sich in einem Keller verstecken, aus dem sie nicht mehr fliehen kann? Oder gar auf einem Dachboden? Eher nicht. Dass Räume wie Kerker sein können, aus denen man nicht mehr entwischen kann, weiß jedes Kind. Außerdem: Weshalb sollte dann die Haustür offen stehen?

Lisbeth stößt sich die Zehen an einem Schemel an, flucht laut auf und humpelt weiter in den hinteren Raum. Der vermutlich auch leer sein wird, sonst hätten sie doch längst schon auf ihr Rufen geantwortet. Vor allem Marlene, die sich ja so wie sie vor der Dunkelheit fürchtet.

Doch dieser Raum ist nicht leer. Jedenfalls nicht völlig. Sie betritt das quadratische, nicht allzu große Zimmer und stolpert jäh zurück. Weil sie im ersten Moment glaubt, es würden Dutzende Gesichter auf sie niederstarren. Erst beim zweiten Hinsehen erkennt Lisbeth, dass es Fotografien sind. Ein Gesicht, zigmal reproduziert. Lisbeth kennt den Jungen auf der Fotografie, kennt ihn von der Schule. Sie muss an verbrannte Haare und angesengte Haut denken, hat den Geruch sofort in der Nase. Und gleichzeitig Fröbes Stimme. Ein Schreien, ein Keuchen, ein Husten und eine Tür, die nicht aufgeht. Cordes, der sie wegzieht und nicht schießt.

Ganz leise hört sie die Weihnachtslieder von damals. Das Weinen und Kreischen der Verbrennenden. Sie muss hier raus.

Sofort.

Der Kegel der Taschenlampe durchstreift das Zimmer, aus der Dachrinne plätschert Regenwasser. Lisbeth stolpert zurück, atmet viel zu schnell und zu kurz, spürt, dass ihr rechter großer Zeh vermutlich gebrochen ist.

Kommt.

Ein Vogel.

Geflogen.

Krampfhaft verdrängt sie das Summen des Liedes in ihrem Kopf, will es nicht hören. Sämtliche Geräusche brechen auf sie ein, als wäre sie auf einem Segelschiff in höchster Seenot, mit brechenden Masten und kaltem Eiswasser bereits auf dem Oberdeck.

»Michael! Michael Broussard!«

Als kleines Mädchen hat sie den Namen manchmal so gerufen, wenn er sich wieder einmal hinter den Büschen versteckt hielt, um für die Welt unsichtbar zu werden. Aber auch Michael bleibt stumm. Sie will gehen, sieht jedoch im letzten Moment etwas auf dem Schreibtisch, was sie nicht richtig einordnen kann. Eine Skulptur, ein Etwas, schwarz und glänzend zugleich. Lisbeth durchquert den Raum, ohne weiter auf die Fotografien an den Wänden zu achten.

Ein Messer steckt in der Schreibtischplatte. An ihm lehnt eine Schallplatte. Lisbeth nimmt sie in die Hand. Mit einer Schere wurde das Etikett schlampig herausgeschnitten, sodass nur noch die ersten drei Buchstaben zu lesen sind: Bil. Wahrscheinlich Billie Holiday. Zitternd hält Lisbeth die Schallplatte gegen das Fenster, sieht darin das Lichtspiel des Unwetters, und weiß nicht, was das Ganze zu bedeuten hat.

Ich schneide alles heraus.

Die Mitte des Lebens.

Auch Herz genannt.

Denkt sich Lisbeth plötzlich, lässt das Vinyl fallen, zieht das Messer aus dem Holz und läuft aus dem Haus, hinein in den Regen.

Ein See. Es muss ein See sein, in dem er untergegangen ist, warum auch immer. Cordes strampelt und windet sich, und endlich kann er nach oben schwimmen. Kann sich aus den Fängen des Ungeheuers dort unten befreien. Mit einem Ruck durchbricht er die Wasseroberfläche und schnappt nach Luft. Sie ist kalt, und sie ist gütig, sie füllt seine staubtrockene Lunge mit dem Geschmack nach Wasser.

Es regnet.

Cordes schaut zum Himmel hinauf, sieht aber keine Wolke. Dennoch: Er hört es plätschern und spürt die Tropfen auf seinem Gesicht. Er will seine Stirn berühren, schafft es aber nicht. Am Ufer des Sees sieht er seinen Bruder sitzen. Valentin ist noch ein kleiner Junge, der ihn nicht einmal bemerkt. Cordes will nicht verstehen, weshalb sein Bruder plötzlich wieder ein Kind ist – bis er sich selbst dort am Wasser sieht. Auch er ist ein Junge, nicht älter als zehn, elf Jahre. Sitzt im Staub und spielt mit den Dingen seiner Kindheit.

Es regnet.

Das ist merkwürdig, denkt sich Cordes und schwimmt auf sich zu. Aber er kommt nicht wirklich voran, bleibt auf der Stelle, rudert mit Armen und schlägt mit den Beinen. Es muss die Sommersonne sein, die auf seinen Kopf niederbrennt und ihn pulsieren lässt. Sein Vater hat ihn immer vor einem Sonnenstich gewarnt, und jetzt ist es offenbar soweit. Hinter seinen Augen flammt ein gigantischer Schmerz auf, ein Schmerz, den er gar nicht richtig verorten kann. Ihm wird schlecht, auch das merkt Cordes und will nach Valentin rufen. Aus seinem Mund kommen allerdings nur wenige Silben, und diese Silben verenden noch auf dem Wasser.

Gleißend hell ist diese Sonne, und vom Blau des Himmels ist nichts mehr zu sehen. Nur noch eine unglaubliche, beinahe hässliche Lichtflut. Die jeden einzelnen Knochen ausbrennt, die Haut rötet und das Wasser um ihn herum verdampfen lässt.

Vater. Sein Vater geht am Uferrand entlang, und Cordes weiß schon im ersten Moment, dass er da jemanden sieht, der soeben dem Grab entstiegen ist, mit Staubflecken auf den guten Schuhen und Mottenfraß an der Hose. Hinter ihm Mutter in dem Kleid, in dem sie beerdigt worden ist, und Onkel Franz mit dem Glasauge, das sie zwar erst entfernt, dann aber doch wieder in sein totes Gesicht eingesetzt haben. Eine Geistersommerparade, aber was zum Teufel macht er da? Und Valentin?

Es regnet.

Verdammt noch mal, Cordes spürt sie ganz genau: die kalten Tropfen in seinem Mundwinkel. Vermengt mit irgendeinem Sirup, der über sein Gesicht läuft, klebrig und heiß. Das Seeungeheuer ist doch noch nicht tot, es zieht an seinem Bein. Immer wieder und so heftig, dass er seine Hüfte knacken hört.

Hinunter soll er in die ewig anhaltende Dunkelheit, in das große Maul hinein. Und er ist sicher, er wird dort in einer dunklen Bauchhöhle aufwachen, inmitten von gefressenem Rot, einem Ozean zerschnittener, verfaulter, stiller, aber doch noch schlagender Herzen.

Das Licht macht alles gleichgültig, und Cordes mag sich nicht länger sträuben. Mag hinuntergerissen werden und in der rabenschwarzen Dunkelheit ertrinken, um endlich der gleißenden Sonne zu entkommen. Aber gerade, als er seinen Atem anhalten will, entdeckt ihn Valentin, der auf einmal ganz nah am Ufer steht und seine Hand packt, ihn aus dem Wasser ziehen will.

»Mach dich nicht so. So schwer, Halleluja!«, schreit Valentin mit einer Stimme, die gar nicht seine ist. Cordes zwinkert den Traum weg. Ein überraschend klarer Schmerz an seiner rechten Schläfe, genau dort, wo ihn schon einmal etwas getroffen hat. Die Bilder legen sich übereinander, und für eine Sekunde wähnt sich Cordes in Utrechts Garten sitzend. Aber das stimmt nicht, es ist eine frische Wunde, die er berühren möchte, es aber nicht kann. Sein Arm ist in Mitleidenschaft gezogen, er gehorcht ihm nicht. Irgendwo geht ein Blitz hernieder, und in seinem hellen Schein erkennt er schließlich Moritz.

»Was machst du da?«, will Cordes fragen, aber aus seinem Mund dringt nur ein Blubbern. Vorsichtig untersucht seine Zunge den Mund, einige der Zähne sind nicht mehr da, wo sie sein sollten. Nur noch heiße und spitze Bruchstücke. Moritz schüttelt den Rest einer Wasserflasche über die klaffende Wunde. Es fühlt sich an wie Regen, denkt sich Cordes, aber diese Gedanken sind nur Wildbienen, die er nicht zu fangen vermag. Der Lichtkegel einer Taschenlampe, die neben Moritz auf dem Boden liegt, zeichnet das Unheil dieser frühen Nacht an die Wände. Vor sich hin schimpfend versucht Moritz einige Kompressen auf die offene Stelle mit den Hautfransen darum herum zu legen, sie mit Heftpflaster und Mullbinden zu fixieren.

»Immer. Immer wieder. Das ist kein Spaß mehr! Du musst aufpassen! Sonst ist der Kopf bald ab.« Moritz klebt einen breiten Pflasterstreifen quer über die Stirn und ist doch nicht zufrieden. Mit einem ziemlich miesen Gefühl im Bauch hat er sämtliche Verbandsmittel, die er zu Hause hat finden können, in seine Taschen gestopft. An seinem Gürtel der alte Walkman mit einer leiernden Drei-Fragezeichen-Kassette, die er als Kind oft gehört hat, wenn er nicht einschlafen konnte. Zwar hat er in der Eile keinen Kopfhörer mehr gefunden, aber allein das Surren des Walkmans hat ihn beruhigt in Dunkelheit und Unwetter. Hätte er Lisbeth erreicht, hätte er sich vermutlich gar nicht auf den Weg gemacht, zu groß war die Furcht. Natürlich hat er sich überlegt, den Polizeinotruf zu wählen, es dann aber doch nicht gemacht. Die sind ziemlich gemein zu seinem Papa gewesen und sind es irgendwie immer noch. Das weiß Moritz, und alles, was er nicht so ganz genau weiß, spürt er zumindest.

Im Zickzack, immer wieder die Augen schließend, sobald es blitzt, ist er schließlich losgelaufen. Zum Geisterhaus, in der festen Überzeugung, dass sein Vater von einem Gespenst festgehalten wird und deshalb nicht nach Hause kommen kann. Weihwasser hilft immer, das hat Moritz mal in einem Dracula-Film gesehen, von dem er manches Mal noch schlecht träumt. Und weil er zu Hause kein Weihwasser gefunden hat, hat Moritz kurzum eine Flasche Leitungswasser mit dem einzigen Gebet, das er kennt, heilig gemacht.

»Hab den Rettungsdienst angerufen. Hab ich. Kommen gleich, haben sie gesagt.« Moritz wischt das Blut aus Cordes' Gesicht und zieht ihn wieder ein wenig hin zur Wand. Eigentlich wollte er ihn nach oben schleifen, aber das hat nicht sonderlich gut funktioniert. Bis fast zum Vorraum mit den vielen am Boden liegenden Büchern hat er es immerhin geschafft. Weg von den Gespenstern unter den Schulbänken, die Moritz zwar nicht sehen, sehr wohl aber fühlen kann.

»Wird. Wird alles gut, Papa. Keine Angst. Du musst keine Angst haben. Nein«, flüstert Moritz und streicht blutige Haare aus den fiebrigen Augen seines Vaters. Die wie ein voller Mond am Unglückshimmel stehen: hell und dunkel zugleich.

Hell und dunkel zugleich stehen auch die Häuser. Die Fenster sind Augen, die Türen sind Münder, und alles schaut, und alles schreit. Lisbeth kann gar nicht hinsehen, die Leute versteckt in den Mauervorsprüngen, sie alle wie Schattenwürfe. Niemand ist auf den Straßen, nur da und dort durchnässte Katzen und frierende Hunde, vergessene Klappstühle und vom Wind gebeutelte Bäume. Überschwemmt die Vorgärten, die aufgetürmten Allerheiligenfeuer wie Kinderbausteine über die Wege verstreut. Lisbeth fühlt sich wie das hilflose junge Mädchen von damals, spürt aber auch bereits die greinende Großmutter in ihren Knochen. Erwischt sich dabei, allmählich ähnliche Gebetsfetzen im Mund zu haben, sie spuckt alles aus und wird die Buchstaben doch nicht los.

Drei Leben hat sie durchlebt. Ihr Leben mit Michael, dem Bruder, sich versteckend in den hohen Maisfeldern, den Geruch trockener Erde und frischen Blütenstaubs an den Händen. Brüchige Erinnerungsfetzen, die wie böse Thromben durch ihr Blut rauschen. Lisbeth sieht sich schemenhaft an seinem Bett stehen, während Vater unten in der Küche plärrt. Während Mutter vor dem Bett kniet und betet und Großmutter sie dabei segnet.

Dann das zweite Leben ihrer Suche und ihres Findens, ihres Vergessens und der zerschnittenen Herzen. Mit denen, und das spürt sie überdeutlich, ihr verlorener Bruder etwas zu tun gehabt haben muss. Mit Fröbe und den toten Kindern, den Albtraumnächten einer ganzen Stadt – die ja auch ihr drittes Leben bemalt haben. Jenes der Krankenschwester in der Notfallambulanz, der Mutter von Marlene. Überstrichen mit blutroter Farbe, die nun langsam abblättert.

Darunter gezeichnete Vögel, die mit den Jahren verstummt sind. Und doch singen und schreien, bevor sie davonfliegen.

Lisbeth stolpert über einen Zeitungsständer, der aus einer der stockfinsteren Seitenstraßen ragt, sie strauchelt und fängt sich wieder. Flucht und verscheucht die Dunkelheit hie und da ein wenig mit ihrer Taschenlampe. Winzige Lichtinseln, ins Schwarz gerissen. Ein tonloses Wetterleuchten bei den Wäldern. Hinter den Gardinen Kerzenlicht, der Strom ist immer noch unterbrochen, vermutlich sind gleich mehrere Überlandleitungen gerissen. Nur das blaue Licht der Feuerwehren und Rettungswägen durchbricht dieses unselige Szenenbild, lässt auf Leben in einer scheinbar ausgestorbenen Gegend hoffen.

Erneut ruft Lisbeth nach Marlene, so laut, bis ihre Lungen schmerzen. Auch von Utrecht keine Spur, sie alle sind verschwunden. So durchstreift sie die Gassen, läuft Straßen hinunter und Wege zurück. Fest umschlossen das Messer, um die Vergangenheit endlich von der Gegenwart abzutrennen wie einen bösartigen Tumor.

Vor dem Pfarrsaal glaubt sie in den Regenpfützen sonnengelbe Handzettel schwimmen zu sehen, jene von damals, aber es sind nur Laubverwehungen ohne Kinderbuchstaben. Und auch wenn sie hinter dem schmutzigen Fensterglas brennende Menschen zu erblicken meint, ist dort nichts.

Nur Stille.

Nur ihr eigener Herzschlag.

Bis sie vom nahen Friedhof her auf einmal ein Singen hört. Leise, vom Wind zerrissen, aber doch unverkennbar.

Es ist ein Kinderlied.

BLUE NOTE

DER ERSTE SCHNEE

KAPITEL 26

Rote Grabkerzen glimmen in ihren Sturmgläsern, verbreiten eine Vorahnung von Allerheiligen. Zum ersten Mal in ihrem Leben glaubt Lisbeth zu verstehen, weshalb Menschen überhaupt den Toten ein Licht bringen wollen: um das Unheimliche zurückzutreiben, sicherlich. Sie ein wenig zu wärmen, die Finsternis der Ewigkeit von hier aus zu mildern. Vielleicht aber auch, weil die Grabkerzen tatsächlich ein wenig wie lebendige Herzen aussehen, jeder Luftzug einen schwachen Pulsar imitierend.

In den tiefen Furchen der Kieswege steht Regenwasser. Einige der traurigen Bäume haben ihre Äste verloren, sie liegen wie abgerissene Gebeine auf Grabplatten und Erdhaufen. Von den Gräbern der hintersten Reihen hat der Sturm eines der Blumengebinde weggerissen.

Nein, Marlene ist nicht hier. Und auch nicht Utrecht.

Lisbeth spürt die scharfen Kieselsteine unter den nackten Füßen, aber es ist gut, denn der Schmerz macht sie vorsichtig. Nur kleine Schritte, nichts überstürzen, wenngleich sie am liebsten rennen würde – zu allen Verstecken der Welt, um endlich ihre Tochter zu finden.

Das Singen. Es war vom Friedhof gekommen. Und es war ohne jeden Zweifel ein Singen gewesen, kein Sturmgeheul und kein verletztes Tier.

Michael. Er muss hier sein. Sie spürt ihn und spürt ihn doch nicht. Wie ein Gespenst, das man unter dem Bett weiß, das aber verschwunden ist, sobald man sich ein Herz fasst und nachsieht. Lisbeth schaltet die Taschenlampe aus und schiebt sie in den Hosenbund. Noch immer fest in ihrer Hand das Messer, das sicherlich nicht Utrecht gehört.

Am Himmel ein weiteres Wetterleuchten, verzogen jedoch inzwischen die nahen Blitze, die pechschwarze Wolken zurückgelassen haben. Böig und kalt der Wind, eisig kalt sogar. Es riecht nach Schnee, dem ersten Schnee in diesem Jahr.

Sie muss ihn finden. Und dann? Lisbeth weiß es nicht und will eigentlich auch gar nicht darüber nachdenken. Viel zu sehr spürt sie, dass von ihm Gefahr ausgeht – wenngleich sie es noch nicht versteht.

Er ist weggelaufen.

Und nicht mehr wiedergekommen.

Wo aber ist er die ganze Zeit über gewesen?

Zu Hause ist nie wieder von ihm gesprochen worden, wie von so vielem. Alles nur Wortbrocken, unterlegt von der Angst, jemand könne ums Leben kommen durch Vaters Hände. Beinahe prophetisch das Beten der alten Frau, als müsse man jeden Tag den Weg ins Himmelreich sichern, falls der Tod überraschend das Haus betritt.

Lisbeth stockt. Zwischen zwei Grabsteinen, einer davon steht schief, glaubt sie etwas zu sehen. Ihr Herz schlägt wild und verdrängt ihren Atem, bis sie endlich wagt zu sprechen.

»Bist du es?« Ihre Stimme ist viel zu leise und viel zu hoch. Eine Kinderstimme, die wieder einmal aus ihrem Bauch dringt und ihr ein Schaudern über den Rücken jagt. Der Schatten zwischen den Grabfurchen bleibt stehen, verändert sich nicht. Vielleicht ein gebückter Mann oder jemand, der im nassen Gras kauert, um sie zu erschrecken.

Oder.

Nein, denk nicht mal daran.

Oder eines der Kinder mit den zerschnittenen Herzen. Auf der Suche nach seinem gestohlenen Leben, herbeigeweht vom mächtigen Sturm, heruntergeschüttelt vom höchsten Baum der Stadt.

»Sag was!« Lisbeths Stimme ist nun lauter und kräftiger, der Schatten bewegt sich, und erst jetzt erkennt sie im fahlen Schein eines Grablichts eine Katze. Eine ziemlich große, ziemlich aufgebrachte Katze mit buschigem Schwanz und bemerkenswert schlechter Laune. Sie faucht Lisbeth an und läuft davon. Sobald alles erledigt sein wird, muss sie sich auf die Suche nach ihren eigenen Katzen machen. Daran denkt sie gerade, während ein Windhauch ihren Nacken streift und seine Kälte sich über ihren Hals ausbreitet.

Seltsam, wie warm dagegen doch der Wind vom Süden her ist! Lisbeth stockt einen Augenblick, und noch bevor sie sich umsehen kann und alles versteht, hört sie ihn.

»Es hätte alles gut werden können.«

Lisbeth erschrickt und fährt herum. Sieht sein helles Gesicht und die dunklen Augen, und er kommt ihr vertraut vor, viel vertrauter als in der Ambulanz. Sie erkennt in diesem Gesicht jenes des kleinen Jungen wieder, und dennoch hat sie furchtbare Angst.

Dann ein plötzlicher Schmerz, aus dem Nichts heraus. Beinahe fühlt es sich wie der Stich einer Hornisse an, jedenfalls im ersten Moment. Aber es ist ein kleines böses Messer mit kurzer, sehr scharfer Klinge, das Lisbeth am rechten Rippenbogen erwischt. Beim Zurückziehen dreht Kroll das Messer so mühelos in seinen Fingern wie ein Artist auf dem Jahrmarkt und fügt ihr eine lange Wunde am Unterarm zu. Blut strömt in ihre Hand, und sie sieht gebannt hin. Dann eine weitere rasche Bewegung. Ohne viel Aufhebens zieht er das Messer über ihre Fingerknöchel, die Haut öffnet sich an vier Stellen, das Messer, das sie aus Utrechts Haus mitgebracht hat, fällt zu Boden.

»Wir singen das Lied von Liebe und Hass, von Liebe und Hass!« Und tatsächlich singt er diese Worte, während

Lisbeth zurückfällt, versucht sich in Sicherheit zu bringen. Obwohl sie ahnt, dass er sie töten will. Töten wird. Drei, vier Schritte weg von ihm, der Kies knirscht unter ihren Füßen. Sie atmet schwer und ist gleichzeitig heilfroh, dass er nicht tief genug gestochen hat, um ihren Lungenflügel zu erwischen. Warmes Blut läuft in den Hosenbund, rinnt an ihrem Bein entlang. Zwar kann sie ihre Finger noch bewegen, aber sie hört Gelenke und Haut schmatzen und weiß, dass der richtige, der feuerrote Schmerz bald kommen wird.

»Ich hab dich gesucht«, sagt Lisbeth und stößt mit dem Rücken an einen der Granitsteine.

»Ach, ja?« Kroll wischt die Klinge an seinem Hemd ab. Aus seiner linken Jackentasche hängt etwas heraus. Lisbeth hält es für eine Karnevalsmaske mit aufgeklebten Haarbüscheln. Er ist eindeutig verrückt. Mindestens eine psychotische Störung, denkt sich Lisbeth, wenn nicht gar mehrere. Eine Fahrigkeit, die sich entladen will, ein Gedankenkreisen, das Lisbeth beinahe hören kann, ein Surren und Summen. Sie rutscht am Grabstein vorbei, und für einen Moment entblößt sich der Mond hinter den zerrissenen Wolken. Bleiches, fast schon unnatürlich weißes Licht taucht den Friedhof in ein merkwürdiges Glimmen. Michael ist hager, seine Augen flirren. Es überrascht Lisbeth, dass er sehr gut gekleidet ist – er trägt einen Anzug, darüber einen Mantel, alles schwarz, sogar das Hemd.

»Michael. Ich habe dich jeden Tag gesucht. Und ich habe gesungen. Ganz laut.« Jetzt kommt der grelle Schmerz, sie schaut an sich hinab, weil es sich anfühlt, als hätte sie die Finger in siedend heißes Wasser getaucht.

»Und ich habe dir inzwischen dein Bett gemacht. Lisbeth.« Er geht einen großen Schritt auf sie zu, rutscht auf dem nassen Laub aus, ohne jedoch zu fallen. Kichert und rappelt sich wieder auf.

»Ich bin nicht müde.«

»Du wirst bald müde werden. Es tropft und tropft und tropft, dein schönes Blut. Das Herz schläft zuerst ein. Es sind immer die Herzen, die zuerst einschlafen.«

»So schnell stirbt man nicht.«

»Mit Erde im Mund kann man schlecht atmen. Glaube ich.«

»Du musst mich nicht umbringen.«

»Müssen? Müssen nicht, aber wollen schon. Und dann Marlene. Ich werde sie dir ins Grab legen, ja? Damit du nicht einsam bist. Und dann. Dann ist alles gut, ja?«

Lisbeth bleibt stehen und macht dann eine winzige Bewegung nach vorn. Furcht und Zorn toben gleichermaßen in ihrem Bauch, aber sie ist klug genug, nicht in das Messer zu laufen. Vielleicht will er genau das. Von Marlene ist nirgendwo etwas zu sehen.

»Sie kann nichts dafür.« Es fällt ihr schwer zu sprechen, ohne laut zu werden. Ihr wird ein wenig schwindlig und schlecht überdies. Zwar blutet die Hand nicht mehr, die Verletzung an der Rippe dagegen sehr wohl. Ewig hat sie nicht mehr Zeit, bevor er sich über sie kniet, um sein Tagwerk zu erledigen.

»Ich brauch nur ihr Herz. Mehr nicht. Ich finde sie schon noch, mach dir da keine Sorgen! Ich finde immer alles und jeden. Fast so wie du, Schwesterlein.« Kroll wischt sich über den Mund, an seiner Hand klebt ein wenig Blut von Lisbeth. Er leckt daran. Eine unwetterverwirrte Amsel flattert über sie hinweg.

»Du brauchst ihr Herz nicht. Fröbe ist tot. Du musst nichts beenden, was er begonnen hat.« Unmerklich macht Lisbeth ein paar kleine, tastende Schritte rückwärts. Sie will nicht über eine Grablampe oder einen Weihwasserkessel stolpern. Kroll hält den Atem an, das kann sie sehen. Weshalb er überhaupt etwas vollenden will, was eine Bestie begonnen hat, versteht sie nicht. Sie weiß nichts von den beiden, spürt jedoch, dass Fröbes Geist in seinen Träumen spukt.

»Bist du so dumm, Mädchen? Nein, das glaube ich nicht!«

»Fröbe kann dir nichts mehr befehlen. Ihn haben längst die Würmer gefressen.« Nicht mehr weit, und sie würden sowieso an Fröbes Grab stehen. Die Kirchturmuhr schlägt nach Mitternacht, der Himmel klart auf, von Osten her weht ein eisiger Wind.

Kroll lacht auf, er lacht so laut auf, als hätte ihm jemand einen überaus lustigen Witz erzählt.

»Ach, Vater! Der hatte immer Angst vor dem Tod. Sie kommen schon noch, deine Gespenster. Alles nur Gerede! Aber dann! Dann hab ich gesagt: Mach sie tot. Tot, tot, tot. Schneid sie alle klein, dann kommen sie schon raus. Aus den Herzen, da kommen sie ja immer alle raus. Und weißt du, warum ich das hab sagen können? Hm? Weil du mein Herz behalten hast. Einfach so.«

»Er ist nicht dein Vater, Michael.« Lisbeth versteht zwar kein Wort, aber das ist auch nicht sonderlich wichtig. Ihr Bruder scheint tatsächlich vollkommen verrückt zu sein. Kroll blickt zum Himmel und nickt.

»Und dann kommst du und machst alles kaputt. Nichts kannst du richtig machen, Lisbeth. Erst singst du nicht, und dann machst du alles andere auch noch kaputt. So geht das nicht! In Marlene. In Marlene gibt es noch genügend Gespenster. Sie werden uns heilen. Dich und mich. Uns alle.«

Lisbeth glaubt Stimmen zu hören, ganz leise. Ein Gemurmel, ein Geraune. Aber das kann gar nicht sein, auch das weiß sie. Vermutlich wird sie einfach nur bald ohnmächtig werden.

Doch dann ruft tatsächlich jemand.

Es ist ein Mädchen. Lisbeth kann sie sogar sehen, nahe der Friedhofsmauer, bei Fröbes Grabstelle. Der Mond färbt ihr Gesicht schneeweiß.

Dann fällt Lisbeth um, wird aber nicht ohnmächtig. Ihre Beine wollen nicht mehr, und ihr Herz pocht hinauf bis zu den Schläfen. Es wird gleich wieder gehen, nur ein wenig ausruhen. Nach Luft schnappen.

Das Mädchen.

Es liest etwas vor.

Es hört sich so an, als ob Kinder aus einem Buch vorlesen, denkt sie sich. Sie erzählt etwas von dreizehn Gespenstern. Erst das Mädchen. Dann ein Junge, der sich mit dem Vorlesen schwertut.

Lisbeth muss an Marlene denken, muss so fest an sie denken, dass sie anfängt zu weinen und die ihr zugefügten Schmerzen nichts dagegen sind.

»Oh! Oh, das ist gelogen!«, schreit Kroll völlig außer sich, und er hält sich die Ohren zu. Das Messer in seiner Hand ritzt dabei seine Wange auf.

Doch die Kinder lesen weiter. Dass Moritz die Briefe vom Schreibtisch aus dem Spukhaus mitgenommen hat, weil Cordes immer wieder darauf gedeutet hat, stammelnd, mit Blut im Mund und verdrehten Augen, kann Lisbeth nicht wissen. Moritz hat auch die Dienstwaffe mitgenommen, sich nicht einmal gewundert, weshalb sie dort noch herumliegt, denn Geister können ohnehin nichts mit Pistolen anfangen.

Lisbeth weiß auch nicht, dass Moritz viele Häuser abgelaufen ist, um ein paar Kinder aus den Betten zu scheuchen. Und dass er die Eltern, die ihn für völlig verrückt erklärt haben, mit ein paar einfachen, aber eindringlichen Worten beschworen hat, zumindest diesmal ihre Kinder zu beschützen, damit das große Sterben nicht wieder von vorn beginnt.

»Fröbe ist wieder da! Auferstanden von den Toten!«, hat Moritz gerufen, es tatsächlich geglaubt und irgendwann eine Horde Kinder aufgetrieben, die jetzt mit müden Augen und wachen Herzen um die Friedhofsmauer stehen, damit das Gespenst nur ja nicht entkommt. Weiter hinten einige Erwachsene, darunter auch Rosa Franke und der Doktor, die beide schlaflos gelegen und wohl bereits etwas geahnt hatten.

Es ist eine schöne Geschichte, auch das denkt sich Lisbeth. Eine Geschichte von Zuversicht und Hoffnung, und irgendwie kommt sie ihr bekannt vor. Der Klang der ausgesprochenen Buchstaben fast so, wie ihre Mutter früher manchmal flüsterte, als die Zeit noch eine andere war.

Bevor die Schlange zum Leben erwachte.

Bevor Mutter zu einem rabenschwarzen Engel wurde.

Und zu tanzen begann.

Lisbeth kann gar nicht verstehen, weshalb ihr Bruder so schreit und um sich schlägt. Im Zwielicht wird er wieder zu dem kleinen Jungen und sie zu dem Mädchen auf der wackligen Blechtonne. Mit dem Stück Draht in der Hand.

Die dreizehn Gespenster, erzählt das Mädchen an der Friedhofsmauer, sind gar nicht böse. Es sind die guten Geister eines jeden Herzens. Liebe braucht man dafür, nicht Hass. Lisbeth lächelt, weil sie plötzlich Marlene spüren kann, tief in ihrem Bauch.

»Hört auf! Hört endlich auf!«, schreit Kroll und macht einen Schritt auf Lisbeth zu, das Messer erhoben.

Dann fällt ein Schuss.

Er geht daneben, aber er hält die Welt an. Kroll blickt kurz um sich, und noch bevor er Lisbeth töten kann, zerreißt ein zweiter Schuss die Nacht.

Danach fällt Schnee.

Der erste Schnee in diesem Jahr.

KAPITEL 27

Lisbeth schläft ein und träumt von Kindheitsscherben. Sieht sich selbst als Mädchen, sieht Fröbe, sieht Moritz, sieht Gestalten ohne Gesicht. Sie alle sitzen in den Abwasserrohren und schauen heraus, ihre leeren Augen funkeln im Nachtschwarz.

Sie schreckt auf und weiß im ersten Moment gar nicht, wo sie ist. Ein junger Rettungssanitäter versucht sie zu beruhigen.

»Wird gleich besser. Schmerzmittel läuft, ja?« Der Mann riecht nach Zigaretten und Angst. Vielleicht hat er heute einfach zu viel gesehen, zu viel gehört und zu wenig verstanden.

»Ich muss nach Hause«, sagt Lisbeth, die Stimme leise. Ihr Mund ist trocken, und ihr Schädel brummt. Sämtliche Verletzungen sind bereits notdürftig versorgt.

»Nix da! Nächster Halt Krankenhaus. Wissen Sie doch.«

Aber das Fahrzeug steht noch, keine Frage. Der Motor läuft, Blaulicht flackert durch das milchige Glas. Lisbeth umfasst die schweißkalte Hand des Sanitäters, hält sie so fest sie nur kann.

»Sie wissen doch, was man hier über mich sagt. Ich hab das zweite Gesicht. Damit ist nicht zu spaßen.« Lisbeth kennt den jungen Mann von der Arbeit, erinnert sich allerdings nicht mehr an seinen Namen.

Er nickt. Tatsächlich hat er einiges über Lisbeth gehört, und vielleicht sogar einiges geglaubt.

»Ich kann auch die Zukunft verändern. Gute Dinge, schlechte Dinge. Es gibt so viele schlechte Dinge!«, lügt Lisbeth und denkt an die Schallplatte in Utrechts Haus, aus der jemand das Etikett herausgeschnitten hat. Nicht ihr Bruder, sondern vermutlich Utrecht selbst. Ein versteckter Hinweis. Um nicht schreiben zu müssen »Wir sind unten bei den Abwasserrohren« und so das Versteck dem Falschen preiszugeben.

Der Rettungssanitäter schluckt und zieht seine Hand weg.

»Ist ja eigentlich kein Umweg, nicht wahr?«, sagt er leise und blickt vielsagend zu seinem Kollegen hinüber. Der nickt.

»Nein, gar kein Umweg«, flüstert Lisbeth und lächelt.

Manchmal ist das Schicksal gut zu einem. Während der Fahrt zu Lisbeth kommt der Strom wieder zurück in die Häuser, sodass sich der Sanitäter im fremden Haus schnell zurechtfindet.

»Ich kenn mich da gar nicht aus. Überhaupt nicht!«, ruft er überfordert in den Wagen hinein.

»Irgendeine. Egal, welche. Verdammt, das kann doch nicht so schwer sein!«, ruft Lisbeth zurück. Sie hört ihn raschen Schrittes die Treppe zum Meerzimmer zurücklaufen. Er hält sie für verrückt, und er hat Angst vor ihr, aber das ist Lisbeth im Moment herzlich egal.

Den Verstärker voll aufgedreht und die Lautsprecherboxen ins offene Fenster gestellt, hört Lisbeth plötzlich Charlie Parkers verrücktes Saxofon. Und weiß, dass es nicht mehr lange dauern kann, bis Marlene über die nassen Felder und Wiesen kommen wird.

Bis dahin schließt Lisbeth die Augen.

Um sich ein wenig auszuruhen.

Um zu träumen von sich und ihrer Tochter.

Von einer besseren Zeit, die noch kommen soll.

KAPITEL 28

Zwei Jahre später. Lisbeth sitzt mit Cordes auf der Veranda, sie trinken Kaffee und rauchen Zigaretten. Es ist einer der ersten sehr warmen Frühsommertage. Die Bienen surren, die Mücken werden lästig, der Kirschbaum blüht. Über den Maisfeldern steht die Sonne und malt Schatten aufs Land. Moritz und Marlene sitzen im Gras auf einer Decke und zählen die Wolken. Utrecht fegt den Hof, hält inne und winkt zu ihnen hinüber. Er hat versprochen, zum Abendessen vorbeizukommen.

»Jetzt bist du berühmt«, sagt Lisbeth und blättert in dem Buch, das ihr Cordes mitgebracht hat. Wie im Fieberwahn hat er es voriges Jahr geschrieben. »Dreizehn Vögel« hat er es genannt, die Geschichte von Fröbe, der Stadt, den verkauften Kindern und letztlich auch von Kroll, der sie alle wie ein böser Geist aus den Gräbern geholt hat.

»Ich kann nicht meckern«, lacht Cordes und schenkt sich Kaffee nach. Sogar die Anzugträger aus München haben sich bei ihm gemeldet und ihn für einige Vorträge eingeladen.

»Es ist alles gut gegangen, oder?« Lisbeth kann es immer noch nicht so recht glauben, vielleicht hat sie Angst davor, dass es wieder nur ein Trugbild ist.

»Ja, es ist alles gut gegangen. Wir sind am Leben. Du hast deinen Job wieder. Ich habe meine Arbeit. Unsere Kinder sind gesund. Ich glaube, viel mehr kann man nicht vom Leben erwarten. Es ist reichlich.«

»Und Fröbe ist jetzt für immer tot.« Lisbeth drückt die Zigarette aus und blinzelt der Sonne entgegen.

»Fröbe und Kroll, ja. Sie kommen nicht wieder.« Unter dem Tisch schmiegt sich Samson an Cordes' Beine.

»Das Märchen von den dreizehn Gespenstern: Es ist wirklich von meiner Mutter, nicht wahr?«

»Ja. Sie hat Briefe geschrieben. An Michael. Vielleicht hat sie tatsächlich geglaubt, er würde eines Tages zurückkommen. Wie hätte sie das auch sonst überleben sollen? Aber ich denke nicht, dass Fröbe ihm die Briefe jemals ausgehändigt hat. Er hat das Märchen wohl für seine Zwecke genutzt.«

»Fröbe hat diese Geschichte also zu einer bösen Geschichte gemacht.«

Lisbeth steht auf und streckt sich. Aus dem Haus klingt leise Musik. Immer wieder unterhalten sie sich über dieses Thema, vermutlich so lange, bis jedes Wort so leise wird, dass es endlich verschwinden kann.

»Er wollte den Jungen möglicherweise beruhigen und an sich binden. Musste ihn ja einige Zeit lang in seinem Haus einsperren. Eine Gute-Nacht-Geschichte vielleicht. Dass eines Tages die Gespenster kommen und seine Freunde werden. Der Junge hat es anders aufgefasst, denk ich mal. Er wollte echte Freunde, aus Fleisch und Blut. Er war einsam.«

Cordes blickt hinüber zu Moritz, lächelt.

»Kann ein Kind einen Mann zu einem Mörder machen?«

Cordes muss nachdenken, obwohl er allein darüber zwei ganze Kapitel geschrieben hat.

»Fröbe hat sicher Angst gehabt, der Junge würde erneut davonlaufen. Außerdem war er ja bereits zum Mörder geworden. Es gibt solche Leute. Leute, denen es nicht schwerfällt. Vielleicht haben sie kein Herz.«

»Die Frau?«

Lisbeth setzt sich wieder.

»Sie zu finden war damals gar nicht so leicht. In einem alten Ölfass eingeschweißt, hat kaum gerochen. Unten im

Spukhaus. Vielleicht hat ja mit ihrem Herzen alles angefangen, ich weiß es nicht. Es fehlte jedenfalls. Fröbes ganz eigenes Gespenst. Er hat sie zum Leben erweckt, indem er dem Kind die Maske aufgesetzt hat. Verrückt.«

»Ein leeres Grab?«

»Ja, der Sarg war leer. Vermutlich hat er sie sich zurückgeholt, um endlich an ihr Herz zu kommen. Aber manche Geheimnisse bleiben Geheimnisse, so tief man auch gräbt.« Cordes will sich eine weitere Zigarette anzünden, lässt es aber. Erst vor zwei Tagen hat ihm Doktor Broder wieder mal einen längeren Vortrag über Lungenkrebs gehalten.

Lisbeth nickt, sie schweigen sich eine ganze Weile lang an. Betrachten den Himmel und die Häuser, die sie von hier aus sehen können.

»Und Moritz hat nie Probleme bekommen? Wegen der Schüsse, meine ich.«

»Das Verfahren wurde eingestellt. Gott sei Dank. Es hat sich kein einziger Zeuge gefunden, der ihn dabei gesehen haben will. Es könnte jeder gewesen sein in dieser Nacht.«

»Aber es war Moritz, nicht wahr?«

Cordes schweigt einen kurzen Moment.

»Moritz war immer ein Held. Sieh ihn dir nur an. Kinder sind das Beste, was uns passieren kann, oder etwa nicht?«

Lisbeth schaut zu Marlene, spürt ihr Herz klopfen und nickt. Wie immer bei diesen Gesprächen will sie noch viel mehr sagen. Will sagen, dass doch auch sie Schuld daran trägt. Dass sie nur hätte lauter singen müssen, um Michael den Weg nach Hause zu weisen. Dass auch sie ihn vergessen hat und deshalb in diesem Schatten unbemerkt ein Ungeheuer heranwuchs. Aber Lisbeth kann es nicht aussprechen. Noch nicht.

Von Süden her weht ein lauer Wind, und Lisbeth meint Staub zu riechen. Vielleicht die Reste der alten Kinderzimmertapete, die sie verbrannt und als Asche unten bei den Abwasserrohren verstreut haben. Weil sie dort bislang noch alles verloren Geglaubte wiedergefunden hat. Kein guter Ort für Gespenster.

Nur ein guter Ort für schlagende Herzen.

JAGDGRÜNDE von **MICHAEL MIKOLAJCZAK**

»Ein Highlight des Jahres für mich! Ungewöhnlich und packend!«
LOVELYBOOKS

WWW.LUZIFER.PRESS

LUZIFER
VERLAG